O regresso do *Peregrino*

Tradução

Jorge Camargo

O regresso do *Peregrino*

Uma defesa alegórica
do cristianismo,
da razão e do romantismo

C. S.
LEWIS

Edição *especial* |

Título original: *The Pilgrim's Regress*

Copyright ©1933, de C. S. Lewis Pte. Ltd. Todos os direitos reservados.
Edição original de William Collins, uma divisão de HarperCollins *Publishers*.
Todos os direitos reservados.
Copyright de tradução ©2022, de Vida Melhor Editora LTDA.

Os pontos de vista desta obra são de responsabilidade de seus autores e colaboradores diretos, não refletindo necessariamente a posição da Thomas Nelson Brasil, da HarperCollins Christian Publishing ou de sua equipe editorial.

Publisher	*Samuel Coto*
Editor	*André Lodos Tangerino*
Produção editorial	*Fabiano Silveira Medeiros*
Preparação	*Bruno Echebeste Saadi*
Revisão	*Leonardo Bianchi*
Diagramação	*Sonia Peticov*
Capa	*Rafael Brum*

Dados Internacionais de Catalogação na Publicação (CIP)

(BENITEZ CATALOGAÇÃO ASS. EDITORIAL, MS, BRASIL)

L652r Lewis, C. S. (Clive Staples), 1898-1963
1.ed. O regresso do Peregrino : uma defesa alegórica do cristianismo, da razão e do romantismo / C. S. Lewis ; tradução Jorge Camargo. — 1.ed. — Rio de Janeiro : Thomas Nelson Brasil, 2022.
320 p.; 13,5 x 20,8 cm.

Título original : The Pilgrim's regress: an allegorical apology for Christianity, reason, and romanticism.
ISBN 978-65-56893-81-5

1. Alegorias. 2. Ficção cristã. 3. Peregrinos e Peregrinações — Ficção. I. Camargo, Jorge. II. Título.

01-2022/11   CDD 823

Índice para catálogo sistemático:

1. Ficção cristã: Literatura inglesa 823

Bibliotecária responsável: Aline Graziele Benitez CRB-1/3129

Thomas Nelson Brasil é uma marca licenciada à Vida Melhor Editora LTDA.

Todos os direitos reservados à Vida Melhor Editora LTDA.
Rua da Quitanda, 86, sala 218 — Centro
Rio de Janeiro — RJ — CEP 20091-005
Tel.: (21) 3175-1030
www.thomasnelson.com.br

O regresso *do Peregrino*

Clive Staples Lewis (1898-1963) foi um dos gigantes intelectuais do século 20 e provavelmente o escritor mais influente de seu tempo. Foi professor e tutor de literatura inglesa na Universidade de Oxford até 1954, quando foi unanimemente eleito para a cadeira de Inglês Medieval e Renascentista da Universidade de Cambridge, posição que manteve até a aposentadoria. Lewis escreveu mais de trinta livros que lhe permitiram alcançar um vasto público, e suas obras continuam a atrair milhares de novos leitores a cada ano.

Como água fresca para a alma sedenta,
assim são as boas-novas de uma terra distante.

PROVÉRBIOS 25:25

Para
Arthur Greeves[1]

---

[1]Amigo de longa data de C. S. Lewis e de sua cidade natal, Belfast. Em setembro de 1932, Lewis escreveu *O regresso do Peregrino*, exceto os poemas finais, na casa de Greeves, em Belfast, quando de férias por duas semanas.

SUMÁRIO

Mapa-Múndi	12
Prefácio à terceira edição	15

LIVRO 1 — OS DADOS

Capítulo 1	As regras	31
Capítulo 2	A ilha	36
Capítulo 3	As montanhas a leste	39
Capítulo 4	Lia por Raquel	43
Capítulo 5	Icabode	46
Capítulo 6	*Quem quaeritis in sepulchro? Non est hic*	48

LIVRO 2 — TREMOR

Capítulo 1	*Dixit insipiens*	53
Capítulo 2	A colina	59
Capítulo 3	Um pouco em direção ao sul	62
Capítulo 4	Ida suave	65
Capítulo 5	Lia por Raquel	67
Capítulo 6	Icabode	71
Capítulo 7	*Non est hic*	73
Capítulo 8	Grandes promessas	74

LIVRO 3 — EM MEIO ÀS DENSAS TREVAS DE ZEITGEISTBURGO

Capítulo 1	Escrópolis	79
Capítulo 2	Um vento sul	82
Capítulo 3	Liberdade de pensamento	85
Capítulo 4	O homem por trás da arma	88
Capítulo 5	Preso	91

Capítulo 6	Envenenando os poços	93
Capítulo 7	Encarando os fatos	96
Capítulo 8	A doença do papagaio	98
Capítulo 9	O matador de gigantes	101

LIVRO 4 — DE VOLTA À ESTRADA

Capítulo 1	Deixe o Grill ser Grill	107
Capítulo 2	Arquétipo e éctipo	109
Capítulo 3	*Esse é percipi*	112
Capítulo 4	Fuga	116

LIVRO 5 — O GRANDE CANAL

Capítulo 1	O grande canal	123
Capítulo 2	A história da Mãe Kirk	127
Capítulo 3	A autossuficiência de Virtude	131
Capítulo 4	Sr. Sensato	134
Capítulo 5	Conversa à mesa	142
Capítulo 6	Escravo	145
Capítulo 7	A grosseria de Virtude	149

LIVRO 6 — RUMO AO NORTE, ADIANTE NO CANAL

Capítulo 1	Primeiros passos para o norte	155
Capítulo 2	Três homens pálidos	158
Capítulo 3	Neoangular	163
Capítulo 4	Humanista	166
Capítulo 5	Alimento do norte	168
Capítulo 6	O norte mais distante	170
Capítulo 7	O paraíso do tolo	176

LIVRO 7 — RUMO AO SUL ADIANTE NO CANAL

Capítulo 1	Virtude está doente	181
Capítulo 2	João conduzindo	185
Capítulo 3	Novamente a estrada principal	187
Capítulo 4	Indo para o sul	189
Capítulo 5	Chá no gramado	191
Capítulo 6	A casa da sabedoria	196
Capítulo 7	Através do canal, sob a luz da lua	198

Capítulo 8	Deste lado, sob a luz do sol	200
Capítulo 9	Sabedoria — exotérica	205
Capítulo 10	Sabedoria — esotérica	211
Capítulo 11	Silenciosa é a palavra	215
Capítulo 12	Mais sabedoria	217

LIVRO 8 — NA BAÍA

Capítulo 1	Dois tipos de monista	223
Capítulo 2	João conduziu	228
Capítulo 3	João esquece-se de si mesmo	231
Capítulo 4	João encontra sua voz	233
Capítulo 5	Alimento custoso	235
Capítulo 6	Capturado	238
Capítulo 7	O eremita	241
Capítulo 8	Palavras da história	245
Capítulo 9	Trivial	252
Capítulo 10	Arquétipo e éctipo	258

LIVRO 9 — ATRAVÉS DO CANAL

Capítulo 1	Através do canal, sob a luz interior	265
Capítulo 2	Deste lado, sob o relâmpago	267
Capítulo 3	Deste lado, em meio à escuridão	269
Capítulo 4	*Securus te projice*	271
Capítulo 5	Através do canal	275
Capítulo 6	*Nella sua voluntade*	278

LIVRO 10 — O REGRESSO

Capítulo 1	O mesmo, no entanto, diferente	283
Capítulo 2	O homem sintético	286
Capítulo 3	Limbo	288
Capítulo 4	O buraco negro	291
Capítulo 5	Superbia	294
Capítulo 6	Ignorantia	298
Capítulo 7	Luxúria	301
Capítulo 8	O dragão do norte	306
Capítulo 9	O dragão do sul	311
Capítulo 10	O riacho	313

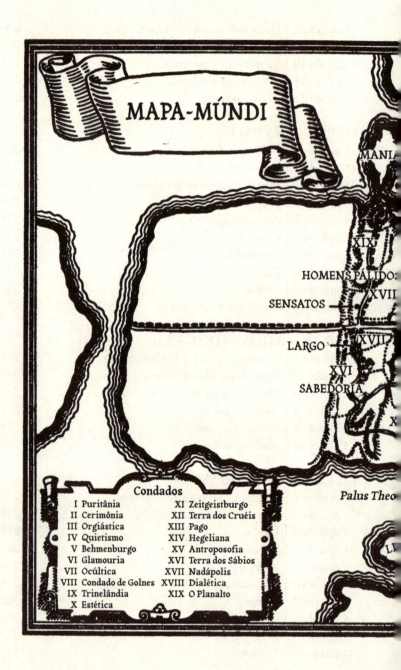

PREFÁCIO À TERCEIRA EDIÇÃO

Ao reler este livro, dez anos depois de tê-lo escrito, considero serem seus principais defeitos aqueles dois que eu menos perdoo facilmente quando os identifico nos livros de outras pessoas: obscuridade desnecessária e um tom nada generoso. Agora, consigo identificar duas causas para essa obscuridade. Pelo lado intelectual, meu progresso havia se dado a partir do "realismo popular" para o idealismo filosófico, do idealismo para o panteísmo, do panteísmo para o teísmo e do teísmo para o cristianismo. Ainda a considero uma estrada muito natural, mas agora sei também que é uma estrada muito raramente percorrida. No início da década de 1930, eu não sabia disso. Se eu tivesse alguma noção de meu isolamento, teria ou me mantido em silêncio sobre minha jornada, ou feito um esforço de descrevê-la dedicando mais atenção às dificuldades do leitor. Do jeito que as coisas estavam, cometi o mesmo tipo de asneira de alguém que deveria narrar suas viagens pelo deserto de Gobi, supondo que essa rota fosse tão conhecida do público britânico quanto o trajeto de trem de Euston a Crewe. E esse erro grosseiro e original foi logo agravado por uma mudança profunda no pensamento filosófico de nossa época. O próprio idealismo saiu de moda. A dinastia de Green, Bradley e Bosanquet[1] caiu, e o mundo habitado pelos alunos de filosofia

---

[1]Três filósofos ingleses importantes da escola neo-hegeliana de filosofia "idealista": Thomas H. Green (1836-1882), Francis H. Bradley (1846-1924) e Bernard Bosanquet (1848-1923).

O regresso do Peregrino

da minha geração tornou-se tão estranho aos nossos sucessores que pareciam estar separados não por anos, mas por séculos.

A segunda causa da obscuridade foi o significado (involuntariamente) "particular" que dei à palavra "romantismo". Hoje, eu não usaria essa palavra para designar a experiência que é central neste livro. Na verdade, eu não a usaria para denotar coisa alguma, pois agora acredito que seja uma palavra de sentidos tão variados que se tornou inútil, e deveria ser banida de nosso vocabulário. Ainda que venhamos a excluir o sentido vulgar, pelo qual um "romance" significa simplesmente "um caso de amor" (romance entre pares e estrelas de cinema), acho que podemos distinguir pelo menos sete tipos de coisas que são chamadas "românticas".

1. As histórias sobre aventuras perigosas — particularmente as aventuras perigosas que aconteceram no passado ou em lugares remotos — são "românticas". Nesse sentido, Dumas é um autor tipicamente "romântico", e histórias sobre navios à vela, a Legião Estrangeira e a rebelião de 1745 são geralmente "românticas".

2. O maravilhoso é "romântico", desde que não faça parte da religião em que se crê. Assim, mágicos, fantasmas, fadas, bruxas, dragões, ninfas e anões são "românticos"; anjos, nem tanto. Os deuses gregos são "românticos" nas histórias de autores como o sr. James Stephens ou o sr. Maurice Hewlett; não é assim em Homero ou em Sófocles. Nesse sentido, Malory, Boiardo, Ariosto, Spenser, Tasso, a sra. Radcliffe, Shelley, Coleridge, William Morris e o sr. E. R. Eddison são autores "românticos".

3. A arte, que lida com personagens "titânicos", com emoções forçadas além do tom comum e sentimentos extravagantes ou códigos de honra, é "romântica" (tenho defendido o uso crescente do adjetivo "romanesca" para designar esse tipo de arte). Nesse sentido, Rostand e Sidney são "românticos", e assim (embora sem sucesso) são os dramas heroicos de Dryden, e

Prefácio à terceira edição

há uma boa dose de "romantismo" em Corneille. Presumo que Michelangelo seja, nesse sentido, um artista "romântico".

4. O "romantismo" também pode significar a entrega a disposições de ânimo anormais e, por fim, antinaturais. O macabro é "romântico", assim como o interesse pela tortura e o amor à morte. Isso, se é que os entendi, é o que M. Mario Praz e M. D. de Rougemont querem dizer com a palavra. Nesse sentido, Tristão é a ópera mais "romântica" de Wagner; Poe, Baudelaire e Flaubert são autores "românticos"; o surrealismo é "romântico".

5. Egoísmo e subjetivismo são "românticos". Assim, os livros tipicamente "românticos" são as Confissões de Werther e Rousseau, e as obras de Byron e Proust.

6. Toda revolta contra a civilização e as convenções existentes, quer voltada para a revolução, quer para trás, para o "primitivo", é chamada "romântica" por algumas pessoas. Assim, seriam "românticos" pseudo-Ossian, Epstein, D. H. Lawrence, Walt Whitman e Wagner.

7. A sensibilidade aos objetos naturais, quando solene e entusiástica, é considerada "romântica". Nesse sentido, *The prelude* [O prelúdio] é o poema mais "romântico" do mundo: e há muito "romantismo" em Keats, Shelley, De Vigny, De Musset e Goethe.

Nota-se, claro, que muitos autores são "românticos" em mais de um aspecto. Assim, enquadro Morris no primeiro e segundo aspectos; o sr. Eddison, no segundo e terceiro aspectos; Rosseau, no sexto assim como no quinto; Shelley, no quinto e no sexto; e assim por diante. Isso pode sugerir alguma raiz comum, seja histórica, seja psicológica, para todos os sete aspectos: mas a real diferença qualitativa entre os autores é demonstrada pelo fato de que a preferência por qualquer um dos aspectos não implica simpatia pelos outros. Embora as pessoas que se consideram "românticas" em diferentes sentidos possam recorrer aos mesmos livros, elas se voltam para eles por motivos diferentes, e metade dos leitores de William Morris não sabe como a outra metade vive. Faz toda a diferença no mundo saber se você gosta de Shelley porque ele fornece uma mitologia ou porque promete uma revolução. Assim, eu mesmo sempre amei o segundo tipo de romantismo e detestei o quarto e o quinto tipos; gostei muito pouco do primeiro e, depois de crescido, passei a gostar do terceiro — à medida que aprendi a discernir melhor as coisas.

Mas o que quis dizer com "romantismo" quando escrevi *O regresso do Peregrino* — e o que ainda seria entendido ser o meu intuito em seu subtítulo, na folha de rosto deste livro — não era exatamente nenhuma dessas sete coisas. O que quis expressar foi uma experiência particular recorrente que dominou minha infância e adolescência e que eu rapidamente denominei "romântica", porque a natureza inanimada e a literatura fantástica estavam entre as coisas que a evocavam. Ainda acredito ser essa uma experiência comum, em geral malcompreendida e de imensa importância: mas sei agora que em outras mentes ela surge sob outros *estímulos* e está emaranhada por outros pequenos detalhes, e que trazê-la ao primeiro plano da consciência não é tão fácil quanto eu outrora imaginei. Tentarei agora descrevê-la de uma maneira clara o bastante para tornar inteligíveis as páginas a seguir.

A experiência é de intenso desejo e se distingue de outros tipos de desejo por dois aspectos. Em primeiro lugar, embora o sentimento de necessidade seja agudo e até mesmo doloroso, o mais simples ato de desejar é percebido como sendo, de algum modo, um prazer. Outros desejos são entendidos como formas de prazer somente se a satisfação é esperada para um futuro próximo: a fome é prazerosa somente enquanto sabemos (ou acreditamos) que em breve comeremos. Mas esse desejo, mesmo quando não há esperança de uma possível satisfação, continua a ser valorizado, e até mesmo preferido, em detrimento de qualquer outra coisa no mundo, por aqueles que já o sentiram. Essa fome é melhor

Prefácio à terceira edição

que qualquer outra saciedade; esta pobreza é melhor que qualquer outra riqueza. E assim ocorre que, se o desejo há muito está ausente, ele pode ser por si só desejado, e esse novo desejo se torna uma nova instância do desejo original, embora o sujeito talvez não reconheça isso de imediato e, então, clame pela juventude perdida de sua alma no momento em que está sendo rejuvenescido. Isso parece complicado, mas é simples quando o vivemos. "Ah, sentir-me como me sentia no passado!", lamentamos, sem perceber que, no mesmo instante em que dizemos essas palavras, o mesmo sentimento cuja perda lamentamos está ressurgindo em toda a sua antiga agridoçura. Pois esse doce desejo atravessa nossas distinções comuns entre querer e ter. O ter é, por definição, um desejo; e querer, descobrimos, é o mesmo que ter.

Em segundo lugar, há um mistério peculiar sobre o *objeto* desse desejo. Pessoas inexperientes (e a falta de atenção faz com que algumas pessoas sejam inexperientes durante a vida inteira) supõem, quando sentem, que sabem o que estão realmente desejando. Assim, se o desejo surge em uma criança enquanto ela está olhando para uma montanha distante, ela de imediato pensa: "Ah, se eu estivesse ali". Se o desejo chega quando alguém está se lembrando de algum acontecimento do passado, esse alguém pensa: "Se eu pudesse voltar àqueles dias...". Se o desejo surge (um pouco mais tarde), enquanto está lendo um conto ou um poema "romântico" de "mares perigosos e terras imaginárias e perdidas",[2] ela pensa que deseja que tais lugares realmente existam e que consiga chegar até eles. Se vier (ainda mais tarde) em um contexto com sugestões eróticas, ela crê que está desejando o amante perfeito. Se ela depara com literatura que fala de espíritos e coisas afins com alguma demonstração de crença séria (como Maeterlinck ou Yeats, em seus primórdios), pode pensar que está desejando mágica verdadeira ou ocultismo. Quando se lança

---

[2]John Keats, *Ode to a nightingale* [Ode a um rouxinol] (1819).

O regresso do Peregrino

sobre ele a partir de seus estudos de história ou ciência, pode confundi-lo com o anseio intelectual por conhecimento.

No entanto, todas essas impressões estão erradas. O único mérito que reivindico para este livro é o de ser escrito por alguém que comprovou serem todas essas impressões de fato erradas. Não há espaço para vaidade na afirmação: sei que elas estão erradas, não porque sou inteligente, mas porque tenho experiência, do tipo que não teria cruzado meu caminho se minha juventude tivesse sido mais sábia, mais virtuosa e menos egocêntrica do que foi. Pois eu mesmo fui iludido por cada uma dessas falsas respostas, uma após outra, e contemplei a cada uma de modo suficientemente sério para descobrir o engano. Ter abraçado tantas falsas Florimells[3] não é motivo de orgulho: quem aprende com a própria experiência, dizem, são os tolos. Mas, uma vez que eles por fim tenham aprendido, que possam trazer suas experiências para o cotidiano, a fim de que os mais sábios possam beneficiar-se delas.

Qualquer um desses supostos *objetos* para o desejo lhe é completamente inadequado. Um simples teste é capaz de mostrar que, afastando-se dessa vertente, só é possível conseguir uma das duas coisas: ou nada, ou o desejo recorrente que o levou até ali. Um estudo bem mais difícil, mas ainda possível de ser realizado por suas memórias, vai provar que, ao retornar ao passado, você não teria como encontrar, como algo que lhe pertença, aquele êxtase que alguma repentina recordação do passado o leva agora a desejar. Esses momentos recordados eram, à época, ou algo muitas vezes tido como lugar-comum (e essas recordações devem todo o seu encanto à memória), ou então eram eles mesmos momentos de desejo. O mesmo é verdade em relação às coisas descritas pelos poetas e pelos maravilhosos romancistas. No momento em que nos esforçamos para pensar seriamente como seria se fossem

---

[3]Em *The faerie queene* [*A rainha das fadas*] (1596), longo poema inacabado de Edmund Spenser, Florimell é uma donzela recatada e bela que consegue manter à distância os homens com intenções desonrosas.

Prefácio à terceira edição

verdadeiros, descobrimos isso. Quando *sir* Arthur Conan Doyle alegou ter fotografado uma fada, eu, de verdade, não acreditei: mas a mera afirmação — a abordagem da fada vista até mesmo dentro daquela distância de realidade — revelou-me imediatamente que, se a alegação fosse bem-sucedida, teria esfriado e não satisfeito o desejo que a literatura imaginária havia até aqui despertado. Uma vez concebida como *real* sua fada, sua floresta encantada, seu sátiro, fauno, sua ninfa da floresta e a fonte de imortalidade, e em meio a todo interesse científico, social e prático que a descoberta despertaria, o doce desejo teria desaparecido, teria mudado seu fundamento, como a voz do cuco ou o fim do arco-íris, e estaria agora nos chamando dalém de uma colina que fica lá *adiante*. Com a magia, em seu sentido mais obscuro (como ela tem sido e é verdadeiramente praticada), deveríamos fazer algo ainda pior. O que aconteceria se alguém tivesse trilhado esse caminho — se tivesse efetivamente chamado por algo e esse algo viesse? Qual seria o sentimento? Terror, orgulho, culpa, empolgação intensa... Mas o que tudo isso teria de relação com nosso doce desejo? Não é na Missa Negra ou na sessão espírita que a Flor Azul[4] cresce. Quanto à resposta sexual, essa eu suponho que seja a mais obviamente falsa Florimell de todas. Seja qual for o ângulo que se contempla, ela não é o que estamos procurando. A luxúria pode ser satisfeita. Outra personalidade pode tornar-se para nós a "nossa América, nossa nova terra".[5] Um casamento feliz pode ser conquistado. Mas que relação tem qualquer um dos três, ou qualquer mistura dos três, com aquele algo inominável, por cujo desejo somos perfurados, como que por um florete, ao sentirmos o cheiro de uma fogueira, ao ouvirmos o som de patos selvagens sobrevoando, diante do título de *The well at the world's*

---

[4]Símbolo de desejo romântico no romance *Heinrich von Ofterdingen* (1802), do escritor alemão Novalis.
[5]John Donne, "Elegy XIX", *To his mistress going to bed* [À sua amante a caminho do leito].

end [O poço no fim do mundo],[6] diante dos primeiros versos de *Kubla Khan*,[7] ante as teias de aranha matinais no final do verão ou o barulho das ondas a quebrar na praia?

A mim me pareceu, portanto, que, se um homem seguisse diligentemente esse desejo, perseguindo os objetos falsos até que sua falsidade aparecesse, e então resolutamente os abandonasse, chegaria por fim ao claro entendimento de que a alma humana foi feita a partir de algum objeto nunca plenamente concedido — ou, melhor, sequer imaginado como concedido — em nosso modo presente de experiência subjetiva espaço-temporal. Esse desejo era, na alma, como "o cerco perigoso"[8] do castelo de Artur — a cadeira na qual somente um poderia se assentar. E, se a natureza não faz nada em vão, aquele que pode assentar-se sobre essa cadeira deve existir. Eu sabia muito bem quão facilmente o anseio aceita falsos objetos e quais os caminhos escuros a perseguição a eles nos leva: mas eu também via que o desejo em si mesmo contém a correção de todos esses erros. O único erro fatal era fingir que você havia passado do desejo para a realização, quando na realidade havia encontrado nada, ou o próprio desejo, ou a satisfação de algum desejo diferente. A dialética do desejo, seguida fielmente, resgataria todos os erros, afastaria você de todos os falsos caminhos e o obrigaria a não propor, mas a viver, uma espécie de prova ontológica. Essa dialética vivida e a dialética meramente argumentada de meu progresso filosófico pareciam ter convergido para um objetivo. Consequentemente, tentei incluir ambos em minha alegoria, que então se tornou uma defesa do romantismo (em minha lógica peculiar), bem como da razão e do cristianismo.

---

[6]História de fantasia de William Morris publicada postumamente em 1896.

[7]Poema inacabado de Coleridge publicado em 1816, mas supostamente escrito em 1797, como ele mesmo disse, enquanto dormia. Depois de 54 versos, ele o interrompeu em virtude de alguns negócios, tendo o resto do poema desaparecido de sua memória.

[8]Cadeira ao redor da Távola Redonda, do rei Arthur, reservada para o homem que encontrasse "o Graal".

Prefácio à terceira edição

Depois dessa explicação, o leitor compreenderá mais facilmente (e não lhe peço que me perdoe) a amargura de certas páginas deste livro. Ele perceberá como o período pós-guerra deve ter parecido para alguém que seguiu um caminho como o meu. Os diferentes movimentos intelectuais daquela época eram hostis uns aos outros; mas a única coisa que parecia uni-los a todos era sua inimizade comum aos "anseios imortais". O ataque direto executado contra eles, vindo de baixo, da parte daqueles que seguiam Freud ou D. H. Lawrence, penso que poderia ter tolerado com certa paciência; o que me deixou sem paciência foi o desprezo que afirmava vir de cima, e que foi expresso pelos "humanistas" americanos, os neoescolásticos e alguns que escreveram para o *The Criterion*.[9] Essas pessoas me pareceram estar condenando o que não compreendiam. Quando chamaram o romantismo de "nostalgia", eu, que há muito tinha rejeitado a ilusão de que o objeto do desejo estava no passado, senti que elas não haviam sequer cruzado a *pons asinorum*.[10] Por fim, perdi a paciência.

Se eu não estivesse agora escrevendo um livro, poderia levar a questão a esses pensadores e então tê-la conduzido a um ponto muito mais minucioso. Um deles referiu-se ao romantismo como uma "religião derramada". Aceito a descrição. E concordo que quem tem religião não deve derramá-la. Mas isso significa que quem a encontra derramada deve desviar os olhos? E se houver um homem para quem essas gotas brilhantes sobre o chão puderem ser o começo de um caminho que, devidamente seguido, o levará no fim a provar do próprio cálice? E se nenhum outro caminho, humanamente falando, fosse possível? Vista sob esse prisma, minha briga de dez anos com os contrarromânticos de um lado e com os sub-românticos de outro (os apóstolos do instinto e até mesmo da tagarelice) supõe, acredito eu, certo

---

[9] Revista literária inglesa editada por T. S. Eliot.
[10] Em geometria, afirmação de que os ângulos opostos a lados iguais de um triângulo isósceles são eles próprios iguais.

interesse permanente. A partir dessa briga dupla, surgiu a imagem dominante da minha alegoria: as rochas estéreis e doloridas de seu "norte", os pântanos fétidos de seu "sul" e, entre eles, a Estrada em que só a humanidade pode caminhar com segurança.

As coisas que simbolizei como norte e sul, que são para mim males iguais e opostos, cada um continuamente fortalecido e tornado plausível por sua crítica do outro, entram em nossa experiência em vários níveis diferentes. Na agricultura, devemos temer o solo árido e o solo que é irresistivelmente fértil. No reino animal, os crustáceos e a água-viva representam pequenas soluções para o problema da existência. Em nossa refeição, o palato tremece com o amargor e com a doçura excessivos. Na arte, encontramos por um lado puristas e doutrinários, que preferem (como Scaliger) perder centenas de belezas a admitir uma simples falha, e que não podem acreditar que algo seja bom se o inculto espontaneamente o desfruta: por outro lado, encontramos os artistas acríticos e desleixados que estragarão toda a obra em vez de negar a si mesmos qualquer clemência de sentimento, humor ou sensacionalismo. Todos podem selecionar entre suas relações os tipos norte e sul — os narizes empinados, os lábios comprimidos, as aparências pálidas, a secura e a mudez de uns, as bocas abertas, o riso e as lágrimas fluentes, a tagarelice e (por assim dizer) a gordura geral de outros. Os do norte são homens de sistemas rígidos, céticos ou dogmáticos, aristocratas, estoicos, fariseus, pedantes, membros marcados e selados de "Partidos" altamente organizados. Os do sul são por natureza menos definíveis; almas sem ossos, cujas portas ficam abertas dia e noite para quase todos os visitantes, mas sempre com as mais calorosas boas-vindas aos que, quer sacerdotisas de Baco,[11]

---

[11] Ou mênades. Baco era o deus da videira, do vinho e do êxtase místico e, assim, a referida intoxicação se daria por meio dos prazeres sensuais.

Prefácio à terceira edição

quer mistagogos,[12] oferecem algum tipo de intoxicação. O delicioso sabor forte do proibido e do desconhecido os atrai de modo fatal; a sujeira de todas as fronteiras, o relaxamento de todas as resistências, sonho, ópio, escuridão, morte e o retorno ao útero. Todo sentimento é justificado pelo simples fato de ser sentido: para alguém do norte, todo sentimento é, no mesmo nível, suspeito. Uma seletividade arrogante e apressada sobre uma base estreita, *a priori*, o isola das fontes da vida. Na teologia, há também um norte e um sul. Um grita "Expulsem o filho da escrava" e o outro "Não apaguem o pavio fumegante". Um transforma exageradamente a distinção entre graça e natureza em pura oposição e, ao difamar os níveis mais elevados da natureza (a verdadeira *praeparatio evangelica*[13] em certas experiências imediatamente subcristãs), torna difícil o caminho para os que estão a ponto de entrar. O outro obscurece a distinção completamente, bajula a mera bondade ao pensá-las como caridade e bajula também as vagas visões otimistas ou os panteísmos ao pensar que eles são fé, e abrindo assim um caminho fatalmente fácil e imperceptível para o florescimento da apostasia. Os dois extremos não coincidem com o romanismo (ao norte) e com o protestantismo (ao sul). Barth poderia muito bem ter sido colocado entre meus homens pálidos e Erasmo poderia ter se sentido em casa com sr. Largo.

Entendo que nossa época seja predominantemente nortista — são dois os poderes do "norte" que estão se destruindo no campo de batalha enquanto escrevo. A questão, no entanto, é complicada, pois o sistema rígido e cruel dos nazistas tem

---

[12]Aqueles que se iniciam em mistérios e conduzem outros a crenças místicas. Aqui, a intoxicação se daria pelo despertar da curiosidade quanto aos mistérios e do desejo de ser iniciado neles.

[13]Latim, "preparação para o evangelho". Título de um livro de apologética cristã de Eusébio de Cesareia (c. 265-339 d.C.), em que ele tenta mostrar por que a religião dos judeus era preferível à dos gregos.

O regresso do Peregrino

"sulistas" e elementos questionáveis em seu centro: e, quando nos comportamos de forma "sulista", nós o fazemos excessivamente. D. H. Lawrence e os surrealistas talvez tenham alcançado um ponto mais ao "sul" do que a humanidade jamais alcançou. E isso é o que se esperaria deles. Males opostos, longe de se equilibrarem, agravam um ao outro. "As heresias que os homens abandonam são as mais odiadas";[14] a embriaguez generalizada gera a proibição, e a própria proibição gera a embriaguez generalizada. A natureza, irritada por um extremo, vinga-se fugindo para o outro. Podem-se até encontrar homens adultos que não têm vergonha de atribuir sua própria filosofia à "Reação", sem pensar que a filosofia esteja, por causa disso, desacreditada.

Tanto com o "norte" quanto com o "sul", um homem tem, suponho, apenas uma preocupação: evitá-los e manter a Estrada Principal. Não devemos "dar ouvidos ao sábio demais ou ao gigante tolo".[15] Não fomos feitos nem para ser homens cerebrais, nem viscerais, mas homens. Não feras, nem anjos, mas homens — criaturas ao mesmo tempo racionais e animais.

O fato de que, para dar alguma explicação a respeito do meu norte e do meu sul, eu tenha de dizer tanto, serve para enfatizar uma verdade muito importante a respeito dos símbolos. Na edição presente, tentei tornar o livro mais fácil por meio de um título mais fluido. Mas o faço com grande relutância. Fornecer uma "chave" a uma alegoria pode induzir as pessoas a uma má interpretação particular da alegoria, o que, como crítico literário, já tenho denunciado. Ela pode levar as pessoas a supor que a alegoria seja um disfarce, um modo obscuro de dizer o que poderia ter sido dito mais claramente. Mas, na verdade, toda boa alegoria não existe para ocultar, e sim para revelar; tornar o mundo interno mais palpável, dando-lhe uma personificação concreta (imaginada). Meu

---

[14]Citado com algumas variações de Shakespeare, *A midsummer night's dream* [*Sonho de uma noite de verão*], II.2, p. 139-40.

[15]John Keats, *Hyperion: a fragment* (1820), II, p. 309-10.

Prefácio à terceira edição

título está lá apenas porque minha alegoria falhou — em parte por culpa minha (agora estou profundamente envergonhado da filigrana alegórica absurda na página 300), e em parte porque os leitores modernos não estão familiarizados com o método. Mas continua sendo verdade que, onde quer que os símbolos sejam mais adequados, a chave é menos óbvia. Pois, quando a alegoria está em seu auge, ela se aproxima do mito, que deve ser entendido com a imaginação e não com o intelecto. Se, como às vezes ainda espero, meu norte, meu sul e meu sr. Sensato estiverem vestidos com algum toque de vida mítica, então nenhuma "explicação" será capaz de apreender plenamente seu significado. É o tipo de coisa que não pode ser apreendida a partir de uma simples definição: antes, você deve conhecê-la como se conhece um sabor ou um cheiro, a "atmosfera" de uma família ou de uma cidade do interior, ou a personalidade de um indivíduo.

Três outras advertências ainda precisam ser dadas. 1. O mapa das páginas iniciais intrigou alguns leitores porque, como dizem, "ele marca todos os tipos de lugares não mencionados no texto". Mas o mesmo acontece com todos os mapas nos livros de viagem. A rota de João é marcada com uma linha pontilhada: aqueles que não estão interessados nos lugares fora dessa rota não precisam se preocupar com eles. São uma tentativa meio extravagante de preencher as metades "norte" e "sul" do mundo com os fenômenos espirituais apropriados para eles. A maioria dos nomes se explica. *Wanhope* é "desespero" em inglês médio; *Lígneo* diz respeito ao que é relativo à madeira; *Lissaneso* significa "ilha da Insanidade"; *Behmenburgo* é nomeado assim, injustamente, por causa de Jakob Boehme[16] ou Behmen; Condado de Golnes (e o anglo-saxonônico

---

[16]Escritor místico alemão (1575-1624). Em carta de 5 de janeiro de 1930, Lewis mencionou o que lhe pareceu uma experiência importante ao ler o livro de Böhme *De signatura rerum, oder Von der Geburt und Bezeichnung aller Wesen* [*A assinatura de todas as coisas*]: admitir a distinção entre Deus como Criador e o universo como sua criação.

Gál) é o condado de *Luxúria*; na *Trinelândia*, a pessoa se sente "em sintonia com o infinito";[17] e o *Zeitgeistburgo*,[18] é claro, é o habitat do *Zeitgeist*, ou Espírito da Época. *Nadápolis* é "um lugar que não é nada bom". As duas ferrovias militares deveriam simbolizar o duplo ataque do inferno nos dois lados de nossa natureza. Esperava-se que as estradas que se estendiam de cada uma das ferrovias inimigas se parecessem com garras ou tentáculos estendendo-se até o país da Alma do Homem. Se você gosta de colocar pequenas setas pretas apontando para o sul nas sete estradas do norte (no estilo dos mapas de guerra dos jornais) e outras apontando para o norte nas seis estradas do sul, você terá uma imagem clara da Guerra Santa como eu a vejo. Você pode se divertir decidindo onde colocá-las — uma pergunta que admite diferentes respostas. No fronte norte, por exemplo, eu deveria representar o inimigo na ocupação da Terra dos Cruéis e em Superbia, assim ameaçando os homens pálidos com um movimento de pinça. Mas não afirmo saber; e sem dúvida a posição muda todos os dias. 2. O nome *Mãe Kirk* foi escolhido porque "Cristianismo" não é um nome muito convincente. Seu defeito estava no fato de não ser incomum que o leitor fosse induzido a atribuir a mim uma posição *eclesiástica* muito mais definida do que aquela de que eu poderia realmente me orgulhar. O livro preocupa-se apenas com o cristianismo contra a descrença. Questões "denominacionais" não entram em cena. 3. Neste prefácio, o elemento autobiográfico sobre João teve de ser enfatizado porque a fonte das obscuridades estava lá. Mas você não deve presumir que tudo no livro é autobiográfico. Eu estava tentando generalizar, não contar às pessoas sobre minha vida.

C. S. Lewis

---

[17]Referência ao popular escritor místico americano Ralph Waldo Trine e seu best-seller *In tune with the infinite* [Em harmonia com o infinito].

[18]No original, *Zeitgeistheim*, palavra provavelmente cunhada para essa ocasião: *Zeit* = "tempo"; *Geist* = "espírito"; *Heim* = "lar" ou "morada".

LIVRO I

Os dados

Isso toda alma busca e, por causa disso, toma todas as suas atitudes tendo uma leve noção do que isso seja; mas o que é, ela não consegue suficientemente discernir, e não conhece o seu caminho, e com relação a isso não tem a mesma segurança que costuma ter em relação às outras coisas.

PLATÃO, *Politeia* [A república], VI, 505e

As almas de quem, mesmo com uma memória nublada, ainda buscam de volta seu bem, e, como bêbadas, não sabem o caminho de casa.

BOÉCIO, *De consolatione philosophiae* [A consolação da filosofia], III.2/p

Seja lá como for, ele busca, e o que seja, diretamente, ele não sabe, embora seu desejo intenso por isso o estimule muito, de modo que todos os outros deleites e prazeres conhecidos sejam colocados de lado, e deem lugar a essa busca, que é só um desejo suspeito.

HOOKER, *Of the lawes of ecclesiastical politie* [As leis de política eclesiástica] (1594), I

CAPÍTULO 1

As regras

*O conhecimento de leis violadas precede todas
as outras experiências religiosas — João recebe
sua primeira instrução religiosa. A instrução
realmente quis dizer aquilo?*

Sonhei com um menino que nasceu na terra de Puritânia e que
se chamava João. E sonhei que, quando João começou a andar,
ele fugiu do jardim de seus pais em uma bela manhã em direção
à rua. E do outro lado da rua havia uma floresta profunda, mas
não densa, cheia de prímulas e de musgo verde e suave. Quando
João pôs seus olhos na floresta, pensou que nunca tinha visto
nada tão lindo; atravessou correndo a rua e embrenhou-se na
floresta e já estava a ponto de ficar de quatro, alcançar e apanhar
as prímulas, quando sua mãe veio correndo do portão do jardim
e também atravessou a rua e apanhou João, lhe deu umas belas
palmadas e lhe disse para nunca mais voltar a entrar na floresta.
E João chorou, mas não fez perguntas, pois ainda não estava na
idade de fazer perguntas. Um ano então se passou. Foi quando,
em outra linda manhã, João, que tinha um estilingue, saiu para
o jardim e viu um passarinho pousado sobre um galho. Ele apanhou o estilingue e começou a se preparar para dar um tiro no
passarinho, quando o cozinheiro saiu para o jardim e o puxou,

31

deu-lhe umas palmadas e lhe disse que nunca matasse nenhum dos passarinhos no jardim.

— Por quê? — perguntou João.

— Porque o Mordomo ficaria muito bravo com você — disse o cozinheiro.

— Quem é o Mordomo? — indagou João.

— Ele é o homem que dita regras para todo o país por aqui — respondeu o cozinheiro.

— Por quê? — questionou João.

— Porque o Proprietário determinou que ele fizesse isso — ele respondeu.

— Quem é o Proprietário? — perguntou de novo o menino.

— É o dono de todo o país — outra vez respondeu o cozinheiro.

— Por quê? — questionou João.

E, quando João perguntou isso, o cozinheiro foi para dentro e contou a conversa para a mãe dele. E a mãe dele se sentou e conversou com João sobre o Proprietário, durante a tarde inteira: mas João não entendeu nada, pois ainda não tinha idade para conversar sobre esses assuntos. Então um ano se passou e, em uma manhã escura, fria e molhada, João foi obrigado a vestir roupas novas. Eram as roupas mais feias que já foram colocadas nele e com as quais ele nem se incomodou, mas elas também pinicavam seu queixo e eram apertadas nos braços, o que o deixou bastante incomodado e com coceiras por todo o corpo. E seu pai e sua mãe o levaram rua afora, cada um segurando em uma de suas mãos (o que era desconfortável, também, além de muito desnecessário) e lhe disseram que o estavam levando para conhecer o Mordomo. O Mordomo vivia em uma grande casa escura de pedra ao lado da rua. O pai e a mãe entraram primeiro para conversar com o Mordomo e João foi deixado no saguão, sentado sobre uma cadeira tão alta que seus pés não conseguiam tocar o chão. Havia outras cadeiras no saguão, nas quais ele poderia ter sentado confortavelmente, mas seu pai lhe dissera que o

As regras

Mordomo ficaria muito bravo se ele não ficasse sentado absolutamente em silêncio na cadeira alta com seus pés suspensos, com as suas roupas causando coceira por todo o seu corpo e seus olhos parecendo que iam saltar de sua cabeça. Depois de um longo tempo, seus pais retornaram, como se tivessem se consultado com um médico, com um olhar muito sério. Eles então disseram a João que ele devia entrar para também conhecer o Mordomo. Quando João entrou na sala, encontrou um homem velho com o rosto redondo e vermelho, muito afável e que gostava de fazer piadas, de modo que João, muito rapidamente, venceu os seus medos e eles tiveram uma boa conversa sobre equipamentos de pesca e bicicletas. No entanto, quando a conversa estava em seu melhor momento, o Mordomo se levantou e tossiu. Apanhou então uma máscara da parede, uma máscara com uma barba longa e branca presa a ela, e a colocou repentinamente sobre seu rosto, ficando com uma aparência terrível. E disse:

— Agora vou conversar com você sobre o Proprietário. O Proprietário é dono de todo o país, e é *muita, muita* gentileza da parte dele permitir que moremos aqui — muita, muita gentileza.

E continuou repetindo "muita gentileza" em uma estranha cantilena, tão longa que chegou a fazer João rir, mas agora ele tinha começado a ficar assustado de novo. O Mordomo, então, retirou de uma estaca um grande cartão com uma pequena estampa e disse:

— Aqui está uma lista de todas as coisas que o Proprietário diz que você não deve fazer. É bom dar uma olhada nela.

João pegou o cartão. No entanto, metade das regras parecia proibir coisas sobre as quais ele nunca tinha ouvido falar; e a outra metade, proibia coisas que ele vinha fazendo todos os dias e que não podia sequer imaginar não fazer. E o número de regras era tão grande que ele sentiu que jamais conseguiria lembrar-se de todas.

— Espero — disse o Mordomo — que você ainda não tenha violado nenhuma das regras.

O coração de João disparou e os seus olhos se arregalaram e ele estava perdendo o juízo quando o Mordomo tirou a máscara e olhou para ele com seu rosto verdadeiro e disse:

— Melhor contar uma mentira, velho amigo, melhor contar uma mentira. É o mais fácil para todos os interessados. — E recolocou a máscara no rosto em um piscar de olhos.

João engoliu em seco e disse rapidamente:

— Ah, não, senhor.

— Que bom que seja assim — disse o Mordomo, por trás da máscara. — Porque, você sabe, se você violasse qualquer uma das regras e o Proprietário ficasse sabendo, sabe o que ele faria?

— Não, senhor — respondeu João, e os olhos do Mordomo pareciam horrivelmente cintilantes através dos buracos da máscara.

— Ele o levaria e o jogaria para sempre dentro de um buraco negro, cheio de serpentes e escorpiões tão grandes como lagostas... eternamente. E, além disso, ele é um homem tão bondoso, mas tão bondoso, que tenho certeza de que você não ia *querer* decepcioná-lo nunca.

— Não, senhor — disse João. — Mas, por favor, senhor...

— Diga — disse o Mordomo.

— Por favor, senhor, supondo que eu tenha violado uma, uma regra pequena e, sem querer, sabe... Nada poderia deter as serpentes e lagostas?

— Ah!... — disse o Mordomo. E então se sentou e falou por um longo tempo, mas João não conseguia entender uma única sílaba do que ele estava falando. No entanto, tudo terminou dando a entender que o Proprietário era extraordinariamente bondoso e humano com seus inquilinos e que, certamente, torturaria a maioria deles até a morte, caso tivesse o mais leve pretexto para fazê-lo. — E você não pode culpá-lo — continuou o Mordomo. — Afinal, é o país dele, e é tanta gentileza da parte dele deixar-nos morar aqui... Pessoas como nós, sabe.

As regras

O Mordomo, então, tirou a máscara e novamente teve uma conversa agradável e sensata com João, lhe deu um bolo e o levou até seu pai e sua mãe. Mas, quando estavam para sair, ele se inclinou e sussurrou no ouvido do menino:

— Eu não me preocuparia muito com tudo isso, se fosse você.

Ao mesmo tempo, ele colocou o cartão de regras na mão de João e lhe disse que poderia guardá-lo, para seu próprio uso.

CAPÍTULO 2

A ilha

Ele é mais aplicado que os seus instrutores e descobre a outra lei em seus membros — Ele desperta para o doce desejo e quase imediatamente mistura suas próprias fantasias com ele.

Agora os dias e semanas continuavam a passar e sonhei que João não tinha sossego, nem de dia, nem de noite, porque ficava pensando nas regras e no buraco negro cheio de serpentes. No princípio, ele tentou com todo empenho cumpri-las todas, mas, quando chegava a hora de ir para a cama, sempre descobria que as havia violado muito mais do que tinha guardado: e o pensamento das torturas horríveis às quais o bom e humano Proprietário o submeteria, se transformava em um fardo tão grande que, no dia seguinte, ele se tornaria totalmente imprudente e quebraria tantas quanto pudesse; por estranho que pareça, isso acalmou sua mente no momento. No entanto, depois de alguns dias, o temor voltava e dessa vez era pior que antes, por causa do terrível número de regras que haviam sido violadas durante esse intervalo. Mas, em boa parte do tempo, o que o deixava mais intrigado era uma descoberta que ele tinha feito depois de as regras ficarem por duas ou três noites penduradas em seu quarto: ele tinha descoberto que, do outro lado do cartão, no

36

A ilha

verso, havia um grupo de regras totalmente diferentes. Eram tantas que ele nem sequer as tinha lido por completo e sempre estava descobrindo outras novas. Algumas delas eram bem parecidas com as da frente do cartão, mas a maioria era exatamente o oposto. Assim, enquanto a frente do cartão dizia que você deve estar sempre se examinando para enxergar quantas regras foram violadas, o verso do cartão começava assim:

REGRA 1
Esvazie totalmente a cabeça
no momento em que for para a cama.

Ou, novamente, enquanto a frente dizia que você deve sempre perguntar aos mais velhos qual era a regra sobre determinada coisa, caso tivesse a mínima dúvida em relação a ela, a regra no verso dizia:

REGRA 2
A menos que o tenham visto fazendo algo,
guarde segredo ou você vai se arrepender.

E assim por diante. E então sonhei que João saiu, em certa manhã, e tentou brincar na rua, a fim de esquecer seus problemas; mas as regras continuavam voltando à sua cabeça, de modo que ele não deu muita importância. Apesar disso, continuou caminhando sempre um pouco adiante, até que de repente olhou para cima e percebeu que estava tão longe de casa que se encontrava em uma parte da rua que nunca havia visto antes. Ouviu então o som de um instrumento musical, aparentemente vindo de trás, um som muito doce e curto, como o beliscar de uma corda ou a nota de um sino e depois ouviu uma voz plena e clara — que soava tão alta e estranha que ele pensou estar muito distante, mais longe que uma estrela. A voz dizia: "Vem". João então percebeu que naquela parte havia um muro de pedra, do lado da rua. E que no muro tinha uma janela (o que ele nunca havia visto antes em um muro de jardim). Na janela não tinha nem vidro, nem

O regresso do Peregrino

trancas; era somente um buraco quadrado no muro. Através dele, João viu uma floresta verde, cheia de prímulas e ele de repente lembrou-se de quando tinha ido até a outra floresta para apanhar prímulas, quando criança, havia muito tempo — tanto tempo que, mesmo na hora de lembrar, a memória ainda parecia fora de alcance. Enquanto se esforçava para apreender o sentido da floresta, vieram dela uma doçura e um sofrimento tão profundos que fizeram com que ele esquecesse imediatamente a casa de seu pai, sua mãe, o medo do Proprietário e o peso das regras. Todos os pensamentos sumiram de sua mente. Logo depois, percebeu que estava chorando, que o sol havia se posto e que ele não conseguia lembrar muito bem o que tinha acontecido, nem se havia acontecido nesta floresta, ou na outra, a de quando ele era criança. A névoa que havia na extremidade da floresta parecia ter se dissipado por um instante, e através da fenda ele tinha avistado um mar calmo e no mar uma ilha, onde um gramado macio se inclinava continuamente até as baías e de cujos bosques espiavam as oréades,[1] pálidas e de peito pequeno, sábias como deuses, inconscientes de sua natureza como animais e onde magos altos, com barbas até os pés, sentavam-se em cadeiras verdes, em meio à floresta. Mas, mesmo enquanto descrevia essas coisas, João sabia, em uma parte de sua mente, que elas não eram como as coisas que tinha visto — pelo contrário, sabia que não tinha realmente visto o que tinha acontecido. No entanto, era muito novo para dar ouvidos às distinções e inocente demais, agora que tudo havia passado, para não se agarrar com fervor ao que quer que tenha deixado para trás. Ele ainda não tinha vontade de entrar na floresta e, nessa mesma hora, foi para casa, sentindo um triste entusiasmo e repetindo para si mesmo, mil vezes: "Agora sei o que quero". A primeira vez em que disse isso estava ciente de que não era inteiramente verdade: mas, antes que fosse para a cama, já começara a acreditar no que havia dito.

---

[1] Nome genérico para ninfas da montanha na antiga crença popular grega.

CAPÍTULO 3

As montanhas a leste

Ele ouve sobre a morte e o que seus anciãos fingem crer sobre ela — um funeral desconfortável, carente de bravura pagã e de esperança cristã —, todos, exceto João, se alegram a caminho de casa.

João tinha um tio de má reputação, que alugava uma pobre fazendinha ao lado da do seu pai. Um dia, quando João retornava do jardim, encontrou uma grande algazarra na casa. Seu tio estava sentado ali com as bochechas da cor de cinzas. Sua mãe estava chorando. Seu pai, sentado, imerso em um profundo silêncio, com uma expressão solene. E ali, no meio deles, estava o Mordomo, vestindo sua máscara. João esgueirou-se ao redor da sua mãe e perguntou-lhe o que estava acontecendo.

— Pobre tio Jorge, foi comunicado que precisa deixar a casa — ela disse.

— Por quê? — quis saber João.

— O contrato do seu aluguel expirou. O Proprietário enviou-lhe um comunicado para que entregue a casa.

— Mas vocês não sabiam qual era o prazo do contrato?

— Ah, não, na verdade não sabíamos. Pensávamos que teria a duração de muitos anos. Tenho certeza de que o Proprietário nunca nos deu nenhum sinal de que o despejaria por meio de um comunicado assim.

— Ah, mas ele não precisa dar nenhum sinal — interrompeu o Mordomo. — Vocês sabem que ele sempre tem o direito de despejar qualquer um, quando bem entender. É muita bondade da parte dele deixar que permaneçamos aqui.

— Com certeza, com certeza — disse a mãe.

— Não há o que dizer — falou o pai.

— Não estou reclamando — disse o tio Jorge. — Mas parece que fazer isso é bastante difícil e cruel.

— De jeito nenhum — disse o Mordomo. — Você somente tem que ir até o Castelo e bater no portão para encontrar-se com o Proprietário. Você sabe que ele só está tirando você daqui para deixá-lo muito mais confortável em algum outro lugar. Não sabe?

Tio Jorge acenou com a cabeça. Ele não parecia capaz de falar coisa alguma.

De repente, o pai de João olhou para o relógio. E então olhou para o Mordomo e disse:

— Vamos?

— Sim — disse o Mordomo.

Então eles mandaram João para o quarto, orientando-o a vestir as roupas feias e desconfortáveis, e, quando ele desceu, sentindo coceira por todo o corpo e com os braços apertados, recebeu uma pequena máscara para vestir e os seus pais também puseram máscaras. Então pensei em meus sonhos que talvez eles quisessem colocar uma máscara no tio Jorge, mas ele tremia, de modo que ela não ia parar no rosto dele. Então eles tiveram que ver seu rosto como era; e seu rosto tornou-se tão terrível que todos olharam em uma direção diferente e fingiram não ver. Com muita dificuldade, colocaram tio Jorge em pé e tomaram, todos, o caminho da rua. No fim dela, era possível ver o sol se pondo, pois a rua se estendia do leste para o oeste. Eles deram as costas para o deslumbrante céu do ocidente e ali João viu, diante deles, a

As montanhas a leste

noite chegando sobre as montanhas do leste. O campo descia na direção leste até um riacho e todo esse lado do riacho era verde e cultivado: do outro lado, havia uma enorme quantidade de terra abandonada e negra e, para além dela, precipícios e abismos nas montanhas mais baixas; e bem acima deles, novamente ficavam as montanhas mais altas, e no topo de toda essa vastidão havia uma montanha tão grande e negra que João tinha medo dela. Ele foi informado de que o castelo do Proprietário ficava lá.

Eles caminharam com dificuldade na direção leste e andaram por um longo tempo, sempre descendo, até que chegaram ao riacho. Estavam andando tão devagar agora, que o pôr do sol atrás deles já não mais podia ser visto. Diante deles, tudo escurecia a cada minuto e o vento frio do leste soprava para além da escuridão, direto dos cumes das montanhas. Quando já haviam caminhado um bom tempo, tio Jorge olhou uma ou duas vezes para eles e ao redor e disse, com uma voz pequena e engraçada, como de uma criança: "Meu Deus! Meu Deus!". Ele então saltou o riacho e começou a caminhar rumo à terra abandonada. Já tinha escurecido e havia muitas subidas e descidas na terra baldia, de modo que, imediatamente, eles o perderam de vista. Ninguém jamais o viu novamente.

— Bem — disse o Mordomo, tirando a sua máscara enquanto retornavam para casa. — Todos temos de partir quando chega a nossa hora.

— É verdade — disse o pai de João, enquanto acendia seu cachimbo. Depois que acendeu, ele voltou-se para o Mordomo e disse: — Alguns dos porcos do Jorge ganharam prêmios.

— Eu os manteria, se fosse você — disse o Mordomo. — Agora não é hora de vendê-los.

— Talvez você esteja certo — disse o pai.

João vinha caminhando com sua mãe, atrás deles.

— Mãe.

— Sim, querido.

O regresso do Peregrino

— Qualquer um de nós poderia ser despejado assim, sem aviso prévio, algum dia?

— Bem, sim. Mas isso é muito improvável.

— Mas *poderíamos*?

— Você não deveria pensar nesse tipo de coisa, com a sua idade.

— Por que não deveria?

— Não é saudável. Um menino como você.

— Mãe.

— Sim?

— Podemos parar de pagar o aluguel sem aviso também?

— O que você quer dizer?

— Bem, o Proprietário pode nos colocar para fora da fazenda sempre que quiser. Mas, e nós, podemos deixar a fazenda sempre que quisermos?

— Não, é certo que não.

— Por que não?

— Está no contrato. Devemos sair quando ele quiser e ficar até quando ele quiser.

— Por quê?

— Suponho que é porque é ele quem faz o contrato.

— O que aconteceria se nós saíssemos?

— Ele ficaria muito zangado.

— Ele nos colocaria no buraco negro?

— Talvez.

— Mãe.

— Sim, querido.

— O Proprietário vai colocar o tio Jorge no buraco negro?

— Como você ousa dizer algo assim sobre seu pobre tio? É claro que ele não vai fazer isso.

— Mas o tio Jorge não violou todas as leis?

— Violou todas as leis? Tio Jorge foi um homem muito bom.

— Você nunca me disse isso antes — disse João.

42

CAPÍTULO **4**

Lia por Raquel

*A ambição por recuperar o desejo oculta a
verdadeira oferta de seu retorno — João
tenta forçar-se a senti-lo, mas em vez disso
encontra (e aceita) a luxúria.*

Então me virei durante o sono e comecei a ter um sonho ainda
mais profundo: sonhei que vi João crescer até ficar magro e alto,
como se deixasse de ser criança e se tornasse um rapaz. Nessa
época, o que mais lhe dava prazer na vida era descer a rua e olhar
através da janela no muro, na esperança de ver a bela ilha. Alguns
dias, em especial no começo, ele a viu muito claramente e ouviu
a música e a voz. Inicialmente, não olhava para a floresta através
da janela, a menos que ouvisse a música. Depois de certo tempo,
no entanto, a visão e os sons da ilha se tornaram muito raros. Ele
ficava olhando pela janela durante horas, contemplando a floresta, mas não havia mar ou ilha para além dela, e esforçava-se para
ouvir, mas não ouvia nada, exceto o vento batendo nas folhas. E a
ansiedade por essa visão da ilha e pelo vento soprando sobre as
águas a partir dela, embora fosse só ansiedade, tornou-se tão terrível que João pensou que morreria se não os visse novamente e
se isso não acontecesse muito em breve. Ele até disse a si mesmo:
"Para tê-los, eu violaria todas as leis no cartão se tão somente eu

O regresso do Peregrino

pudesse tê-los. Desceria até o buraco negro para sempre, se lá eu pudesse encontrar uma janela de onde pudesse ver a ilha". Então, lhe ocorreu que talvez devesse explorar a floresta para encontrar, por ela, o caminho em direção ao mar; então decidiu que no dia seguinte, independentemente do que pudesse ver ou ouvir na janela, ele atravessaria e passaria o dia todo na floresta. Quando a manhã chegou, tinha chovido a noite inteira e, no nascer do sol, um vento sul tinha levado as nuvens para longe e tudo era fresco e luminoso. Assim que terminou seu café da manhã, João foi para a rua. Com o vento e os pássaros e as carroças passando, houve muitos ruídos naquela manhã, de modo que quando João ouviu uma melodia, muito antes de ter chegado ao muro e à janela — uma melodia que ele desejava ouvir, mas que vinha de uma região inesperada —, não conseguiu ter certeza absoluta de que não a tinha imaginado. Isso o fez ficar parado na rua por um minuto, e em meu sonho eu podia ouvi-lo pensando... Assim: "Se eu seguir esse som... rua acima... terei muita sorte se encontrar algo. Mas, se eu for pela janela, por ali, *sei* que vou alcançar a floresta e vou poder encontrar uma boa saída para a costa e para a ilha. Na verdade, vou *insistir* para encontrá-la. Estou determinado. Mas, se for por um novo caminho, não vou conseguir insistir: vou ter de conformar-me com o que vier". Assim, ele continuou em direção ao lugar que conhecia e subiu pela janela, rumo à floresta. Passando pelas árvores, ele caminhou, olhando de um lado para outro, sem encontrar nenhum mar e nenhuma costa e também nenhum fim para a floresta, qualquer que fosse a direção. Por volta do meio-dia, ele estava com tanto calor que sentou e se abanou. Quanto mais o tempo passava e com frequência, quando não conseguia ter a vista da ilha, ele se sentia triste e desesperado: mas o que sentia agora era mais parecido com a raiva. "Preciso encontrá-la", continuava dizendo para si mesmo e então disse, "Preciso encontrar algo." Então imaginou que ao menos ele tinha a floresta, que outrora havia amado e que

Lia por Raquel

não tinha pensado nela durante toda a manhã. "Muito bem", pensou João, "eu vou apreciar a floresta: eu *vou* apreciá-la." Ele cerrou os dentes, enrugou a testa e sentou-se, silencioso, com o suor escorrendo pelo rosto, esforçando-se para apreciar a floresta. No entanto, quanto mais tentava, mais sentia que não havia nada para apreciar. Havia a grama e tinha as árvores: "Mas o que vou fazer com elas?", perguntou-se. Depois lhe passou pela cabeça que talvez, se desse asas à sua imaginação, pudesse recobrar o velho *sentimento* — pois o que mais a ilha lhe tinha dado, pensou, senão um sentimento? Fechou os olhos e cerrou novamente os dentes e criou um quadro da ilha em sua mente; mas não conseguia prender sua atenção no quadro, porque queria o tempo todo se concentrar em alguma outra parte de sua mente, para ver se o *sentimento* estava começando a aflorar. Nenhum *sentimento* havia sido despertado e, então, enquanto abria os olhos, ouviu uma voz falando com ele. Era uma voz bem próxima e muito doce, totalmente diferente da velha voz da floresta. Quando olhou ao redor, viu o que imaginou que pudesse ver, embora não fosse bem uma surpresa. Ali na grama, ao seu lado, tinha se sentado uma menina cor de bronze[1] e sorridente, mais ou menos da sua idade, e nua.

— Era a mim que você queria — disse a menina cor de bronze. — Eu sou melhor do que as suas ilhas idiotas.

E João levantou-se e a possuiu, tudo com muita pressa, e cometeu fornicação com ela na floresta.

---

[1]Ao empregar a cor do bronze (que preferimos a "marrom" [*brown* no original] por razões estilísticas), Lewis, longe de atribuir noções racistas ao tom de pele, está ressaltando a condição da alma das meninas dessa cor — em que a cor representa uma nuança ou matiz de escuridão. Isso pode ser observado de certa forma no diálogo entre João e o sr. Virtude (p. 225):

— É verdade que ela tinha uma tez escura como a cor do bronze. No entanto... A cor do bronze não é tão necessária ao espectro quanto qualquer outra cor?

— Toda cor não é, da mesma forma, uma corrupção da radiação branca?

CAPÍTULO 5

Icabode

*O engano não permanece: mas deixa o
hábito do pecado para trás.*

Depois disso, João sempre ia à floresta. Nem sempre tinha o prazer de tê-la junto ao seu corpo, embora o encontro sempre terminasse da seguinte maneira: ele às vezes conversava com ela sobre si mesmo, contando-lhe mentiras sobre sua coragem e inteligência. Tudo o que ele contava para a menina, ela lembrava, de modo que nos dias seguintes era capaz de contar tudo novamente. Às vezes, no entanto, ele saía andando com ela através da floresta, procurando pelo mar e pela ilha, mas não com frequência. Enquanto isso, o ano passou e as folhas começaram a cair na floresta e o céu estava mais cinza; nesse momento, no meu sonho, João tinha dormido na floresta e acordado lá. O sol estava quase se pondo e um vento forte arrancava as folhas dos galhos. A menina ainda estava ali e sua aparência, na opinião de João, era detestável e ele percebeu que ela sabia disso, e, quanto mais sabia, mais o encarava, sorrindo. Ele olhou ao redor e notou como a floresta era pequena, afinal... Uma faixa tímida de árvores entre a rua e um campo que ele conhecia bem. Em nenhum lugar à vista havia algo de que ele gostasse.

Icabode

— Não vou voltar aqui — disse João. — O que eu queria não está aqui. Não era você que eu queria, sabe.

— Não era? — perguntou a menina cor de bronze. — Então se afaste. Mas deve levar sua família com você.

Com isso, ela colocou a mão em torno da boca e chamou. Instantaneamente, de trás de cada uma das árvores que havia ali saiu uma menina cor de bronze: cada uma das meninas, exatamente como ela — a pequena floresta estava repleta delas.

— Quem são?

— Nossas filhas — ela respondeu. — Você não sabia que era pai? Pensava que eu fosse estéril, seu bobo? E agora, filhas — ela acrescentou, voltando-se para a multidão —, vão com seu pai.

De repente, João ficou com muito medo e pulou o muro em direção à rua. Então, correu para casa o mais rápido que pôde.

CAPÍTULO 6

Quem quaeritis in sepulchro? Non est hic[1]

O pecado e a lei atormentam João, um enfrentando o outro — o doce desejo retorna e ele decide torná-lo o objetivo de sua vida.

Daquele dia em diante, até fugir de casa, João não foi feliz. Primeiro, o peso de todas as regras que ele havia violado caiu sobre ele; por um tempo, ele foi diariamente à floresta a ponto de quase esquecer o Proprietário e agora, repentinamente, havia muitas contas para pagar. Em segundo lugar, sua última visão da ilha estava agora tão distante no tempo, que ele havia esquecido até como desejá-la e quase se esqueceu de como começar a procurar por ela. A princípio, sentiu medo de retornar à janela no muro, porque não queria encontrar a menina cor de bronze: ele, no entanto, descobriu que a família dela estava tão constantemente com ele que o lugar não faria qualquer diferença. Onde quer que sentasse para descansar de uma caminhada, ali, mais cedo ou mais tarde, haveria uma menininha cor de bronze ao seu lado. Quando ele se sentava à noite com seu pai e sua mãe, uma menina cor de bronze, visível apenas para ele, se esgueirava e

---

[1]Latim, "Quem você procura na sepultura? Ele não está aqui".

se sentava a seus pés: e, às vezes, sua mãe fixava seus olhos nele e perguntava para onde ele estava olhando. Acima de tudo, no entanto, elas o importunavam sempre que ele tinha uma crise de medo em relação ao Proprietário e ao buraco negro. Era sempre a mesma coisa. Acordava de manhã cheio de medo, pegava seu cartão, o lia — a parte da frente — e determinava que naquele dia, verdadeiramente, começaria a cumprir as regras. E, naquele dia, ele cumpria, mas a tensão era insuportável. Ele costumava consolar-se, dizendo: "Vai ficar mais fácil à medida que eu continuar. Amanhã será mais fácil". No entanto, amanhã era sempre mais difícil e o terceiro dia era o pior de todos. E, naquele terceiro dia, quando se arrastava até a cama, morto de cansaço e ferido na alma, tinha sempre a certeza de encontrar ali uma menina cor de bronze esperando por ele e, em noites como esta, ele não tinha ânimo nenhum para resistir às suas investidas.

No entanto, quando percebeu que nenhum lugar era nem mais nem menos assombrado que outro, ele então se aproximou da janela no muro. Tinha poucas esperanças. Foi para lá, mais como um homem que visita um túmulo. Era pleno inverno agora e o bosque estava nu e escuro, as árvores gotejavam e o riacho — ele agora podia perceber que o riacho era pouco mais que um canal — estava cheio de folhas mortas e lama. O muro também estava quebrado na parte em que ele havia pulado. No entanto, João ficou lá por muito tempo, muitas noites de inverno, olhando profundamente. E tinha a sensação de ter alcançado o extremo da miséria.

Certa noite, ele estava voltando para casa, quando começou a chorar. Pensou naquele primeiro dia em que ouvira a música e avistara a ilha: e a saudade, não agora pela ilha em si, mas por aquele momento em que ele tanto ansiara por ela, começou a crescer como uma onda quente, mais e mais doce, até que ele pensou que não aguentaria mais tanta doçura, e ela continuou a se intensificar, até que por fim veio um curto e inconfundível

O regresso do Peregrino

som de música, como se uma corda ou um sino tivessem sido tocados uma única vez. No mesmo instante, uma carruagem passou por ele. João virou-se e olhou para ela, a tempo de ver uma cabeça, que se escondia na janela, e pensou ter ouvido uma voz dizer: "Vem". E, bem além da carruagem, entre as colinas do horizonte ocidental, pensou ter visto um mar reluzente e uma figura anuviada de uma ilha. Não era nada comparado ao que ele havia visto na primeira vez: estava muito distante. Mas sua mente estava decidida. Naquela noite, esperou até que seus pais dormissem e então, juntando algumas trouxas, saiu sorrateiramente pela porta dos fundos e virou-se para o oeste, com o objetivo de procurar pela ilha.

LIVRO 2

Tremor

Não farás para ti nenhum ídolo, nenhuma imagem de qualquer coisa no céu.

Êxodo 20:4

A alma do homem, portanto, desejando aprender de que tipo de material essas coisas são, lança seus olhos sobre objetos semelhantes a ela, com os quais ninguém se satisfaz. Assim, é isso o que ela diz: "Entre o Senhor e as coisas de que falei, não há nada semelhante; com o que, então, ela se assemelha?". Esta é a pergunta, ó filho de Dionísio, essa é a causa de todos os males — ou antes o trabalho onde trabalha a alma.

Platão,[1] "Segunda epístola", 312e-313a, endereçada a Dionísio, rei de Siracusa

---

[1]*Acredita-se que esse texto possa ter sido erroneamente atribuído a Platão. [As notas seguidas de asterisco são provenientes do original.]

*Seguir cópias falsas do bem não produz nenhuma
realização sincera de suas promessas feitas.*
DANTE, "Purgatory", *Divina commedia*,
parte 2, XVIII, p. 38-9

Nas mãos, ela audaciosamente tomou,
para criar uma dama como a anterior, um
florimell de forma e aparência semelhantes,
tão vívida e similar que a muitos enganou.
SPENSER, *The faerie queene*, III.8

CAPÍTULO 1

Dixit insipiens[1]

*João começa a pensar por si mesmo e encontra
o racionalismo do século 19, que pode explicar
a religião por uma série de métodos —
"Evolução" e "Religião comparada", e todas as
suposições que se disfarçam de "Ciência".*

Ainda deitado, sonhando na cama, olhei e vi João caminhando lentamente ao longo da rua na direção oeste, no escuro amargo de uma noite gelada. Ele caminhou tanto que amanheceu. Nesse instante, João viu uma pequena estalagem ao lado da rua e uma mulher com uma vassoura, que havia aberto a porta e varria o lixo. Ele então entrou e pediu um café da manhã e, enquanto esperava, sentou-se em uma cadeira dura ao lado do fogo recém-aceso e dormiu. Quando acordou, o sol brilhava através da janela e lá estava a mesa posta para o seu desjejum. Outro viajante já estava comendo: era um homem grande, ruivo e com pelos vermelhos sobre seus três queixos, atados de modo bem apertado. Quando ambos terminaram, o viajante se levantou, tossiu e ficou de costas para o fogo. Ele então tossiu novamente e disse:

---

[1] Latim, "Diz o tolo..." (Salmos 14:1; 53:1).

— Uma bela manhã, jovem senhor.

— Sim, senhor — disse João.

— Você está indo para o oeste, jovem?

— Eu... Eu acho que sim.

— É possível que não me conheça.

— Eu sou um estrangeiro aqui.

— Não se ofenda — disse o desconhecido. — Meu nome é sr. Iluminismo, e acredito que seja bem conhecido. Ficarei feliz em lhe dar minha ajuda e proteção, desde que nossos caminhos se unam.

João lhe agradeceu muito por isso e quando saíram da estalagem havia uma pequena e perfeita charrete aguardando por eles, com um pônei pequeno e gordo preso entre os bastões. Seus olhos eram brilhantes e seus arreios, tão bem polidos que era difícil dizer qual estava cintilando mais na luz do sol da manhã. Ambos entraram na charrete, o sr. Iluminismo deu um leve açoite no pônei gordo e pequeno e eles saíram jogando críquete pela rua, como se ninguém tivesse qualquer preocupação no mundo. Nesse instante, começaram a conversar.

— E de onde você poderia ter vindo, meu fino rapaz? — perguntou o sr. Iluminismo.

— De Puritânia, senhor — respondeu João.

— Um bom lugar para viver, não?

— Fico tão contente que pense isso — exclamou João. — Eu estava com medo...

— Espero que eu seja um homem do mundo — disse o sr. Iluminismo. — Qualquer jovem amigo que se preocupe em se aprimorar pode confiar que encontrará compreensão e apoio em mim. Puritânia! Suponho que tenha sido educado para temer o Proprietário.

— Bem, devo admitir que às vezes fico mesmo bem nervoso.

— Você pode tranquilizar sua mente, meu rapaz. Essa pessoa não existe.

— Não há nenhum Proprietário?

Dixit insipiens

— Não há absolutamente nada assim; eu poderia até mesmo dizer que não existe uma entidade assim. Nunca houve e nunca haverá.

— E isso é realmente certo? — perguntou João, exclamando, pois uma grande esperança surgia em seu coração.

— Absolutamente certo. Olhe para mim, rapaz. Eu lhe pergunto, eu pareço ser facilmente enganado?

— Ah, não — respondeu João apressadamente. — Eu, no entanto, estava apenas me perguntando. Quero dizer... Como eles todos vieram a pensar que uma pessoa assim existisse?

— O Proprietário é uma invenção desses Mordomos. Tudo criado para que ficássemos sob seu controle: e é claro que estão de mãos dadas com a polícia. Eles são muito astutos, esses Mordomos. Sabem o que lhes é mais vantajoso, muito bem. Camaradas espertos. Raios, não consigo deixar de admirá-los!

— Mas você quer dizer que os Mordomos não acreditam nisso?

— Ouso dizer que acreditam. Tudo não passa de uma história bastante conhecida de todos, na qual eles poderiam mesmo acreditar. Eles são almas velhas e simples, a maioria deles — como crianças. Não têm nenhum conhecimento da ciência moderna e acreditariam em qualquer coisa que lhes fosse dita.

João ficou em silêncio por alguns minutos. E então começou novamente:

— Mas como você *sabe* que não há nenhum Proprietário?

— Cristóvão Colombo, Galileu, a terra é redonda, invenção da imprensa, da pólvora! — exclamou o sr. Iluminismo, tão alto que assustou o pônei.

— Desculpe — disse João.

— Sim? — disse o sr. Iluminismo.

— Não entendi muito bem — disse João.

— Ora, está muito claro — disse o outro. — Seu povo em Puritânia acredita no Proprietário, porque não tem desfrutado dos benefícios da formação científica. Por exemplo, agora, ouso

55

O regresso do Peregrino

dizer que seria novidade para você ouvir que a terra é redonda; redonda como uma laranja, meu jovem!

— Bem, não sei se seria — disse João, sentindo-se um pouco decepcionado. — Meu pai sempre disse que ela era redonda.

— Não, não, meu querido garoto — disse o sr. Iluminismo —, você não deve ter entendido o que ele disse. É público que todos em Puritânia pensam que a terra é plana. Não é provável que eu me engane nesse ponto. Na verdade, isso está fora de questão. Novamente, então, há a evidência paleontológica.

— O que é isso?

— Ora, eles lhe dizem em Puritânia que o Proprietário fez todas essas ruas. Mas é totalmente impossível para os idosos lembrarem-se do tempo quando as ruas não eram nem de perto boas como são agora. Além disso, cientistas têm descoberto por todo o país as marcas de velhas ruas espalhadas pelas mais diferentes direções. A inferência é óbvia.

João não disse nada.

— Eu disse — repetiu o sr. Iluminismo — que a inferência é óbvia.

— Ah, sim, sim, é claro — disse João mais do que depressa, ficando um pouco vermelho.

— Novamente, então, há a antropologia.

— Lamento não conhecer...

— Deus, claro que não. Eles não exigem que você conheça. Um antropólogo é um homem que vagueia pelos cantos de suas vilas antigas, recolhendo as histórias estranhas que o povo do país conta sobre o Proprietário. Ora, há uma vila onde eles pensam que ele tem uma tromba como a de um elefante. Agora qualquer um pode ver que isso não poderia ser verdade.

— É muito improvável.

— E o que é ainda melhor é que sabemos como os habitantes das vilas passaram a pensar assim. Tudo começou com um elefante que escapou do zoológico local e então algum habitante antigo, que provavelmente estava bêbado, o viu vagando pela montanha

Dixit insipiens

certa noite e assim surgiu a história de que o Proprietário tinha uma tromba.

— Eles capturaram o elefante?

— Quem capturou?

— Os antropólogos.

— Ah, meu querido garoto, você está se equivocando. Isso aconteceu muito antes de haver algum antropólogo.

— Então, como eles sabem?

— Bem, quanto a isso, percebo que você tem uma noção muito rudimentar de como a ciência de fato funciona. Sendo bem simples, pois, é claro, você não conseguiria entender a explicação técnica. Sendo bem simples, eles sabem que o elefante fugitivo deve ter sido a fonte da história da tromba, porque sabem que uma cobra fugitiva deve ter sido a fonte de uma história de cobras na vila seguinte... E assim por diante. Isso é chamado de método indutivo. A hipótese, meu querido e jovem amigo, se estabelece por meio de um processo cumulativo: ou, para usar a linguagem popular, se fizer a mesma conjectura repetidas vezes ela deixa de ser uma conjectura e se torna um fato científico.

Depois de pensar por um tempo, João disse:

— Acho que entendo. A maioria das histórias sobre o Proprietário provavelmente é falsa, portanto, é provável que o resto seja falso.

— Bem, isso é o mais perto que um iniciante pode chegar, talvez. Mas, quando você tiver formação científica, descobrirá que pode estar bem certo sobre todos os tipos de coisas que agora parecem a você apenas uma probabilidade.

A essa altura o pônei pequeno e gordo os havia carregado por vários quilômetros e eles chegaram a um lugar onde, à direita, havia um atalho.

— Se você está indo para o oeste, devemos nos separar aqui — disse o sr. Iluminismo, apontando naquela direção. — A menos, talvez, que você achasse importante vir para casa comigo. Você vê essa cidade maravilhosa?

O regresso do Peregrino

João olhou para baixo ao largo do atalho e viu, em uma campina plana e sem árvores, uma enorme coleção de cabanas de ferro onduladas, a maioria com aparência velha e enferrujada.

— Essa — disse o sr. Iluminismo — é a cidade de Caçaplauso. Você não vai acreditar em mim se eu disser que me lembro do tempo em que ela era uma vila miserável. Quando cheguei aqui pela primeira vez, ela tinha apenas quarenta habitantes, agora ostenta uma população de doze milhões, quatrocentos mil, trezentas e sessenta e uma almas, que inclui, eu poderia acrescentar, a maioria de nossos mais influentes publicitários e divulgadores científicos. Nesse desenvolvimento sem precedentes, tenho orgulho de dizer que tive uma grande participação, mas não é nenhuma falsa modéstia acrescentar que a invenção da imprensa foi mais importante do que qualquer atividade meramente pessoal. Se você quiser juntar-se a nós...

— Bem, obrigado — disse João —, mas acho que vou seguir pela estrada principal por mais um tempo.

Ele desceu da charrete e voltou-se para despedir-se do sr. Iluminismo. Então, de repente, um pensamento lhe ocorreu e ele disse:

— Não estou certo de que realmente compreendi os seus argumentos, senhor. Tem certeza de que não existe nenhum Proprietário?

— Absolutamente. Dou-lhe minha palavra de honra.

Com essas palavras e com um aperto de mão, eles se despediram. O sr. Iluminismo puxou as rédeas do pônei, deu-lhe um toque com o chicote e logo desapareceu do alcance da visão de João.

CAPÍTULO 2

A colina

João abandona sua religião com profundo alívio — e logo tem sua primeira experiência explicitamente moral.

Então vi João seguindo adiante em sua estrada, tão tranquilamente que, antes que percebesse, já havia chegado ao topo de uma pequena colina. Ele parou ali, não porque estivesse cansado, mas porque estava muito feliz por ser capaz de movimentar-se tão levemente. "Não há nenhum Proprietário", ele gritava. Tamanho peso havia sido retirado de sua mente que ele sentia como se pudesse voar. Em volta dele, o gelo resplandecia como prata; o céu era como uma vidraça azul. Um pintarroxo pousou na cerca ao seu lado e um galo cacarejava a distância. "Não há nenhum Proprietário." Ele riu quando pensou no velho cartão de regras pendurado na parede de sua cama no quarto tão vil e obscuro, na casa de seu pai. "Não há nenhum Proprietário. Não há nenhum buraco negro." Ele se virou e olhou para a estrada de onde tinha vindo. Ao olhar, respirou fundo, com alegria, pois ali, no leste, sob a luz da manhã, viu as montanhas empilhadas até o céu, como nuvens verdes, violetas e vermelhas escuras. Sombras cruzavam os grandes declives redondos e a água resplandecia nos lagos da montanha e lá em cima, no ponto mais alto de todos, o sol sorria constantemente sobre os últimos penhascos. Esses penhascos eram de fato tão bem emoldurados que era possível confundi-los com um castelo, e nesse momento João percebeu que nunca havia olhado para as montanhas antes, porque, enquanto pensou que o Proprietário vivia ali, tinha medo delas. Agora, no entanto, que não havia nenhum Proprietário, ele percebeu que elas eram lindas. Por um momento, chegou a duvidar de que a ilha poderia ser tão bela e se não seria mais sábio ir para o leste, e não para o oeste. Mas isso não parecia importar, pois ele disse: "Se o mundo tem as montanhas em uma extremidade e a ilha em outra, então toda estrada leva à beleza e o mundo é uma glória entre as glórias".

Naquele momento, ele viu um homem subindo a colina para encontrá-lo. Agora eu sabia, em meu sonho, que o nome desse homem era sr. Virtude. Ele tinha a mesma idade de João ou talvez fosse um pouco mais velho.

— Qual é o nome deste lugar? — perguntou João.

— Ele é chamado de Javé-Jirê — disse o sr. Virtude.

Ambos continuaram sua jornada rumo ao oeste. Depois de andarem um pouco, o sr. Virtude olhou de relance para o rosto de João e então deu um pequeno sorriso.

— Por que está rindo? — perguntou João.

— Estou pensando que você parece muito contente — respondeu o outro.

— Você também estaria se tivesse vivido com medo do Proprietário toda a sua vida e descobrisse que é um homem livre.

— Ah, então é isso!

— Você não acredita no Proprietário, acredita?

— Não sei nada sobre ele — exceto de ouvir falar, como a maioria de nós.

— Você não gostaria de estar sob o seu domínio.

— Não gostaria? Eu não *ficaria* sob o domínio de ninguém.

A colina

— Talvez se fosse preciso, se ele tivesse um buraco negro.

— Eu permitiria que ele me colocasse em um buraco negro antes de receber ordens, se as ordens contrariassem minha opinião.

— É, acho que você está certo. Ainda nem consigo acreditar nisso... Que não preciso obedecer a regras. Lá vem aquele pintarroxo de novo. Pensar que eu poderia atingi-lo se quisesse e que ninguém interferiria!

— Você quer fazer isso?

— Não tenho certeza se quero — respondeu João, preparando seu estilingue. No entanto, quando olhou ao redor, para a luz do sol, e lembrou-se de sua grande felicidade e olhou novamente para o passarinho, ele disse: — Não, não quero. Não há nada que eu queira menos. Contudo... Eu poderia, se quisesse.

— Você quer dizer que poderia, se escolhesse.

— Onde está a diferença?

— Olha, faz toda a diferença do mundo.

CAPÍTULO | 3

Um pouco em direção ao sul

O imperativo moral não se compreende por completo — João decide que a experiência estética é o que devemos buscar.

Fiquei pensando que João o questionaria mais adiante, pois nesse momento se depararam com uma mulher que caminhava mais devagar que eles, de modo que passaram por ela e lhe desejaram um bom dia. Quando a mulher se virou, eles observaram que ela era jovem e bela, mas com a pele puxando para o bronze. Ela era amigável e franca, mas não devassa como as garotas cor de bronze, e o mundo inteiro tornou-se mais agradável para os jovens, porque estavam viajando no mesmo caminho que ela. Mas primeiro disseram a ela os seus nomes e ela lhes disse o dela, que era Mediana, o Meio do Caminho.

— E para onde está viajando, sr. Virtude? — ela perguntou.

— Viajar com esperança é melhor que chegar — respondeu Virtude.

— Quer dizer que está viajando por viajar, apenas pelo exercício?

— Claro que não — disse Virtude, que estava ficando um pouco confuso. — Estou em uma peregrinação. Devo admitir,

Um pouco em direção ao sul

agora que você me forçou a responder, que não tenho uma ideia muito clara sobre o fim da minha viagem. Mas essa não é a questão importante. Essas especulações não transformam ninguém em um melhor caminhante. O que mais importa é caminhar cinquenta quilômetros por dia.

— Por quê?

— Porque essa é a regra.

— Ah-ah! — disse João. — Então, no fim das contas, você acredita no Proprietário.

— Não mesmo! Não disse que a regra era do Proprietário.

— De quem é, então?

— É a minha própria regra. Eu a criei.

— Mas por quê?

— Ah, essa pergunta de novo, é uma pergunta capciosa. Fiz as melhores regras que pude. Se encontrar outras melhores, eu as adotarei. Enquanto isso, o mais importante a fazer é ter regras de algum tipo e guardá-las.

— E aonde você está indo? — perguntou Mediana, voltando-se para João.

João então começou a contar aos seus companheiros sobre a ilha e sobre como a tinha visto pela primeira vez, e que estava determinado a desistir de tudo, na esperança de encontrá-la.

— Então é melhor você conhecer meu pai — disse ela. — Ele vive na cidade de Encanto, e ao pé da colina há um caminho à esquerda, que em meia hora nos levará até lá.

— Seu pai esteve na ilha? Ele conhece o caminho?

— Ele sempre fala sobre algo bem semelhante a ela.

— É melhor vir conosco, Virtude — disse João —, uma vez que não sabe para onde está indo e que talvez não haja lugar melhor para ir do que a ilha.

— Certamente não — disse Virtude. — Devemos continuar na estrada. Seguirmos adiante.

— Não vejo por que — disse João.

O regresso do Peregrino

— Acho que você não entenderia — disse Virtude.

Durante todo esse tempo eles estavam descendo a colina e então chegaram a uma pista coberta de capim à esquerda, que passava por uma floresta. Então achei que João demonstrou uma pequena hesitação. Isso aconteceu, em parte, porque o sol agora estava quente e o metal duro da estrada estava ferindo seus pés, e, em parte, porque ele ficou com um pouco de raiva de Virtude, mas, no fim das contas, decidiu seguir pela pista coberta de capim, porque Mediana estava indo por aquele caminho. Eles disseram adeus a Virtude e seguiram por seu caminho, desbravando a próxima colina sem sequer olhar para trás.

CAPÍTULO 4

Ida suave

Quando estavam na pista coberta de capim, a caminhada passou a ser mais suave. A grama sob os pés deles era macia e o sol da tarde que batia sobre o abrigo os deixava aquecidos. E, nesse instante, eles ouviram um som de sinos, doce e melancólico.

— Esses são os sinos da cidade — disse Mediana.

Ao continuar, andaram mais próximos um do outro e logo caminhavam de braços dados. Eles, então, se beijaram e, depois disso, prosseguiram em seu caminho, beijando-se e cochichando, falando de coisas tristes e belas. E a sombra da floresta, a doçura da menina e o som sonolento dos sinos fizeram com que João se lembrasse um pouco da ilha e um pouco das meninas cor de bronze.

— É isso o que sempre procurei em toda a minha vida — disse João. — As meninas cor de bronze eram muito brutas, e a ilha, em contraposição, era delicada demais. O que estou sentindo agora é o que realmente importa.

— Isso é amor — disse Mediana com um suspiro profundo.
— Esse é o caminho para a *verdadeira* ilha.

O regresso do Peregrino

Então sonhei que eles avistaram a cidade, uma cidade muito velha, cheia de cones e de pequenas torres, todas cobertas de mármore, e que a cidade se estendia sobre um pequeno vale gramado que se erguia em ambos os lados de um rio lento e tortuoso. E passaram pelo portão da velha cidade devastada, chegaram e bateram em determinada porta e foram recebidos. Mediana, então, o levou a um quarto escuro com um teto em forma de abóbada e com janelas em forma de vitrais, onde foram servidos de excelente comida. Juntamente com o alimento, chegou o sr. Meio do Caminho. Era um cavalheiro discreto, com cabelos lisos e brancos e uma voz suave e clara, vestido com graciosos mantos, e era tão solene, com sua barba longa, que João se lembrou do Mordomo vestido com sua máscara. "Mas ele é muito melhor que o Mordomo", pensou João, "por que em relação a ele não há o que temer. Além disso, não precisa de máscaras, seu rosto é esse mesmo."

CAPÍTULO 5

Lia por Raquel

*A poesia "romântica" professa dar o que
até aqui João somente desejou — por um
momento, ela parece ter mantido sua promessa
— o entusiasmo não permanece, mas definha
em apreciação técnica e sentimentos.*

Enquanto comiam, João contou-lhe sobre a ilha.

— Você vai encontrar a sua ilha aqui — disse o sr. Meio do Caminho, olhando bem fundo nos olhos de João.

— Mas como é que ela pode estar aqui, no meio da cidade?

— Ela não precisa ocupar um lugar específico. Está em toda parte e em parte alguma. Não recusa a entrada a ninguém que peça. Esta é a ilha da alma — disse o velho cavalheiro. — Certamente, mesmo em Puritânia, eles não lhe disseram que o castelo do Proprietário estava dentro de você?

— Mas não quero o castelo — disse João. — E não acredito no Proprietário.

— O que é a verdade? — perguntou o velho homem. — Eles estavam enganados quando lhe falaram sobre o Proprietário e, ao mesmo tempo, não estavam. Aquilo que a imaginação apreende como belo passa a ser a verdade, quer existisse antes, quer não.

O regresso do Peregrino

O Proprietário que eles sonharam encontrar, nós encontramos em nossos corações: você já habita na ilha que procura. Os filhos desse país nunca estão distantes de sua terra natal.

Quando a refeição terminou, o velho cavalheiro pegou uma harpa e, no primeiro movimento de sua mão sobre as cordas, João começou a pensar na música que já tinha ouvido junto à janela no muro. Então veio a voz e ela não era mais simplesmente suave, clara e melancólica como a voz do sr. Meio do Caminho, mas uma voz forte, nobre e repleta de estranhos sons harmônicos, como o barulho do mar e de todos os pássaros e às vezes também como o som do vento e do trovão. E João, com os seus olhos bem abertos, começou a ver um retrato da ilha, mas ela era mais que um retrato, pois ele sentiu o aroma apimentado misturado ao cheiro da maresia. Ele parecia estar na água, a apenas alguns metros da areia da ilha. E conseguia ver mais do que tinha visto antes. Entretanto, tão logo quanto havia colocado seus pés e tocado um chão de areia e começado a arrastar-se em direção à costa, a canção cessou. Toda a visão se esvaneceu. João se viu novamente na sala escura, sentado sobre um divã, com Mediana ao seu lado.

— Agora vou cantar outra canção para você — disse o sr. Meio do Caminho.

— Ah, não — exclamou João, que chorava intensamente. — Cante a mesma, de novo. Por favor, cante-a novamente.

— Melhor não ouvi-la duas vezes na mesma noite. Eu tenho muitas outras canções.

— Eu daria a minha vida para ouvi-la novamente — disse João.

— Bem, bem — disse o sr. Meio do Caminho —, talvez você tenha razão. Na verdade, o que importa? Ela é muito curta para a ilha, de um modo ou de outro.

Ele, então, sorriu generosamente e balançou sua cabeça e João não conseguiu deixar de pensar que, depois da cantoria, sua voz

Lia por Raquel

e seus modos pareciam meio bobos. No entanto, assim que o grande e profundo som da música recomeçou, ele varreu tudo de sua mente. A ele pareceu que dessa vez teve mais prazer nas primeiras notas e percebeu, até mesmo, passagens deliciosas que não havia notado na primeira audição, e disse consigo mesmo: "Essa será ainda melhor que a outra. Vou me concentrar dessa vez e tentar tirar todo o prazer possível desse meu momento de descanso". Percebi que ele tinha se acomodado mais confortavelmente para escutar e Mediana deslizou sua mão sobre a dele. A ele lhe agradara o fato de que estavam indo juntos para a ilha. E então veio a visão da ilha novamente: dessa vez, no entanto, ela estava mudada, de forma que João quase não a reconheceu, por causa de uma senhora que tinha uma coroa na cabeça e que estava esperando por ele na costa. Ela era bela, divinamente bela. "Por fim", disse João, "uma garota sem nenhum traço da cor do bronze." E ele começou novamente a arrastar-se em direção à costa, estendendo seus braços para abraçar aquela rainha. Seu amor por ela lhe pareceu tão grande e tão puro e lhe pareceu que eles tinham estado separados por tanto tempo que a pena que ele sentiu de si mesmo e dela quase o devastou. E, quando estava a ponto de abraçá-la, a canção cessou.

— Cante de novo, cante de novo — gritou João. — Gostei mais dela na segunda vez.

— Bem, se você insiste — disse o sr. Meio do Caminho, com um dar de ombros. — É muito bom ter uma plateia tão acolhedora.

Assim, ele cantou uma terceira vez. João notou ainda mais detalhes sobre a música. Começou a perceber como vários dos efeitos eram produzidos e que algumas partes eram melhores que outras. Perguntou-se se não seria um passatempo longo demais. A visão da ilha estava um pouco indefinida dessa vez e ele não se deu conta disso. Colocou seu braço sobre Mediana e ficaram de rosto colado. Ele começou a se perguntar se o sr. Meio do

Caminho não pararia mais de tocar e quando enfim a última passagem se encerrou, com uma interrupção chorosa na voz do cantor, o velho cavalheiro olhou e viu como os jovens se abraçavam. Ele então se levantou e disse:

— Vocês encontraram sua ilha... Vocês a encontraram no coração um do outro.

Ele então andou na ponta dos pés e deixou a sala, enxugando os olhos.

CAPÍTULO 6

Icabode

*O êxtase finalmente se transformará em
Lascívia, mas isso, no último momento,
o movimento literário "moderno" se
oferece para "desmascarar".*

— Mediana, eu amo você — disse João.

— Chegamos à ilha real — respondeu Mediana.

— Mas, ah, ai de mim! — falou ele. — Por que nos abstemos há tanto tempo dos nossos corpos?

— Outro grande príncipe está na prisão — suspirou ela.

— Ninguém mais pode compreender o mistério do nosso amor — disse ele.

Nesse momento, eles ouviram um passo forte e rápido e um jovem alto entrou na sala, carregando uma luz na mão. Ele tinha cabelos negros como carvão e uma boca reta como uma fenda de uma caixa de correio e estava vestido com vários tipos de arame. Assim que os viu, deu uma enorme gargalhada. Os amantes imediatamente se afastaram um do outro.

— Bem, menininha cor de bronze — disse ele —, nos seus truques de novo?

— Não me chame desse nome — retrucou Mediana, batendo o pé —, eu já lhe disse para não me chamar assim.

O regresso do Peregrino

O jovem fez um gesto obsceno para ela e então se voltou para João:

— Percebo que aquele velho idiota do meu pai esteve com você.

— Você não tem o direito de falar assim do nosso pai — disse Mediana. Voltando-se então para João, com o rosto vermelho e com a respiração alterada, ela disse:

— Está tudo acabado. Nosso sonho... Está destruído. Nosso mistério... Está profanado. Eu lhe teria ensinado todos os segredos do amor e agora você está perdido para mim e para sempre. Devemos partir. Eu vou partir e me suicidar — e, dizendo isso, saiu apressadamente da sala.

CAPÍTULO 7

Non est hic

— Não se incomode com ela — disse o jovem. — Ela ameaçou fazer isso centenas de vezes. Ela é apenas uma menina cor de bronze, embora não saiba disso.

— Uma menina cor de bronze! — gritou João — e seu pai...

— Meu pai foi empregado das Meninas Cor de Bronze toda a vida. Ele não sabe, o velho cabeçudo. Ele as chama de Musas, ou de Espíritos, ou de outra bobagem qualquer. Na verdade, ele é, por ofício, um cafetão.

— E a ilha? — perguntou João.

— Falaremos sobre isso de manhã. Na verdade, não é o tipo de ilha que você está pensando. Vou lhe contar. Eu não vivo com meu pai e minha preciosa irmã. Moro em Escrópolis[1] e estou voltando para lá amanhã. Eu o levarei para o laboratório e lhe mostrarei alguma poesia verdadeira. Não fantasias. Mas a realidade.

— Muito obrigado — disse João.

O jovem sr. Meio do Caminho, então, foi para a sua sala e toda a família foi para a cama.

---

[1]Em carta não publicada de 27 de dezembro de 1943, de Lewis a sra. Barrett Lewis, ele explica que o grego *Eschropolis* é adaptação de *aischropolis* (*aischro*, "feio"; *polis*, "cidade").

CAPÍTULO 8

Grandes promessas

A poesia da Era das Máquinas é tão pura.

Gus Meio do Caminho era o nome do filho do sr. Meio do Caminho. Assim que se levantou de manhã, chamou João para tomar café com ele, a fim de que pudessem iniciar sua viagem. Não havia ninguém para impedi-los, pois os velhos Meio do Caminho ainda dormiam e Mediana sempre tomava café na cama. Depois de comerem, Gus o levou a um galpão ao lado da casa de seu pai e lhe mostrou uma máquina sobre rodas.

— O que é isso? — perguntou João.

— Meu velho ônibus — respondeu o jovem Meio do Caminho. Ele, então, olhou de lado e contemplou-o por um instante; nesse momento, no entanto, começou a falar com uma voz diferente e reverente.

— Ela é um poema. É a filha do Espírito da Época. O que era a velocidade de Atalanta[1] comparada à dela? A beleza de Apolo comparada à dela?

---

[1] Na mitologia grega, filha de um rei da Beócia que se destacava em corridas a pé e só se casaria com o homem que pudesse ultrapassá-la. O homem que finalmente fez isso foi Hipomene, protegido de Afrodite, a deusa do amor.

Grandes promessas

A beleza, para João, não significava nada, a menos que evocasse vislumbres de sua ilha e a máquina não o fazia lembrar em nada de sua ilha: assim, ele segurou a língua.

— Você não percebe? — perguntou Gus. — Nossos pais fizeram imagens do que chamavam de deuses e deusas, mas elas eram, na verdade, apenas meninas cor de bronze e meninos cor de bronze pintados de branco, como qualquer um poderia perceber olhando para eles por tempo suficiente. Tudo autoengano e sentimento de impotência. Mas aqui você tem a verdadeira arte. E não há nada de erótico *nela*, certo?

— Claro que não — disse João, olhando para as rodas dentadas e para os rolos de arame, — é claro que ela não é como uma menina cor de bronze.

Ela foi, na verdade, mais um ninho de ouriços e serpentes.

— Eu não deveria dizer — retrucou Gus. — Puro poder, hein? Velocidade, crueldade, austeridade, forma significativa, não!? Além disso "(e aqui ele baixou a voz)" muito caro, na verdade.

Ele fez João sentar na máquina, sentou-se ao seu lado e então começou a empurrar as alavancas e, por um longo tempo, nada aconteceu. Por fim, no entanto, vieram um clarão e um estrondo, e a máquina saltou no ar e então se lançou para a frente. Antes que João recuperasse o fôlego, eles haviam tomado uma via larga que ele reconheceu como sendo a estrada principal e estavam correndo pelo país na direção norte — uma região plana, de campos quadrados e pedregosos, divididos por cercas de arame farpado. Um momento depois, eles estavam parados, em uma cidade onde todas as casas eram feitas de aço.

LIVRO 3

Em meio às densas trevas de Zeitgeistburgo

E todo giro astuto foi exaltado entre os homens... E a simples bondade, onde a nobreza mais participa, foi ridicularizada, totalmente extinta.

Tucídides, *History of the Peloponnesian war (Historiae)*, III.82-3

Agora vivem os inferiores, como senhores do mundo, os molestadores atarefados. Banida é a nossa glória, a excelência da terra envelhece e murcha.

Anôn.

Quanto mais ignorantes os homens, mais convencidos ficam de que sua pequena paróquia e sua pequena capela são um ápice pelo qual a civilização e a filosofia têm dolorosamente lutado.

Shaw, "Apparent anachronisms", *Caesar and Cleopatra* (1901)

CAPÍTULO 1

Escrópolis

*A poesia dos inúteis anos 20 — a "coragem" e
a lealdade mútua dos artistas.*

Então sonhei que ele tinha levado João para uma sala grande,
parecida com um banheiro; ela era cheia de aço e vidro e as paredes eram quase totalmente ocupadas por janelas, e havia uma
multidão ali, bebendo o que parecia ser remédio e falando bem
alto. Todos eram jovens ou se vestiam para parecer que eram.
As meninas tinham cabelo curto e seios e traseiros achatados, de
modo que pareciam meninos: os meninos, no entanto, tinham
rostos pálidos, ovais, cinturas finas e quadris grandes, de modo
que pareciam meninas — exceto alguns deles, que tinham cabelos e barbas longos.

— Por que estão com tanta raiva? — sussurrou João.

— Eles não estão com raiva — disse Gus —, estão falando
sobre Arte.

Ele, então, levou João para o meio da sala e disse:

— Vejam! Aqui está um rapaz que foi ludibriado por meu pai
e que deseja ouvir música cem por cento verdadeira, para relaxar. É melhor começarmos com algo neorromântico, para criar
o clima.

Então todos os eruditos conversaram uns com os outros e, nesse instante, concordaram que era melhor que Vitoriana[1] cantasse primeiro. Quando Vitoriana se levantou, João primeiro pensou que era uma menina, aluna de colégio: no entanto, depois de olhar para ela novamente, percebeu que ela na verdade tinha quase cinquenta anos. Antes de começar a cantar, ela colocou um vestido que era um tipo de cópia exagerada dos mantos do sr. Meio do Caminho e uma máscara que era como a máscara do Mordomo, exceto pelo fato de que o nariz havia sido pintado de vermelho brilhante e que um dos olhos havia sido fechado permanentemente em uma piscadela.

— Isso é impagável! — exclamou uma parte dos eruditos.
— Muito puritano.

A outra parte, no entanto, que incluía todos os homens barbados, manteve seus narizes empinados e aparentavam ser muito rígidos. Vitoriana, então, pegou algo que parecia uma harpa de brinquedo e começou a tocar. Os ruídos da harpa de brinquedo eram tão estranhos que João não conseguia interpretá-los como música. Então, quando ela cantou, ele teve uma visão em sua mente, de algo que era um pouco como uma ilha, mas viu imediatamente que não era a ilha. E, nesse instante, viu pessoas que pareciam com o seu pai e o Mordomo e o velho sr. Meio do Caminho, vestidos como palhaços e dançando um tipo esquisito de dança. Havia então uma colombina e uma espécie de história de amor. No entanto, de repente, toda a ilha transformou-se em uma aspidistra[2] em um vaso e a canção se encerrou.

— Impagável — disseram os eruditos.

— Espero que goste — disse Gus a João.

— Bem — começou João, com desconfiança, pois mal sabia o que dizer: mas não seguiu adiante, pois naquele momento

---

[1] Paródia da poeta inglesa Edith Sitwell, provavelmente uma alusão a seu *Façade*.
[2] A *aspidistra* tornou-se planta muito popular nas casas inglesas do final do século 19, sendo forte o suficiente para sobreviver à fumaça da iluminação a gás.

teve uma grande surpresa. Vitoriana havia retirado a máscara, caminhado até ele e o esbofeteado no rosto duas vezes, o mais forte que pôde.

— Está certo — disseram os eruditos —, Vitoriana tem *coragem*. Podemos não concordar com você, Vicky querida, mas admiramos a sua coragem.

— Vocês podem me perseguir quanto quiserem — disse Vitoriana a João. — Sem dúvida, ver-me assim com minhas costas na parede desperta a lascívia intensa em você. Você sempre seguirá o clamor da maioria. Mas lutarei até o fim. Eu não me importo — e começou a chorar.

— Lamento profundamente — disse João. — Mas...

— *Sei* que era uma boa canção — disse Vitoriana, em prantos —, porque todos os grandes cantores são perseguidos durante a vida... E eu sou perseguida e, portanto, devo ser uma grande cantora.

— Ela lhe conquistou — disseram os eruditos, enquanto Vitoriana deixava o lugar.

— Bem, devo admitir — disse um dos eruditos —, agora que ela se foi, acho que essas coisas dela são um pouco *vieux jeu* [jogo já conhecido].

— Não suporto isso — disse outro.

— Acho que era o rosto *dela* que precisava de uma bofetada — disse um terceiro.

— Ela foi mimada e bajulada a vida inteira — disse um quarto.

— Esse é o problema dela.

— É isso aí — disse o resto do coro.

CAPÍTULO 2

Um vento sul

A literatura dos imundos anos 20, que foi a pique — foi um erro grosseiro mencionar o que havia de mais óbvio.

— Talvez — disse Gus — outra pessoa pudesse nos cantar uma canção.

— Eu canto — gritaram trinta vozes todas juntas, mas uma gritou mais alto que as outras e seu dono havia se posto no meio da sala antes que alguém pudesse fazer qualquer coisa a respeito. Era um dos homens de barba, que não vestia nada, a não ser uma camiseta vermelha e uma peça feita de peles de crocodilos, e de repente ele começou a bater em um tambor africano e a sussurrar com sua voz, balançando de um lado para o outro seu corpo magro e semivestido, encarando todos eles com seus olhos que eram como carvão em brasa. Desta vez, João não viu nenhum retrato da ilha. Ele parecia estar em um lugar verde escuro, cheio de raízes enroladas e tubos peludos que pareciam vegetais compridos, e, de repente, viu nele figuras movendo-se e se contorcendo, que não eram figuras de vegetais, mas humanas. E o verde escuro ficou ainda mais escuro, e um calor intenso saiu dele e repentinamente todas as formas que estavam se movendo

Um vento sul

na escuridão saíram juntas para formar uma imagem única e obscena, que dominou toda a sala. E a canção terminou.

— Impagável — disseram os eruditos. — Demais! Muito forte.

João pestanejou, olhou ao redor, e quando viu todos os eruditos despreocupados, fumando seus cigarros e tomando bebidas que pareciam remédios, tudo como se nada de extraordinário tivesse acontecido, ele ficou perturbado em sua mente, pois pensou que a canção devia ter representado algo diferente para eles e, "se assim foi", ele argumentou, "que pessoas de mente tão pura elas devem ser". Sentindo-se entre seus superiores, ele ficou envergonhado.

— Você gostou, não? — perguntou o cantor de barba.

— Eu, eu não acho que a tenha compreendido — respondeu João.

— Eu faço com que goste — disse o cantor, agarrando novamente seu tambor. — Era o que você realmente queria, o tempo todo.

— Não, não — gritou João. — Sei que você está errado. Concordo com você que esse tipo de coisa é o que sempre acontece comigo se penso muito tempo sobre a ilha. Mas ela não pode ser o que desejo.

— Não? Por que não?

— Se é o que eu queria, por que sempre fico decepcionado quando recebo? Se o que um homem realmente quisesse fosse comida, como poderia se decepcionar quando a comida chegasse? Do mesmo modo, não compreendo...

— O que você não compreende? Eu lhe explico.

— Bem, é assim. Pensei que vocês não gostassem do canto do sr. Meio do Caminho porque ele, no fim, levava até as meninas cor de bronze.

— Exato.

— Bem, por que é melhor levar até as meninas cor de bronze no começo?

Um assovio baixo soou por toda a sala. João sabia que havia cometido um erro estúpido.

— Olhe aqui — disse o cantor de barba com uma voz diferente —, o que você quer dizer? Não está sugerindo que o meu canto provoca coisas desse tipo, está?

— Eu... Eu suponho... Acho que foi uma falha minha — gaguejou João.

— Em outras palavras — disse o cantor —, você ainda não é capaz de distinguir entre arte e pornografia! — E avançando muito deliberadamente na direção de João, cuspiu em seu rosto e virou-se para sair da sala.

— Está certo, Palo — gritaram os eruditos —, dê-lhe o que ele merece.

— Animalzinho de mente suja — disse um.

— Ah! Puritano! — disse uma menina.

— Acho que ele está impotente — sussurrou outro.

— Você não deve ser tão duro com ele — disse Gus. — Ele está cheio de inibições e tudo o que diz é apenas uma racionalização delas. Talvez ele se dê melhor com algo mais formal. Por que você não canta, Jenifeia?

CAPÍTULO 3

Liberdade de pensamento

A literatura titubeante dos lunáticos anos 20 — João abandona "o movimento", embora pouco danificado por ele.

Jenifeia levantou-se imediatamente. Ela era muito alta e magra como um poste e sua boca era um pouco torta. Quando estava no meio da sala e todo mundo ficou em silêncio, ela começou a fazer gestos. Primeiro, colocou as mãos na cintura e, astutamente, virou as palmas das mãos para cima, de modo a parecer que seus pulsos estivessem torcidos. Ela então se arrastou de um lado para o outro com os pés voltados para dentro. Depois disso, se contorceu a fim de parecer que o osso de seu quadril estava deslocado. Finalmente, deu alguns gemidos e disse: *"Globol abol ookle ogle globol gloogle gloo"*, e terminou franzindo os lábios e fazendo um ruído vulgar, como o que as crianças fazem nos berçários. Ela então voltou para o seu lugar e se sentou.

— Muito obrigado — disse João educadamente.

Jenifeia, no entanto, não deu nenhuma resposta, pois não podia falar em virtude de um acidente na infância.

— Imaginei que você fosse gostar — disse o jovem Meio do Caminho.

— Eu não a compreendi.

— Ah — disse uma mulher de óculos, que parecia ser a enfermeira ou a guardiã de Jenifeia —, isso é porque você está procurando beleza. Ainda está pensando em sua ilha. Você tem que perceber que a sátira é a força propulsora na música moderna.

— Trata-se da expressão de uma desilusão selvagem — disse mais alguém.

— A realidade se quebrou — disse um menino gordo que havia bebido uma grande quantidade de remédio e estava deitado de peito para cima, sorrindo alegremente.

— Nossa arte deve ser brutal — disse a enfermeira de Jenifeia.

— Perdemos nossos ideais quando houve uma guerra neste país — disse um erudito bem jovem. — Eles foram tirados de nós e lançados na lama, na enchente e no sangue. É por isso que temos de ser rígidos e brutais.

— Mas, olhe aqui — exclamou João —, aquela guerra foi há muitos anos. Foram seus pais que participaram dela e eles estão todos com a vida ganha e levando uma vida comum.

— Puritano! Burguês! — gritaram os eruditos. Todos pareciam ter se levantado.

— Segure a sua língua — sussurrou Gus no ouvido de João. No entanto, alguém já havia atingido João na cabeça e, enquanto ele se inclinava por causa do impacto, outra pessoa o atingiu por trás.

— Foram a lama e o sangue — vaiaram as meninas todas em seu redor.

— Bem — disse João, abaixando a cabeça para se desviar de um golpe que vinha em sua direção —, se vocês são realmente velhos o bastante para se lembrar dessa guerra, por que fingem ser tão jovens?

— Nós somos jovens — elas uivaram —, somos o novo movimento; somos a revolta.

— Nós temos outras atividades humanitárias — falou alto um dos homens barbados, chutando João bem no joelho.

Liberdade de pensamento

— E temos modéstia — disse uma velha e frágil senhora, tentando arrancar suas roupas do pescoço. E, no mesmo momento, seis meninas saltaram diante de seu rosto com suas unhas e ele foi chutado nas costas e na barriga e atingido de modo que caiu de boca no chão, e então foi novamente golpeado ao se levantar e todo o vidro do mundo parecia estar se partindo ao redor de sua cabeça enquanto ele fugia da sala para salvar sua vida. E todos os cães de Escrópolis juntaram-se à sua caça enquanto ele corria pela rua e todas as pessoas o seguiam, atirando lixo nele e gritando:

— Puritano! Burguês! Lascivo!

CAPÍTULO | 4

O homem por trás da arma

Do que viveram os intelectuais revolucionários?

Quando não conseguiu mais correr, João sentou-se. O barulho dos perseguidores havia desaparecido e, olhando para trás, não conseguia ver nenhum sinal de Escrópolis. Ele estava coberto de sujeira e de sangue e a sua respiração o feria. Parecia haver algo errado com um de seus pulsos. Como estava muito cansado para andar, ele se sentou, em silêncio, e ficou pensando durante um tempo. E primeiro pensou que gostaria de voltar para o sr. Meio do Caminho. "É verdade", ele pensou, "que se eu der muito ouvidos a ele, isso pode me levar até Mediana — e ela tinha mesmo quê de bronze nela. Mas antes houve um vislumbre da ilha. Agora os eruditos levaram-me diretamente para as meninas cor de bronze — e, o que é pior, sem um vislumbre sequer da ilha. Fico me perguntando se seria possível, com o sr. Meio do Caminho, manter-se sempre junto à ilha. Isso tem sempre que terminar assim?" Então decidiu, afinal, que não queria as canções do sr. Meio do Caminho, mas a ilha: e que isso era a única coisa que ele queria no mundo. E, quando se lembrou disso, ergueu-se dolorosamente para continuar sua jornada, procurando ao redor o caminho para o oeste. Ele ainda estava no país plano, mas

O homem por trás da arma

parecia haver montanhas adiante e o sol estava se pondo sobre elas. Uma estrada seguia na direção delas, e ele então começou a avançar com dificuldade pela estrada. Logo o sol desapareceu, o céu ficou cheio de nuvens e uma chuva fria caiu.

Depois de mancar cerca de um quilômetro, cruzou com um homem que estava no campo consertando uma cerca e fumando um charuto enorme. João parou e lhe perguntou se ele sabia qual era o caminho para o mar.

— Não — respondeu o homem, sem levantar a cabeça.

— Conhece algum lugar neste país onde eu poderia me abrigar por uma noite?

— Não — respondeu o homem.

— Poderia me dar um pedaço de pão? — perguntou João.

— Claro que não! — disse o sr. Mamom. — Isso contrariaria todas as leis econômicas. Isso o deixaria pobre. — Então, quando João começou a se afastar, ele acrescentou: — Vá embora. Não quero nenhum vagabundo por aqui.

João seguiu andando, com dificuldade, por aproximadamente dez minutos. De repente, ouviu o sr. Mamom chamando por ele. Parou e deu meia volta.

— O que você quer? — gritou João.

— Volte — disse o sr. Mamom.

João estava tão cansado e faminto que se humilhou e retornou (e o caminho parecia longo), na esperança de que Mamom demonstrasse alguma piedade por ele. Quando chegou de novo ao lugar onde haviam conversado antes, o homem terminou silenciosamente o seu serviço e então disse:

— Onde é que as suas roupas ficaram assim, torcidas?

— Eu tive uma briga com os eruditos em Escrópolis.

— Eruditos?

— Você não os conhece?

— Nunca ouvi falar deles.

— Conhece Escrópolis?

O regresso do Peregrino

— Conhecer? Eu sou o dono de Escrópolis.

— Como assim?

— Como você acha que eles vivem?

— Nunca pensei nisso.

— Todos aqueles homens ganham sua vida trabalhando para mim ou como Proprietários de partes da minha terra. Suponho que os "eruditos" sejam alguma besteira que eles fazem em seu tempo livre, quando não estão espancando mendigos — e olhou para João. E, então, retomando seu trabalho, disse em seguida:

— Você pode ir.

CAPÍTULO 5

Preso

João é impedido de prosseguir em sua busca pelo clima intelectual da época.

Então me virei e imediatamente comecei a sonhar outra vez e vi João se dirigindo com dificuldade para a direção do oeste, na escuridão e na chuva, em meio a grande angústia, porque estava muito cansado para continuar, mas também sentindo muito frio para parar. E, depois de um tempo, veio um vento norte que levou a chuva embora, congelou a superfície das poças e fez com que os galhos secos se chocassem uns contra os outros nas árvores. E a lua apareceu. E então João olhou para cima, com seus dentes rangendo, e percebeu que estava entrando em um longo vale de rochas, com altos penhascos à direita e à esquerda. E a extremidade do vale era barrada por um alto penhasco, com exceção de uma passagem estreita no meio. A luz da lua se estendia branca sobre esse penhasco e bem no meio havia uma enorme sombra, como a cabeça de um homem. João olhou sobre seu ombro e percebeu que a sombra era projetada por uma montanha que estava bem atrás dele, uma montanha que ele tinha atravessado enquanto ainda estava escuro.

Fazia frio demais para um homem ficar no vento, e sonhei com João seguindo adiante, cambaleando na direção do vale, até

O regresso do Peregrino

chegar à parede de pedra e prestes a entrar no caminho. No entanto, ao circundar uma grande pedra e ficar bem de frente para o caminho, ele viu alguns homens armados sentados na estrada, ao lado de um braseiro, e imediatamente eles se colocaram em posição de alerta e barraram o seu caminho.

— Você não pode passar aqui — disse o líder.

— Onde posso passar? — perguntou João.

— Para onde você está indo?

— Encontrar o mar, a fim de navegar até uma ilha que vi no oeste.

— Então você não pode passar.

— Por ordem de quem?

— Você não sabe que todo este país pertence ao Espírito da Época?

— Lamento — disse João. — Eu não sabia. Não tenho intenção de transgredir nenhuma ordem, farei o caminho de alguma outra forma. Não passarei por seu país.

— Você é tolo — disse o capitão. — Você está no país dele agora. Este caminho é o caminho de saída, não o de entrada. Ele saúda os estrangeiros. Sua contenda é com fugitivos. — Ele então chamou um de seus homens e disse: — Aqui, Iluminismo, leve este fugitivo até o nosso mestre.

Um jovem saiu e algemou as mãos de João; colocando, então, parte da corrente sobre seu próprio ombro e dando uma sacudida, começou a descer o vale arrastando João com ele.

CAPÍTULO 6

Envenenando os poços

João é impedido especialmente pelo
freudianismo — tudo é apenas a
realização do desejo — uma doutrina que
leva a uma enorme prisão.

Então os vi descendo o vale, do mesmo modo que João o havia subido, com a lua cheia batendo em seus rostos e, em frente à lua, estava a montanha que havia feito sombra para ele, agora ainda mais parecida com um homem do que antes.

— Sr. Iluminismo — disse João, por fim. — É realmente você?

— Por que não seria? — respondeu o guarda.

— Você parecia tão diferente quando o encontrei antes.

— Você nunca me encontrou antes.

— O quê? Você não me encontrou na estalagem nas fronteiras de Puritânia e me conduziu por oito quilômetros em sua charrete?

— Ah, então é *isso*... — disse o outro. — Deve ter sido meu pai, o velho sr. Iluminismo. Ele é um homem velho, inútil e ignorante, quase um puritano, e nós nunca o mencionamos na família. Eu sou Sigismundo Iluminismo e há muito tempo estou brigado com meu pai.

Eles ficaram em silêncio por um tempo. Então Sigismundo falou novamente.

— Eu lhe pouparia problemas se lhe dissesse de uma vez a melhor razão para não tentar escapar: é o seguinte, não há para onde fugir.

— Como você sabe que não há nenhum lugar como a minha ilha?

— Você gostaria muito que houvesse?

— Gostaria.

— Você nunca imaginou antes algo que fosse verdade única e exclusivamente porque você desejou muito que fosse?

João pensou um pouco e então respondeu:

— Sim.

— E a sua ilha é *como* uma imaginação, não é?

— Suponho que sim.

— É o tipo de coisa que você *só* imagina porque a deseja... A coisa toda é muito suspeita. Mas me responda outra pergunta. Você alguma vez teve uma visão da ilha que não terminou em meninas cor de bronze?

— Não sei se tive. Mas elas não eram o que desejei.

— Não. O que você queria era tê-las e, com elas, a satisfação de sentir que era bom. Portanto, a ilha...

— Você quer dizer...

— A ilha era o pretexto que você criou para ocultar de você mesmo a sua própria luxúria.

— De todo modo, fiquei triste quando as coisas terminaram assim.

— Sim. Você se decepcionou ao descobrir que não poderia tê-la de ambas as maneiras. Mas não perdeu tempo em tê-la da maneira que pudesse: não rejeitou as meninas cor de bronze.

Ficaram em silêncio por um tempo e sempre a montanha com sua forma estranha crescia diante deles, e agora eles estavam

Envenenando os poços

em sua sombra. João então falou de novo, quase dormindo, pois estava muito cansado.

— Afinal, ela é somente a minha ilha. Eu talvez retorne... De volta ao leste e tente as montanhas.

— As montanhas não existem.

— Como você sabe?

— Você já esteve lá? Já as viu, exceto à noite ou no brilho do nascer do sol?

— Não.

— E seus antepassados devem ter gostado de pensar que, quando seus arrendamentos terminassem, eles subiriam as montanhas e viveriam no castelo do Proprietário. Trata-se de uma perspectiva mais animadora do que ir a lugar nenhum.

— Suponho que sim.

— É claramente mais uma das coisas na qual as pessoas querem acreditar.

— Mas nunca fazemos outra coisa? Todas as coisas que vejo estão ali, naquele momento, somente porque desejo vê-las?

— A maioria delas — disse Sigismundo. — Por exemplo: você gostaria que essa coisa à nossa frente fosse uma montanha, é por isso que você acha que ela é uma montanha.

— Por quê? — exclamou João. — O que é isso?

E então, em meu pesadelo, percebi que João ficou como uma criança apavorada e colocou as mãos sobre os olhos para não ver o gigante. No entanto, o jovem sr. Iluminismo descobriu os olhos de João e o forçou a olhar ao redor e fez com que ele visse o Espírito da Época, que estava sentado, como uma das pedras gigantes, do tamanho da montanha, com os olhos fechados. O sr. Iluminismo então abriu uma pequena porta entre as rochas e arremessou João em um poço feito ao lado da colina, de frente para o gigante, de modo que o gigante pudesse olhar para dentro dele através de suas grades.

— Ele vai abrir os olhos em breve — disse o sr. Iluminismo. E então trancou a porta e deixou João na prisão.

CAPÍTULO | 7

Encarando os fatos

João vê toda a humanidade como feixes de complexidades.

João passou a noite inteira algemado no frio e no fedor de uma masmorra. Quando a manhã chegou, havia uma pequena luz na grade e, olhando em volta, viu que tinha muitos companheiros de prisão, de todos os sexos e idades. No entanto, em vez de falarem com ele, todos se aconchegaram longe da luz e se refugiaram o mais perto possível uns dos outros, dentro do poço, longe da grade. Mas João pensou que se pudesse respirar um pouco de ar fresco seria melhor e, assim, arrastou-se até a grade. No entanto, assim que olhou para fora e viu o gigante, seu coração quase saiu pela boca e, enquanto olhava, o gigante começou a abrir seus olhos e João, sem saber por que ele fizera isso, saiu de perto da grade. Em seguida, sonhei que os olhos do gigante tinham essa propriedade, que, para onde quer que olhassem, as coisas ficavam transparentes. Consequentemente, quando João olhava ao redor na masmorra, se afastava aterrorizado com seus companheiros de prisão, pois o lugar parecia estar repleto de demônios. Uma mulher estava sentada perto dele, mas ele não sabia que era uma mulher porque, através de seu rosto, João via o crânio e através

Encarando os fatos

dele, o cérebro e as passagens do nariz, a laringe, a saliva se movendo nas glândulas e o sangue nas veias e, mais embaixo, os pulmões arquejando como esponjas, o fígado e os intestinos como um caracol de serpentes. E, quando ele desviou seus olhos dela, eles se depararam com um velho homem e foi pior, porque o velho tinha um câncer. E, quando João sentou e inclinou a cabeça, para não ver os horrores, viu somente o conteúdo dos seus próprios intestinos. Então sonhei com todas essas criaturas vivendo naquele buraco, sob os olhos do gigante, por muitos dias e noites. E João olhou em volta e de repente caiu de cara no chão e colocou as mãos sobre os olhos e clamou:

— É o buraco negro. Talvez não haja nenhum Proprietário, mas o buraco negro é verdadeiro. Eu estou louco. Estou morto. Estou no inferno para sempre.

CAPÍTULO | 8

A doença do papagaio

Por fim, o senso comum de João é abalado.

Todos os dias, um carcereiro trazia o alimento para os prisioneiros e, enquanto entregava os pratos, dizia-lhes alguma coisa. Se a comida era carne, ele os lembrava de que estavam comendo cadáveres, ou lhes dava detalhes do massacre; ou, se fossem os intestinos de algum animal, ele lhes lia um texto sobre anatomia e mostrava a semelhança entre algumas partes dos homens e dos animais — o que era feito com muita facilidade, porque os olhos do gigante estavam sempre encarando a masmorra durante o jantar. Ou, se a refeição fosse ovos, ele lhes recordava que estavam comendo a substância dissolvida de alguma ave doméstica infectada de vermes e contava algumas piadas para as prisioneiras. Assim ele passou dia após dia. Então sonhei que um dia não havia para eles nada senão leite, e que, enquanto entregava os potes de cerâmica, o carcereiro dizia:

— Nossas relações com a vaca não são delicadas, como vocês podem facilmente perceber, imaginem-se comendo qualquer outra de suas secreções.

João havia passado menos tempo no poço do que qualquer um dos outros e, diante dessas palavras, algo pareceu estalar em

A doença do papagaio

sua cabeça, então deu um grande suspiro e de repente falou em alto e bom som:

— Graças aos céus! Agora finalmente sei que você está falando bobagem.

— O que você quer dizer? — perguntou o carcereiro, dando meia volta.

— Você está tentando alegar que coisas diferentes são iguais. Está tentando nos fazer pensar que o leite é o mesmo que o suor ou o estrume.

— E que diferença há entre eles, exceto de hábito?

— Você é um mentiroso ou apenas um tolo, que não vê nenhuma diferença entre o que a natureza despreza e recusa e o que ela armazena como alimento?

— Sim, a natureza é uma pessoa, com propósitos e consciência — disse o carcereiro com um olhar de desprezo. — Na verdade, é uma proprietária. Sem dúvida lhe conforta imaginar que pode acreditar nesse tipo de coisa. — E depois se virou para deixar a prisão, com seu nariz empinado.

— Não sei nada sobre isso — gritou João. — Estou falando do que acontece. O leite alimenta os bezerros e o estrume não.

— Olhe aqui — gritou o carcereiro, retornando —, acho que já é o bastante. Isso tudo é uma enorme traição e o apresentarei ao mestre.

E então sacudiu João com sua corrente e começou a arrastá-lo em direção à porta, mas João, enquanto era arrastado, gritava para os outros:

— Vocês não veem que tudo isso é uma trapaça?

O carcereiro então o atingiu nos dentes tão fortemente que sua boca ficou cheia de sangue e ele não conseguia falar e, enquanto estava mudo, o carcereiro dirigiu-se aos prisioneiros e disse:

— Vocês veem que ele está tentando argumentar. Agora, alguém me diga, qual é o argumento?

Houve um murmúrio confuso.

O regresso do Peregrino

— Venham, venham — disse o carcereiro. — Vocês já devem saber seus catecismos. Você aí (e apontou para um prisioneiro um pouco mais velho que um menino cujo nome era Mestre Papagaio), o que é o argumento?

— O argumento — respondeu Mestre Papagaio — é a tentativa de racionalização dos desejos do argumentador.

— Muito bem — respondeu o carcereiro —, mas você deveria juntar seus dedos e colocar suas mãos atrás de suas costas. É melhor. Agora: qual é a resposta apropriada a ser dada para um argumento que seja capaz de provar a existência do Proprietário?

— A resposta apropriada é: "Você diz isso porque é um Mordomo".

— Bom menino. Mas levante a sua cabeça. Está certo. E qual é a resposta para um argumento que seja capaz de provar que as canções do sr. Palo são tão da cor do bronze quanto as do sr. Meio do Caminho?

— Há somente dois argumentos, que geralmente são suficientes para a condenação — disse o Mestre Papagaio. — O primeiro é: "Você diz isso porque é um puritano"; e o segundo é: "Você diz isso porque é um sensualista".

— Bom. Agora só mais uma pergunta. Qual é a resposta a ser dada a um argumento que seja capaz de suscitar a crença de que dois e dois são quatro?

— A resposta é: "Você diz isso porque é um matemático".

— Você é um menino muito bom — disse o carcereiro. — Quando eu voltar, vou trazer alguma coisa legal para você. E, agora, é com você — ele acrescentou, dando um chute em João e abrindo a grade.

100

CAPÍTULO | 9

O matador de gigantes

O encanto começa a se quebrar — uma vez que se permite ouvir o argumento racional, o gigante está perdido.

Quando saíram para a claridade do exterior, João piscou um pouco os olhos, mas não muito, pois ainda estavam somente à meia-luz, sob a sombra do gigante, que estava com muita raiva e com fumaça saindo de sua boca, de modo que parecia mais um vulcão do que uma montanha como outra qualquer. E, naquele momento, João se deu como perdido, mas logo que o carcereiro o arrastou para os pés do gigante, tossindo levemente e começando a fazer "a acusação contra este prisioneiro", houve uma revolta e ouviu-se um som de cascos de cavalo. O carcereiro olhou ao redor e até mesmo o gigante desviou os olhos de João e olhou em volta: por fim, o próprio João também olhou em torno de si. Eles viram alguns homens da guarda vindo em direção a eles trazendo um enorme cavalo preto, e nele estava sentada uma figura envolta em uma capa azul com um capuz que lhe cobria a cabeça e ocultava o rosto.

— Outro prisioneiro, senhor — disse o líder dos guardas. Então, muito lentamente, o gigante ergueu seu grande e pesado dedo e apontou para a boca da masmorra.

— Ainda não — disse a figura encapuzada. E, de repente, esticou suas mãos algemadas e fez um rápido movimento com os pulsos. Ouviu-se um tilintar de metais enquanto os fragmentos da corrente quebrada caíam na rocha aos pés do cavalo e os guardas soltaram o freio e retrocederam, observando. O cavaleiro então retirou a capa e um brilho de aço lançou luz nos olhos de João e no rosto do gigante. João viu que era uma mulher na flor da idade, tão alta que lhe pareceu uma gigante mitológica, uma virgem iluminada de sol e totalmente vestida de aço, com apenas uma espada na mão. O gigante inclinou-se para a frente em sua cadeira e olhou para ela.

— Quem é você? — perguntou.

— Meu nome é Razão — respondeu a virgem.

— Emitam um passaporte para ela, rapidamente — disse o gigante com voz baixa. — E deixe que ela entre em nossos domínios e parta com toda a velocidade que desejar.

— Ainda não — disse Razão. — Eu lhe pedirei que decifre três enigmas antes de ir, como uma aposta.

— Qual é a aposta? — perguntou o gigante.

— Sua cabeça — respondeu ela.

Houve silêncio, por um tempo, entre as montanhas.

— Bem — disse o gigante por fim —, o que deve ser, será. Pergunte.

— Eis o meu primeiro enigma — disse Razão. — Qual é a cor das coisas nos lugares escuros, dos peixes nas profundezas do mar ou dos intestinos no corpo do homem?

— Não sei dizer — disse o gigante.

— Bem — disse Razão. — Agora ouça meu segundo enigma. Havia certo homem que estava indo para casa e seu inimigo foi com ele. E sua casa ficava do outro lado de um rio que corria rápido demais para que as pessoas nadassem nele e profundo demais para que elas o atravessassem. E ele não conseguia ir mais rápido que seu inimigo. Enquanto estava no meio de sua jornada,

O matador de gigantes

sua esposa enviou-lhe um recado que dizia: "Você sabe que há somente uma ponte que cruza o rio: diga-me, devo destruí-la para que o inimigo não possa cruzá-la ou mantê-la para que você possa cruzá-la?". O que esse homem deve fazer?

— Esta pergunta é muito difícil para mim — respondeu o gigante.

— Bem — disse Razão —, tente agora responder meu terceiro enigma. Por qual regra você distingue uma cópia de um original?

O gigante murmurou, resmungou e não conseguiu responder, e então Razão colocou esporas em seu garanhão e saltou sobre os joelhos cobertos de musgo do gigante, galopando até sua perna dianteira e enterrando a espada no coração dele. Houve então um barulho e um desmoronamento como o de um deslizamento de terra e a enorme carcaça ficou inerte: e o Espírito da Época tornou-se o que anteriormente parecia ser, uma extensa colina de rocha.

LIVRO **4**

De volta à estrada

*Algum homem duvida que, se fossem tiradas
da mente dos homens vãs opiniões, as
esperanças elogiosas, as falsas avaliações,
as imaginações como se desejaria e coisas
semelhantes, restariam então apenas coisas
miseráveis na mente de muitos homens:
coisas cheias de melancolia, indisposição e
desagradáveis até para si mesmas?*

BACON, "Of truth" [Da verdade], *Essays*

CAPÍTULO 1

Deixe o Grill ser Grill[1]

Os que foram freudianizados por muito tempo são incuráveis.

Os guardas haviam fugido. Razão tinha descido de seu cavalo e limpado sua espada no lodo do pé das colinas que antes estavam aos pés do gigante. Ela então se voltou para a porta do poço e a golpeou de modo a quebrá-la, e pôde olhar para a escuridão do poço e sentir o cheiro de imundície que emanava dele.

— Vocês todos podem sair — ela disse.

Mas não houve movimento algum, e apenas João foi capaz de ouvir os prantos e as vozes dizendo:

— É mais um sonho que se realiza: é mais um sonho que se realiza. Não seja enganado novamente.

Mas agora Mestre Papagaio chegou à boca do poço e disse:

— Não tem por que tentar nos enganar. É impossível nos enganar uma segunda vez. — Ele então recolheu sua língua e se retirou.

---

[1]Referência ao poema de Spenser *The faerie queene* [*A rainha das fadas*], II.12.87. *Sir* Guyon destrói o Recanto das Delícias (*Bower of Bliss*) da feiticeira Acrasia e liberta os cativos, quebrando o feitiço pelo qual foram transformados em bestas. Um deles (chamado Grill) deseja continuar sendo fera.

O regresso do Peregrino

— Essa febre causada por aves é uma doença muito difícil de lidar — disse Razão. E ela se virou para montar em seu cavalo.

— Posso ir com a senhora? — perguntou João.

— Pode ser que você fique cansado — disse Razão.

CAPÍTULO 2

Arquétipo e éctipo[1]

Um argumento circular claro — as ciências trazem aos "fatos" a filosofia que elas afirmam herdar deles.

Em meu sonho, eu os vi partirem juntos, João caminhando ao lado do estribo: e eu os vi subir o vale rochoso onde João subira na noite de sua captura. Eles encontraram o caminho livre, que fazia eco aos cascos do cavalo e então, em um momento, estavam fora da montanha do país e descendo uma ladeira gramada, rumo à terra de além. Havia poucas árvores, todas sem folhas, e estava frio: mas então João olhou de lado e viu um açafrão na grama. Pela primeira vez em muitos dias, a velha doçura atravessava o coração dele; e logo depois ele estava tentando chamar de volta o som dos pássaros, voando em torno da ilha, e o verde das ondas arrebentando na areia — pois haviam passado todos tão rapidamente diante dele que partiam antes que ele soubesse. Seus olhos estavam molhados.

Ele se voltou para Razão e falou.

— A senhora pode me dizer. Há um lugar como a ilha no oeste ou isso é apenas um sentimento de minha própria mente?

---

[1]"Original e cópia".

O regresso do Peregrino

— Não posso lhe dizer — respondeu ela —, porque você não sabe.

— Mas a senhora sabe.

— Mas só posso lhe dizer o que você sabe. Posso trazer coisas da parte escura de sua mente para a parte iluminada dela. Mas você agora me pergunta o que não está sequer na parte escura de sua mente.

— Mesmo se ela fosse apenas um sentimento em minha mente, seria um sentimento ruim?

— Não tenho nada a lhe dizer sobre o bem e o mal.

— Eu quero dizer o seguinte — disse João —, e isso a senhora pode me dizer. É verdade que ela vai sempre terminar em meninas cor de bronze, ou antes, que ela na verdade *começa* nas meninas cor de bronze? Dizem que é tudo um pretexto, tudo um disfarce para a luxúria.

— E o que você acha disso que dizem?

— Que é bem assim — disse João. — Ambas são doces. Ambas são cheias de anseio. Uma leva à outra. Elas *são* bem parecidas.

— Verdadeiramente são — disse a senhora. — Mas você lembra-se do meu terceiro enigma?

— Sobre a cópia e o original? Não consegui entendê-lo.

— Bem, agora você entenderá. As pessoas no país que deixamos perceberam que o seu amor pela ilha é bem semelhante ao seu amor pelas meninas cor de bronze. Portanto, elas dizem que um é a cópia do outro. Também diziam que você me seguiu porque sou como a sua mãe e que a sua confiança em mim é uma cópia do seu amor por sua mãe. E então diziam novamente que o seu amor por sua mãe é uma cópia de seu amor pelas meninas cor de bronze e que desta forma o ciclo estaria fechado.

— E o que eu deveria responder a elas?

— Você diria que talvez um seja cópia do outro. Mas qual é cópia de qual?

— Nunca pensei nisso.

110

Arquétipo e éctipo

— Você ainda não tem idade para pensar muito — disse Razão —, mas deve enxergar que, se duas coisas são semelhantes, então a pergunta natural é se a primeira é cópia da segunda, se a segunda é cópia da primeira ou se ambas são cópias de uma terceira.

— Como seria a terceira?

— Alguns têm pensado que todos esses amores foram cópias do nosso amor pelo Proprietário.

— Mas eles certamente consideraram isso e o rejeitaram. Suas ciências o refutaram.

— Eles não poderiam ter considerado, porque suas ciências não estão interessadas nas relações gerais desse país com qualquer coisa que possa ligar o leste ao oeste. Eles lhe dirão que suas pesquisas demonstraram que, se duas coisas são semelhantes, a bela é sempre a cópia da feia. Mas a única razão para dizerem isso é que eles já decidiram que as coisas mais belas de todas — ou seja, o Proprietário, e, se você quiser, as montanhas e a ilha — são uma mera cópia desse país. Eles fingem que suas pesquisas levam a essa doutrina: na verdade, no entanto, eles primeiro supõem essa doutrina e interpretam suas pesquisas a partir dela.

— Mas eles têm razões para supor isso.

— Não têm nenhuma, pois pararam de dar ouvidos às únicas pessoas que podem lhes dizer qualquer coisa sobre isso.

— Quem são elas?

— São minhas irmãs mais novas. Seus nomes são Filosofia e Teologia.

— Irmãs! Quem é seu pai?

— Você saberá, mais cedo que imagina.

E agora a noite tinha caído e eles estavam próximos de uma pequena fazenda, de modo que tomaram a direção devida e pediram abrigo ao fazendeiro, que prontamente lhes atendeu.

CAPÍTULO **3**

Esse *é* percipi[1]

*A obrigação da razão não é (mesmo
em prol da vida) decidir sem base em
evidências — pois todas as narrativas do
inconsciente são ilusórias —, embora isso
também tenha a sua utilidade.*

Na manhã seguinte, eles continuaram sua jornada juntos. Em
meu sonho, eu os vi passar por um país de pequenas colinas, onde
a estrada era sempre tortuosa, a fim de conformar-se à posição
dos vales: e João caminhava ao lado do estribo. A corrente havia
se quebrado no momento em que ela matara o gigante, mas as
algemas permaneciam em seus pulsos. A corrente partida estava
pendurada em cada uma de suas mãos. Havia uma leveza maior
no ar naquele dia e os botões de flor estavam plenamente forma-
dos nas cercas.

— Estive pensando, senhora — disse João —, no que disse
ontem e acho que entendo que, embora a ilha seja bem semelhante ao lugar onde encontrei a menina cor de bronze pela

---

[1] Em latim, *esse* é "ser", e *percipi*, "ser percebido". Declaração do bispo George
Berkeley, filósofo irlandês, em seu *Principles of human knowledge* [Tratado sobre
os princípios do conhecimento humano], § 3.

primeira vez, ela talvez fosse a sombra e a ilha, a realidade. Mas há uma coisa que me perturba.

— O que é? — perguntou Razão.

— Não consigo esquecer o que vi na prisão do gigante. Se somos realmente assim por dentro, o que quer que imaginemos deve ser abominável, por mais inocente que pareça ser. Talvez seja verdade, em geral, que o feio nem sempre é original, e que o belo nem sempre é cópia. Mas, se tratando da imaginação humana, com coisas que saem de *nós*, então o gigante está certo? É, no mínimo, mais provável que o que quer que pareça bom seja apenas um véu para o ruim; somente uma parte de nossa pele que escapou dos olhos do gigante e ainda não se tornou transparente.

— Há duas coisas a serem ditas sobre isso — respondeu a senhora —, e a primeira é esta. Quem lhe disse que a ilha foi imaginação sua?

— Bem, a senhora não me assegurou que ela fosse real.

— Nem que não fosse.

— Mas devo pensar que seja uma possibilidade ou outra.

— Pela alma de meu pai, você não deve... Até que tenha alguma evidência. Você não consegue permanecer na dúvida?

— Não sei se tentei.

— Deve aprender, se quiser ir adiante comigo. Não é difícil. Em Escrópolis, é impossível, pois as pessoas que vivem ali têm de dar uma opinião uma vez por semana ou uma vez por dia, ou então o sr. Mamom suspende sua alimentação. Mas aqui no país você pode caminhar o dia inteiro e todo o dia seguinte com uma resposta não respondida em sua cabeça: você nunca precisará falar, até que tenha decidido.

— No entanto, se um homem quisesse tanto saber que morreria, a menos que a questão fosse decidida ... e não surgissem mais provas.

— Ele então morreria, isso seria tudo.

Eles ficaram em silêncio por um tempo.

O regresso do Peregrino

— Você disse que havia duas coisas a dizer — disse João. — Qual era a segunda?

— A segunda era esta. Você achou que as coisas que viu na masmorra eram reais: que somos verdadeiramente assim?

— É claro que achei. É somente a nossa pele que as esconde.

— Então devo lhe fazer a mesma pergunta que fiz ao gigante. Qual é a cor das coisas no escuro?

— Suponho que não tenham cor nenhuma.

— E a forma delas? Você tem alguma noção delas, com exceção do que poderia ser visto ou tocado, ou do que você poderia depreender a partir de muitas visões e toques?

— Não sei.

— Então, você não percebe como o gigante lhe enganou?

— Não muito claramente.

— Ele lhe mostrou por meio de um truque como *seriam* nossos intestinos se eles fossem visíveis. Ou seja, ele lhe mostrou algo que não é, mas que seria se o mundo fosse diferente. No entanto, no mundo real, nossos intestinos são invisíveis. Não são formas coloridas, eles são sentimentos. O calor em seus membros neste momento, a doçura de sua respiração ao inspirar, o conforto em sua barriga porque você tomou um bom café da manhã e sua fome pela próxima refeição — estas coisas são a realidade: todas as esponjas e tripas que você viu na prisão do gigante são a mentira.

— Mas se eu abrir o corpo de um homem posso vê-los nele.

— O corpo aberto de um homem não é um homem: se você não o costurasse rapidamente, veria não órgãos, mas morte. Não estou negando que a morte é feia: mas o gigante fez você acreditar que a vida é feia.

— Não consigo esquecer o homem com câncer.

— O que você viu foi irrealidade. O pedaço feio foi o truque do gigante; a realidade era a dor, que não tem cor ou forma.

— Isso é muito melhor?

Esse *é* percipi

— Depende do homem.

— Acho que começo a entender.

— É surpreendente que as coisas pareçam estranhas se você as vir como elas não são? Se tirar um órgão do corpo de um homem ou um anseio da parte escura da mente de um homem e dar àquele forma e cor e a este autoconsciência, o que na realidade eles nunca têm, esperaria que fossem outra coisa que não monstruosos?

— Não há, então, nenhuma verdade no que vi sob os olhos do gigante?

— Tais imagens são úteis para os médicos.

— Então estou realmente limpo — disse João — Não estou... como aqueles.

Razão sorriu.

— Lá, também — ela disse — há verdade misturada aos truques mágicos do gigante. Não lhe causará nenhum mal lembrar-se de tempos em tempos das visões feias, interiores. Você vem de uma corrida da qual não se pode dizer que sente orgulho de participar.

Enquanto ela falava, João olhou para cima, em dúvida quanto ao que queria dizer; e, pela primeira vez desde que passara a ser sua companhia, ele sentiu medo. No entanto, a impressão durou apenas um momento.

— Olhe — disse João —, ali há uma pequena estalagem. Não está na hora de descansarmos e comermos alguma coisa?

CAPÍTULO 4

Fuga

Se a religião é o sonho de realização de um desejo, que desejos ela realiza? — Certamente não o de João! — Ele decide parar de raciocinar, neste momento.

No calor da tarde, eles saíram novamente, e João resolveu perguntar à senhora o significado de seu segundo enigma.

— Ele tem dois significados — disse ela —, no primeiro a ponte significa raciocínio. O Espírito da Época deseja permitir e, ao mesmo tempo, não permitir que as pessoas argumentem.

— Como assim?

— Você ouviu o que eles disseram. Se alguém argumenta com eles, eles dizem que esse alguém está racionalizando seus próprios desejos e, portanto, não precisam que ninguém lhes dê respostas. Mas, se alguém escuta o que estão dizendo, eles então advogam em causa própria, mostrando que as doutrinas deles são verdadeiras.

— Entendo. E como é que se resolve isso?

— Você precisa perguntar se existe um argumento válido ou não. Se disserem que não, então as doutrinas deles, que deveriam ser alcançadas por meio do raciocínio, desmoronam.

Fuga

Se disserem que sim, então terão que examinar os seus próprios argumentos e refutá-los com base nos méritos deles. Mas acontece que, considerando a sabedoria deles, se algum raciocínio é válido, então uma parte desse raciocínio talvez seja uma das partes válidas.

— Entendo — disse João. — Mas qual é a segunda interpretação?

— Na segunda — disse Razão —, a ponte significa a doutrina favorita do gigante, que é o sonho de realização do desejo e, por isso, ele também deseja usá-la e, ao mesmo tempo, não usá-la.

— Não entendo como ele deseja *não* usá-la.

— Ele não diz sempre às pessoas que o Proprietário é o sonho de realização de um desejo?

— Sim, é mesmo, isso é verdade. É a única coisa verdadeira que ele diz.

— Agora, pense. Você acha que o gigante, o Sigismundo, as pessoas de Escrópolis e o sr. Meio do Caminho realmente acreditam que existe um Proprietário, bem como cartões de regras, uma terra montanhosa além do riacho e um buraco negro?

João então se sentou quieto na beira da estrada, a fim de refletir. Depois deu de ombros, colocou as mãos nos quadris e começou a rir descontroladamente. E, quando havia quase terminado, a vastidão, o descaramento e a simplicidade da fraude que havia sido praticada ficaram novamente claros diante dos olhos dele e riu ainda mais. E, quando havia quase se recuperado e estava quase começando a recuperar o fôlego, de repente em sua mente ele teve uma imagem de Vitoriana, Jenifeia e Gus Meio do Caminho e de como eles se sentiriam se chegasse até eles um rumor de que realmente *havia* um Proprietário e que ele estava chegando a Escrópolis. Isso também lhe pareceu bastante absurdo e ele riu tanto que as correntes quebradas do Espírito da Época caíram dos seus pulsos. Mas, ao mesmo tempo em que isso acontecia, Razão havia se sentado, observando-o.

117

O regresso do Peregrino

— É melhor você ouvir o resto do argumento — ela disse, por fim. — Ele talvez não seja tão engraçado quanto você supõe.

— Ah, sim... O argumento — disse João, enxugando os olhos.

— Você percebe agora por que o gigante *não* quer que a teoria da realização do desejo seja usada?

— Não tenho tanta certeza ainda — respondeu João.

— Você não percebe o que vai acontecer se você adotar as regras dele?

— Não — respondeu João, bem alto, pois uma apreensão terrível havia tomado conta dele.

— Mas você precisa perceber — disse Razão — que, para ele e para todos os seus súditos, a *descrença* no Proprietário é um sonho de realização de um desejo.

— Eu não vou adotar as regras dele.

— Você seria tolo se não se beneficiasse *de todo* em sua estada neste país — disse Razão. — Há certa força na doutrina da realização do desejo.

— Alguma, talvez, mas muito pouca.

— Eu só gostaria de deixar claro que qualquer que seja a força que ela tenha tido, essa força age em favor da existência do Proprietário, e não contra ele; especialmente em seu caso.

— Por que especialmente no meu? — perguntou João, mal-humorado.

— Porque o Proprietário é a coisa que você mais tem temido em toda a sua vida. Não digo que qualquer teoria deva ser aceita porque é desagradável, mas, se é verdade que precisamos aceitar alguma teoria, então me parece que antes de qualquer coisa devemos crer no Proprietário.

Quando Razão disse essas palavras, eles haviam alcançado o topo de uma pequena colina e João implorou para que parassem, pois estava sem fôlego. Ele olhou para trás e viu, além do campo verde, a linha escura das montanhas, que fazia fronteira com a terra do gigante. Entretanto, atrás delas erguiam-se as velhas

Fuga

montanhas do leste, muito maiores e destacadas nos raios do sol poente contra um céu escuro. Elas não pareciam menores do que quando João as olhou há muito tempo em Puritânia.

— Não sei para onde a senhora está me levando — disse ele, por fim —, e no meio de todas essas estradas tortuosas perdi meu senso de direção. Também acho o ritmo de seu cavalo muito cansativo. Se me der licença, penso que de agora em diante vou seguir a minha jornada sozinho.

— Como quiser — disse Razão. — Mas eu o aconselharia a tomar esta direção à esquerda.

— Onde é que ela vai dar? — perguntou João, desconfiado.

— Ela o leva de volta à estrada principal — respondeu Razão.

— É disso que preciso — disse João. — E agora, senhora, antes que eu vá, dê-me a sua bênção.

— Não posso lhe dar bênção alguma — disse a Virgem. — Não lido com bênçãos nem com maldições.

João então se despediu e tomou a estrada que ela havia indicado. Tão logo ela desapareceu no horizonte, sonhei que ele abaixou a cabeça e correu, pois o tolo supôs que ela pudesse segui-lo. E continuou correndo até descobrir que estava subindo uma colina — uma colina tão íngreme que o deixou sem fôlego para continuar correndo —, e no fim da estrada ela se dividia em duas: uma à esquerda e outra que seguia à direita, ao longo da cadeia de montanhas. João então olhou para o lado leste e para o oeste e percebeu que o oeste era o da estrada principal. Ele parou por um minuto para deixar que o suor secasse e então seguiu à direita, com seu rosto na direção do pôr do sol e retomou sua viagem.

LIVRO **5**

O grande canal

Não é pela estrada ou a pé, nem pela
vela e pelo oceano
Que tu encontrarás alguma direção que o leve
Ao mundo além do norte.

PÍNDARO, *Pythian ode*, X, p. 29-30

Os efêmeros não têm nenhuma ajuda a dar.
Ei-los; eles são inativos e deficientes, como para
um sonho. O mortal está amarrado com uma
corrente e seus olhos estão presos na escuridão.

ÉSQUILO, *Prometheus bound*
[Prometheus desmotès], p. 546-51

Ai de mim, o que eles podem ensinar e não
enganar, ignorantes de si mesmos, de Deus
muito mais, e de como o mundo começou, e de
como os homens caíram.

MILTON, *Paradise regained*, IV, p. 309-1

CAPÍTULO 1

O grande canal

*João decide viver virtuosamente, mas logo
encontra um obstáculo — a consciência lhe
diz que ele pode e deve ultrapassá-lo com
seus próprios esforços —, o cristianismo
tradicional diz que ele não pode.*

A estrada principal logo começou a tornar-se íngreme, e, após uma curta escalada, João se viu sobre um planalto desolado, que continuou a se erguer diante dele, mas em um ângulo um pouco mais brando. Depois de ter caminhado aproximadamente uns dois quilômetros, ele viu adiante a figura de um homem, esboçada contra o pôr do sol. A princípio, a figura permaneceu em silêncio, e então deu alguns passos à esquerda e à direita, como se estivesse indecisa. Depois virou-se para encará-lo e, para sua surpresa, saudou-o como a um velho conhecido. Por causa da luz que batia em seu rosto, João não conseguiu, em um primeiro momento, enxergar quem era, e eles se cumprimentaram antes que ele soubesse que era Virtude.

— Quem é que pode tê-lo atrasado tanto? — exclamou João.

— Quando eu o deixei pensei que, pelo seu ritmo, você já estaria a uma semana de jornada à minha frente.

O regresso do Peregrino

— Se você pensa isso — disse Virtude —, seu caminho deve ter sido mais fácil que o meu. Você não cruzou as montanhas?

— Eu vim por um atalho — disse João.

— A estrada principal levou-me a uma curva — disse Virtude. — E eu quase nunca fazia dezesseis quilômetros por dia. Mas isso não tem importância, tenho aprendido um pouco sobre escaladas e suado um bom tanto. É isso o que realmente tem me atrasado; eu estou aqui há vários dias.

Com isso, ele propôs a João que prosseguissem e seguiram juntos adiante, até a parte mais alta do declive. Então vi João gritar e dar um passo para trás, pois havia descoberto que estava à beira de um precipício. Ele se reaproximou com cuidado do precipício e olhou para baixo.

E viu que a estrada seguia direto até a extremidade de um grande barranco ou abismo e acabava no ar, como se tivesse sido quebrada ao meio. O abismo talvez tivesse uns onze quilômetros de largura por onze de comprimento e se estendia ao sul à esquerda e ao norte à direita, até onde ele podia ver. O sol, que brilhava em seu rosto, fazia uma enorme sombra sobre todo o outro lado, de modo que ele não o conseguia ver muito claramente. No entanto, tinha a impressão de que se tratava de uma área rica, por causa do frescor e do tamanho das árvores.

— Eu tenho explorado os penhascos — disse Virtude. — E acho que poderíamos descer até o meio deles. Chegue um pouco mais perto. Está vendo aquela base?

— Tenho a cabeça muito fraca para altura — disse João.

— Aquela — disse Virtude, apontando para uma faixa estreita de vegetais, trezentos metros abaixo deles.

— Eu nunca conseguiria alcançá-la.

— Ah, você conseguiria alcançá-la facilmente. A dificuldade é saber o que acontece depois dela. Acho que ela continua, e, embora possamos chegar até ela, não tenho certeza se poderíamos voltar, se não conseguirmos continuar descendo.

124

O grande canal

— Então, neste caso, seria loucura confiar em nós mesmos.

— Não sei. Mas estaria de acordo com a regra.

— Que regra?

— A regra diz — explica Virtude — que, se tivermos uma chance em cem de sobreviver, devemos tentá-la; mas, se não tivermos nenhuma chance, absolutamente nenhuma, então fazer isso seria autodestruição e não precisamos nos autodestruir.

— Essa regra não é minha — disse João.

— Mas é uma regra. Todos nós temos o mesmo conjunto de regras, você sabe.

— Se essa regra é minha, é uma daquelas às quais não consigo obedecer.

— Acho que você não está entendendo — disse Virtude. — Veja, é claro que você pode ser um escalador ruim a ponto de não ter sequer uma chance... E isso faria toda a diferença, eu reconheço.

Então uma terceira voz falou.

— Nenhum de vocês tem qualquer chance, a menos que eu os carregue.

Ambos os jovens se viraram para a direção de onde vinha o som. Uma velha mulher estava sentada sobre um tipo de cadeira de pedra, bem na beira do precipício.

— Ah, Mãe Kirk, é você? — disse Virtude, falando em voz baixa para João. — Eu a vi mais de uma vez perto dos penhascos. Algumas pessoas da região dizem que ela é uma profetisa, outras dizem que ela é louca.

— Eu não acho que deva confiar nela — disse João, no mesmo tom de voz. — A mim, ela parece mais uma feiticeira. — Ele então se voltou para a velha mulher e disse, em voz alta: — E como você poderia nos carregar, mãe? Seria mais apropriado que nós a carregássemos.

— Sim, eu seria capaz de fazê-lo — disse Mãe Kirk — por causa do poder que me foi concedido pelo Proprietário.

O regresso do Peregrino

— Então você também acredita no Proprietário? — perguntou João.

— Como não acreditar, querido — disse ela —, se sou sua nora?

— Ele não lhe dá roupas muito boas — disse João, observando a capa da mulher.

— Elas durarão até o fim da minha vida — respondeu a velha placidamente.

— Precisamos confiar nela — disse Virtude a João. — Não podemos negligenciar chance alguma. — Mas João fez-lhe um sinal com as sobrancelhas para que se calasse, e então se dirigiu à mulher:

— A senhora não acha que esse seu Proprietário é muito estranho? — perguntou.

— Como assim? — quis saber ela.

— Por que ele faz uma estrada assim, que segue rumo à extremidade de um precipício, se não for para encorajar os viajantes a quebrarem os seus próprios pescoços no escuro?

— Ah, Deus nos livre, ele nunca deixou que algo assim acontecesse — disse a velha mulher. — Quando essa estrada era nova, era muito boa, independentemente de para onde se fosse, e todo esse desfiladeiro surgiu muito depois da estrada.

— A senhora quer dizer que houve algum tipo de catástrofe? — perguntou Virtude.

— Bem — respondeu Mãe Kirk —, já estou vendo que não vamos descer hoje à noite, de modo que posso contar-lhes a história. Venham e sentem-se ao meu lado. Nenhum dos dois é tão sábio que precise se envergonhar de escutar a história de uma velha mulher.

126

CAPÍTULO 2

A história da Mãe Kirk

O pecado de Adão — por causa disso
sua posteridade encontra um abismo no
caminho da estrada.

Quando estavam todos sentados, a velha mulher contou a seguinte história:

— Vocês devem saber que houve um tempo em que não havia arrendatários neste campo, pois o Proprietário costumava cultivá-lo sozinho. Havia somente animais e o Proprietário costumava cuidar deles, ele e seus filhos e filhas. Toda manhã eles costumavam descer das montanhas, tirar leite das vacas e levar as ovelhas para o pasto. E não precisavam vigiar tanto, porque todos os animais eram mais domesticados e não havia necessidade de cercas, pois, se um lobo andasse entre os rebanhos, não lhes faria nenhum mal. Certa vez, o Proprietário estava voltando para casa, depois de um dia de trabalho, quando olhou ao redor do campo e dos animais e observou como os grãos estavam brotando e lhe ocorreu que tudo aquilo era bom demais para ser mantido por ele sozinho. Assim, decidiu arrendar o campo e o seu primeiro arrendatário foi um jovem casado. No entanto, primeiro o Proprietário fez uma fazenda bem no centro da terra onde o solo era melhor e

127

O regresso do Peregrino

onde o ar era mais saudável e esse lugar é exatamente onde vocês estão sentados agora. Toda a terra seria deles, mas cultivá-la era demais para eles. A ideia do Proprietário era a de que eles pudessem trabalhar na fazenda e deixar o resto parado, como se fosse um parque; mais tarde, no entanto, poderiam dividir o parque em propriedades para seus filhos, pois vocês precisam saber que ele fez um arrendamento muito diferente do que temos hoje, um arrendamento cuja propriedade permanecia com ele para sempre, pois ele havia prometido nunca expulsar os arrendatários. Da parte deles, por outro lado, poderiam partir quando quisessem, desde que um de seus filhos ficasse lá para cuidar da fazenda e então poderiam subir para viver com ele nas montanhas. Ele pensou que isso seria algo bom, porque abriria a mente de seus filhos da montanha para se misturarem aos estrangeiros. E os arrendatários pensaram o mesmo. Mas, antes que empossasse os arrendatários, havia uma coisa que ele tinha que fazer. Até essa época, o campo estava repleto de certo fruto, que o Proprietário havia plantado para que ele e seus filhos pudessem se revigorar caso sentissem sede durante o dia enquanto trabalhavam. Era um fruto muito bom, e lá em cima na montanha dizem que ele é ainda mais abundante; mas é muito forte, e somente os que são criados nas montanhas devem comê-lo, pois apenas estas pessoas conseguem digeri-lo. Antigamente, quando só havia animais selvagens na Terra, não havia problema para essas maçãs da montanha crescerem em todos os bosques, pois vocês sabem que um animal não come outra coisa a não ser o que é bom para ele. Mas, agora que havia homens na Terra, o Proprietário temeu que eles pudessem prejudicar a si mesmos. No entanto, ninguém poderia esperar que ele arrancasse cada muda dessa árvore e que transformasse o campo em um deserto. Assim, ele decidiu que era melhor ser honesto com os jovens e, quando descobriu uma grande macieira da montanha crescendo bem no centro da fazenda, ele disse: "Quanto mais, melhor. Se é para aprenderem

128

A história da Mãe Kirk

a ter bom senso, devem aprender desde o início. Se não, não há o que ser feito, pois, se não encontrarem macieiras da montanha na fazenda, em breve a encontrarão em algum outro lugar". Assim, ele deixou que a macieira crescesse e colocou o homem e sua mulher na fazenda; mas, antes de deixá-los, explicou-lhes tudo o que estava acontecendo, deu-lhes o máximo de explicação que podia e advertiu-lhes que não comessem as maçãs de modo algum. E então foi para casa. E, por um tempo, o jovem e sua esposa se comportaram muito bem, supervisionando os animais, administrando a fazenda e evitando as macieiras da montanha. E, até onde sei, eles nunca teriam agido de outra forma se a esposa não tivesse feito uma nova amizade. Essa nova amizade era com um Proprietário de terras. Ele tinha nascido nas montanhas e era um dos filhos do Proprietário, mas havia brigado com seu pai, se estabelecido sozinho e construído um patrimônio considerável em outro país. Seus bens estão, portanto, nesse outro país e, como ele era um grande apropriador de terras alheias, sempre quis se apossar dessa parte também. E quase conseguiu.

— Nunca encontrei nenhum de seus arrendatários — disse João.

— Não os arrendatários principais — disse a velha mulher. — Por isso você não os conheceu. Mas deve ter encontrado os eruditos, que são os arrendatários do sr. Mamom e ele é um arrendatário do Espírito da Época, que presta contas diretamente ao Inimigo.

— Tenho certeza de que os eruditos ficariam muito surpresos — disse João — ao ouvir que existe um Proprietário. Eles acham que esse tal Inimigo, como você o chama, não é nada além de uma superstição, bem como o *seu* Proprietário.

— Mas é assim que os negócios são conduzidos — disse Mãe Kirk. — Os pequenos não conhecem os grandes, aos quais pertencem. Os grandes não querem que eles os conheçam. Nenhuma transferência significativa de propriedade poderia ser

O regresso do Peregrino

feita se todos os pequenos da base do negócio soubessem o que realmente está acontecendo. Mas isso não faz parte da minha história. Como eu estava dizendo, o Inimigo conheceu a esposa do lavrador e, o que quer que tenha feito ou dito a ela, em pouco tempo ele a convenceu de que o que precisava era de uma boa maçã da montanha. E ela apanhou uma e a comeu. E então, você sabe como são os maridos, ela fez o agricultor mudar de opinião, guiado pelo pensamento dela. E, no momento em que as mãos deles arrancaram o fruto da árvore, houve um terremoto e o campo se rachou por inteiro, de norte a sul, e, desde então, em vez da fazenda, o que existe é esse desfiladeiro, que as pessoas do campo chamam de Grande Canal. Mas, na minha língua, no entanto, o nome dele é *Peccatum Adae*.[1]

---

[1] Latim, "o pecado de Adão".

CAPÍTULO 3

A autossuficiência de Virtude

*O medo é muito suspeito e a consciência
natural é muito orgulhosa para aceitar ajuda
— rejeitando o cristianismo, João se volta para
o materialismo cultural.*

— E suponho — disse João, de mau humor — que o Proprietário ficou muito irritado por ter sido ele quem criou as regras e o buraco negro.

— A história não é tão simples assim — disse a velha mulher —, tantas coisas aconteceram depois que a maçã foi comida... Primeiramente, o sabor fez despertar tamanho desejo no homem e na mulher que eles chegaram a pensar que nunca comeriam o suficiente; e eles não ficaram satisfeitos em ter todas aquelas macieiras, mas plantaram mais e mais e enxertaram maçãs da montanha em todos os outros tipos de árvore, de modo que todos os frutos tivessem em si uma nota do sabor da maçã. Eles foram tão bem-sucedidos que agora a produção vegetal de todo o país está infestada de maçãs: dificilmente se encontra qualquer fruto ou raiz na terra — certamente nenhum neste lado do canal — que não tenha um pouco de maçã da montanha nele. Vocês nunca provaram nada que estivesse completamente livre do gosto de maçã.

O regresso do Peregrino

— E em que tudo isso se relaciona com o cartão de regras? — perguntou João.

— Tudo — disse Mãe Kirk. — Em um país onde toda a comida está mais ou menos envenenada, embora algumas menos do que mais, são necessárias regras muito complicadas para que as pessoas possam manter-se saudáveis.

— Enquanto isso — disse Virtude —, não estamos progredindo em nossa jornada.

— Eu o carregarei até lá embaixo pela manhã, se você quiser — disse Mãe Kirk. — Apenas lhe peço que se lembre de que o lugar é perigoso e que você deve fazer exatamente o que eu lhe mandar.

— Se o lugar é tão perigoso... — começou João, mas Virtude, que havia sido tocado pelas últimas palavras da mulher, o interrompeu de repente:

— Acho que não vai adiantar você falar assim — disse ele. — Não posso me submeter às ordens de ninguém. Sou eu quem deve ser o capitão de minha alma e o mestre de meu destino. Mas obrigado pela oferta.

— Você está certo — disse João apressadamente e acrescentou, em um sussurro —, a velha criatura é claramente insana. Nosso desafio real é explorar esse abismo que se estende de norte a sul, até que encontremos algum lugar onde a descida seja viável. — Virtude havia se levantado.

— Estamos pensando, mãe — ele disse —, que gostaríamos, antes, de nos certificar de que não há de fato nenhum lugar que não possamos descer sem sermos carregados. Como você pode perceber, até aqui as minhas pernas me têm servido, e eu não gostaria de, neste momento, começar a ser carregado.

— Não lhe fará nenhum dano tentar — respondeu Mãe Kirk. — Eu não me surpreenderia se você encontrasse um caminho por onde descer. Subir para o outro lado é que é outro problema, sem dúvida. Mas talvez, quando esse momento chegar, nós nos encontremos novamente.

A autossuficiência de Virtude

A essa altura, já havia escurecido. Os jovens desejaram boa noite à mulher e retornaram à estrada principal para discutir seus planos. A cerca de quatrocentos metros do precipício, eles encontraram uma bifurcação. Como a que seguia rumo ao norte parecia muito melhor e também apontava um pouco para trás e para mais distante do precipício (que João estava ansioso para ultrapassar na escuridão), eles seguiram rumo ao norte. Era uma bela noite iluminada pelas estrelas e, enquanto prosseguiam, o tempo esfriou.

CAPÍTULO **4**

Sr. Sensato

*A pretensão e a frieza frívola do materialismo
cultural — longe de atacar a vida espiritual,
o mundo cultural a trata com respeito — "a
filosofia de todos os homens sensíveis" — seu
ódio em relação a todo raciocínio sistemático
— seu ceticismo ignorante e superficial.*

Quando haviam caminhado uns dois quilômetros, João chamou a atenção de Virtude para uma luz, um pouco atrás da estrada, e eu os vi segui-la até chegarem a uma entrada e depois dela havia uma porta, na qual bateram.

— De quem é esta casa? — perguntou Virtude, quando o servo abriu-a para eles.

— Esta é a casa do sr. Sensato — respondeu o servo. — E, se vocês são viajantes que foram surpreendidos pela chegada da noite, ele vai recebê-los de bom grado.

Ele então os levou a uma sala onde um candelabro ardia, porém não muito intenso, e onde um velho cavalheiro estava sentado ao lado de uma lareira com seu cão aos seus pés e um livro sobre os joelhos. De um lado, havia um quebra-cabeça com as peças espalhadas sobre uma moldura de madeira e do outro

Sr. Sensato

havia um tabuleiro de xadrez com as peças colocadas para a solução de um problema. Ele se levantou para cumprimentá-los, cordialmente e sem pressa.

— Cavalheiros, os senhores são muito bem-vindos — disse o sr. Sensato. — Por favor, entrem e se aqueçam. Escravo, (e, neste momento, ele chamou o seu serviçal) faça um jantar para três: o de sempre, Escravo. Não vou poder lhes oferecer nada luxuoso, senhores. Vocês vão beber o vinho do meu próprio campo, vinho de primavera. Ele vai parecer áspero para o paladar de vocês, mas, para mim, o gole que vem do meu próprio jardim e da minha cozinha sempre terá o sabor melhor que *Hippocrene*.[1] Os rabanetes, que também fui eu que plantei, também ouso elogiar. Mas vejo em seus semblantes que já revelei o meu ponto fraco. Confesso que o meu jardim é o meu maior orgulho. Mas não haveria de ser? Somos todos crianças, e acredito que ele seja o mais sábio entre nós, capaz de se divertir com os brinquedos próprios da sua condição sem passar dos limites. *Regum æquabit opes animis*.[2] O contentamento, meus amigos, é a melhor das riquezas. Não deixe que o cachorro o provoque, senhor. Ele tem sarna. Desça, Pirata! Ai de ti, Pirata! Você nem imagina qual é a sua sentença.

— O senhor não vai matá-lo, vai? — perguntou João.

— Ele já está começando a adoecer — disse o sr. Sensato. — E seria tolice mantê-lo vivo por mais tempo. O que você faria? *Omnes eodem cogimur*.[3] Ele já se deitou ao sol e pegou pulgas o suficiente e agora, pobre companheiro, precisa ir para *quo dives*

---

[1] Em latim, a partir do grego Ἵππου κρήνη, "nascente do cavalo". Na Grécia antiga, nascente no monte Hélicon, perto da Casa das Musas. Acreditava-se que sua água dava inspiração poética e jorrou quando o cavalo alado Pégaso tocou nela com seu casco.

[2] Latim, "igual a um rei nas riquezas do espírito" (Virgílio, *Geórgicas*, IV, p. 132).

[3] Latim, "Estamos todos sendo reunidos no mesmo aprisco" (Horácio, *Odes* [*Carmina*] II.3, p. 25).

Tullus et Ancus.[4] Devemos receber a vida nos termos em que ela nos é dada.

— Você vai sentir saudades de seu velho companheiro.

— Ora, como você sabe, a grande arte da vida é sabermos controlar as nossas paixões. Objetos de afeição são como todos os outros pertences. Devemos amá-los o bastante para enriquecermos a vida enquanto os temos, mas não muito, a ponto de empobrecermos a vida quando eles se forem. Veja esse quebra--cabeça aqui ao meu lado. Enquanto estou envolvido com ele, me parece de suma importância encaixar as peças; depois que acabar de montá-lo, não pensarei mais nele e, se não conseguir montá-lo, não é por isso que o meu coração vai ficar partido. Maldito Escravo. Ei! Patife, vamos ter que esperar a noite inteira pelo nosso jantar?

— Está saindo, senhor — disse o Escravo, da cozinha.

— Acho que o homem vai acabar dormindo em cima das panelas e das chaleiras — disse o sr. Sensato —, mas ocupemos o tempo continuando a nossa conversa. Acho que as boas conversas estão entre os melhores prazeres da vida. Eu não incluiria nessa lista as perguntas capciosas, as reprovações ou as discussões que não acabam. O que estraga todas as conversas é a nossa mania de querermos doutrinar um ao outro. Enquanto estou aqui sentado, escutando as opiniões de vocês, *nullius addictus*,[5] e deixando a conversa fluir solta, estou desafiando o sistema. Adoro explorar a mente deles em relativa desordem. Não há nada que não esteja fora de ordem, *j'aime le jeu, l'amour, les livres, la musique, la ville et la champagne — enfin tout!*[6] O acaso é, afinal, o nosso melhor

---

[4]Latim, "onde [estão os] ricos Tulo e Anco", ou seja, o submundo, a terra dos mortos (Horácio, *Odes* [*Carmina*] IV.7, p. 15).

[5]Latim, "De forma alguma vinculado", ou seja, sem tomar partido (Horácio, *Epistles* I.1, p. 14).

[6]Francês, "Gosto de jogos, amor, livros, música, cidade e champanhe — tudo, na verdade!" (Jean de la Fontaine, *Les amours de psyché et de cupidon* I.2).

Sr. Sensato

guia; preciso mencionar algo mais providencial do que o lançar de dados que os trouxe para debaixo de meu teto nesta noite?

— Não foi exatamente o acaso que nos trouxe até aqui — disse Virtude, que estava esperando pacientemente uma oportunidade para falar. — Estamos em uma viagem, procurando uma maneira de cruzar o Grande Canal.

— *Haud equidem invideo*[7] — disse o velho cavalheiro. — Vocês não vão insistir para que eu os acompanhe?

— Não havíamos pensado nisso — disse João.

— Então por que estou querendo tanto que vocês façam isso? — gritou o sr. Sensato, irrompendo em um melodioso riso. — E, no entanto, por que eu faria isso? Sempre me divirto especulando sobre essa curiosa inquietação que move as nossas mentes, especialmente na juventude, que nos leva a escalar uma montanha simplesmente para que, depois, possamos descê-la ou a cruzar os mares a fim de encontrar um dono de estalagem que coloque diante de nós algo que nos dê menos prazer do que a comida que poderíamos comer em nossa própria casa. *Caelum non animum mutamus.*[8] Não estou querendo dizer que sou contra o impulso, vocês compreendem, nem que sou a favor, de forma alguma, de nos privarmos do alimento. Aqui, novamente, o segredo da felicidade está em saber onde parar. Uma pensão simples, durante a viagem (simples o suficiente para aquietar, sem saciar, uma curiosidade genuína), é muito boa. Nesses casos, em vez de um dia tedioso, é possível que algumas raridades sejam de novo armazenadas em nossas mentes. Mas o Grande Canal... Certamente que um passeio modesto ao longo dos penhascos, deste lado mesmo, também lhes daria uma vista parecida, além de poupar os seus pescoços.

---

[7]Latim, "Não sou nada invejoso" (Virgílio, *Eclogues* (*Éclogas*) [*Bucolica* ("Poemas pastorais")], I, p. 11).

[8]Latim, "[Atravessando o mar] mudamos o cenário, não a nós mesmos", citação de Horácio, *Epistles* I.11, p. 27.

O regresso do Peregrino

— Não é a vista o que estamos procurando — retrucou João. — Estou tentando encontrar a ilha do oeste.

— Você deve estar se referindo, sem dúvida, a alguma experiência estética. Bom, de novo... Eu não encorajaria um jovem a fechar os seus olhos para esse tipo de coisa. Quem já não sentiu um desejo infinito de saber o que há no prolongamento da sombra ou no outro lado da página? Quem já não as estendeu para a margem posterior? *Et ego in Arcadia!*[9] Todos já fomos tolos algum dia... Sim, e isso nos faz felizes. Mas a nossa imaginação, tanto quanto o nosso apetite, também precisa de disciplina; precisamos que os céus nos ajudem a nos interessar, não por qualquer ética transcendental, mas por coisas que efetivamente nos façam bem. Esse impulso selvagem precisa ser contido, não obedecido. As abelhas têm ferrões, mas nós roubamos o mel que elas produzem. Trazer toda aquela doçura imediata aos nossos lábios no cálice de um momento perfeito, sem perder um mísero ingrediente do sabor de seu μονόχρονος ἡδονή,[10] enquanto permanecemos de certa forma imóveis — esta é a verdadeira arte. Isso, em uma vida coerente, amaina até mesmo aqueles prazeres dos quais não queremos abrir mão, mas dos quais desistimos, como que pagando um preço pela racionalidade. Seria uma audácia pensar que o sabor da bebida deve até mesmo sua última gota de doçura ao fato de sabermos que o temos evitado, por não conhecer sua fonte? Suprimir os nossos prazeres das consequências por eles causadas e das condições que naturalmente têm, como se, supostamente,

---

[9]Corretamente formulado — *Et in Arcadia ego* —, o ditado latino é de proveniência incerta e encontrado em vários túmulos. O historiador de arte Erwin Panovsky remontou suas origens a uma pintura de Guercino (1591-1666) em que tem o significado gramaticalmente adequado: "mesmo na Arcádia sou eu [= morte]", percorrendo sua má interpretação na arte e na literatura como "Também estive na Arcádia [lugar encantador de paz e inocência lendárias; portanto também sou um idealista]". Lewis embaralhou a ordem das palavras para conferir o último significado, que é o objetivo do sr. Sensato.

[10]Grego, "prazer fugaz".

estivéssemos excluindo uma frase importante de seu contexto irrelevante, é o que distingue o homem do animal e o cidadão do bárbaro. Não posso me juntar àqueles moralistas que atacam sem misericórdia os insuportáveis romanos em seus banquetes; muito menos àqueles que se posicionam contrários aos contraceptivos, mesmo os mais benéficos da atualidade. O homem que come por gosto, e não por natureza, entregando-se sem medo à dor de barriga, ou aquele que se dá a Vênus sem temer nenhum bastardo impertinente, é um homem civilizado. Nele eu reconheço a urbanidade — a nota do centro.

— Você conhece algum caminho que cruze o canal? — perguntou Virtude, abruptamente.

— Não conheço — respondeu seu anfitrião —, pois nunca pesquisei a respeito. O estudo apropriado da humanidade é o homem e sempre desprezei especulações que não me levassem a lugar algum. Suponhamos que haja um caminho que cruze o canal, com que propósito eu faria uso dele? Por que eu me arrastaria, subindo e descendo, para sair desse lado e encontrar, do outro, depois de tanto esforço, o mesmo chão embaixo e o mesmo céu em cima de mim? Seria engraçado imaginar que o país existente além do desfiladeiro pudesse ser diferente do país que temos deste lado. *Eadem sunt omnia semper.*[11] A natureza já fez tudo o que podia para garantir o nosso conforto e a nossa diversão e o homem que não encontra satisfação em casa vai buscá-la, em vão, fora dela. Que indivíduo maldito! Escravo! Você vai nos trazer o nosso jantar ou prefere ter cada osso do seu corpo quebrado?

— Já está chegando, senhor — gritou Escravo, da cozinha.

— Pode ser que existam *pessoas* diferentes do outro lado do canal — sugeriu João, durante a pausa momentânea que se havia estabelecido.

---

[11]Latim, "tudo é sempre igual" (Lucrécio, *De rerum natura,* III, p. 949).

O regresso do Peregrino

— Isso é ainda menos provável — disse o sr. Sensato. — A natureza humana é sempre a mesma. As vestimentas e os modos podem variar, mas percebo que existe o mesmo coração imutável debaixo dos disfarces de todos. Se existem homens além do canal, podem ter certeza de que já os conhecemos. Eles nascem e morrem e, no intervalo entre a vida e a morte, são os mesmos crápulas amáveis que conhecemos na nossa casa.

— Mas — disse João — você não tem certeza absoluta de que não há um lugar como a minha ilha. Razão me disse que esta questão está em aberto.

— Razão! — exclamou o sr. Sensato. — Você quer dizer a mulher louca que anda cavalgando pelo país, vestida com uma armadura? Acredito que, quando falei da vida razoável, você não pensou que eu quisesse dizer alguma coisa sob os auspícios dela. O que há aqui é uma estranha confusão, estamos usando uma linguagem confusa, pois a racionalidade da qual falo elogiosamente não tem inimigo mais perigoso do que Razão. Talvez eu devesse deixar de usar o termo mais genérico e referir-me à minha razão não como racionalidade, mas como bom senso.

— Qual é a diferença entre um e outro? — perguntou Virtude.

— O bom senso é um sentimento fácil, a Razão é difícil. O senso sabe quando parar com essa insistência graciosa, enquanto que a Razão se submete servilmente a uma lógica abstrata, que ela não conhece. Um busca o consolo e o encontra, a outra busca a verdade e ainda não a encontrou. O bom senso é pai da família próspera, a Razão é estéril e virgem. Se eu tivesse oportunidade, poria rapidamente essa sua Razão na cadeia, para que ela continue a meditar numa cama de palha. Reconheço que a garota assanhada tem um belo rosto, que, no entanto, nos leva para longe do nosso verdadeiro alvo: seja ele a alegria, o prazer, a calma, a satisfação, ou qualquer que seja o nome que decidamos dar a ele! Ela é uma fanática que nunca aprendeu com meu

Sr. Sensato

mestre a perseguir o significado do ouro e, sendo mortal, a ter pensamentos mortais. *Auream quis quis...*[12]

— É muito estranho que diga isso — interrompeu Virtude —, pois também fui educado em Aristóteles. Mas penso que o texto com o qual estudei é diferente do seu. No meu, a doutrina do significado não tem o mesmo sentido que você atribui a ela. Ele diz, acima de tudo, que não existe excesso de bondade. Não é possível que, seguindo a direção certa, cheguemos muito longe. A linha que devemos seguir pode até começar em um ponto médio na base do triângulo, porém, quanto mais distante estiver o ápice, melhor. Nesse sentido...

— *Do manus!*[13] — interrompeu o sr. Sensato. — Poupe-nos do resto, meu jovem. Não estamos em uma aula e admito com prazer que sua sabedoria é mais atualizada que a minha. Mas a filosofia deveria ser a nossa amante, não o nosso mestre, e a busca da certeza meticulosa, em meio à liberdade dos nossos prazeres sociais, é tão indesejada quanto...

— E a parte sobre ter pensamentos mortais — continuou Virtude, cuja experiência social, como imaginei, não era tão grande —, a parte sobre pensamentos mortais foi citada por Aristóteles para dizer que ele discordava desse conceito. Ele sustentava que o objetivo da vida mortal era o de vestir-se de imortalidade o máximo que se pudesse. E também dizia que o mais inútil dos estudos era o mais nobre deles.

— Posso perceber que você conhece bem o seu papel, jovem — disse o sr. Sensato, com um sorriso bem frio —, e tenho certeza de que esses trechos de informação, se repetidos para os seus professores, atrairiam o aplauso que merecem. Agora, se você me perdoar, eles estão um pouco fora de lugar. O conhecimento que

---

[12]Latim, de um fragmento de Horácio, *Odes* (*Carmina*) II.10, p. 5: "Auream quis quis mediocrata tem diligit" ("O homem que preza o sentido dourado").
[13]Latim, "Desisto!".

141

O regresso do Peregrino

um cavalheiro deve ter acerca dos autores antigos não deve ser pedante e acho que você não compreendeu muito bem o lugar que a filosofia pode ocupar na vida lógica. Nós não nos fechamos em sistemas. O que os sistemas podem garantir? Que sistema, no final, não nos deixa a sós com o velho questionamento "Que sais-je"?[14] Está em suas mãos lembrar-nos da estranheza das coisas (no encanto bronzeado de suas meditações solitárias), acima de tudo, de sua função decorativa, que a filosofia é útil à boa vida. Nós vamos até a varanda e até a academia para sermos espectadores, não simpatizantes. Escravo!

— O jantar está servido, senhor — disse Escravo, aparecendo à porta.

E então sonhei que eles foram para a sala de jantar e para a mesa.

---

[14]Francês, "O que sei?", lema do escritor francês Michel de Montaigne, gravado em seu selo pessoal.

CAPÍTULO 5

Conversa à mesa

As dependências não conhecidas do mundo aculturado — "a religião de todos os homens sensíveis".

O vinho de primavera chegou, acompanhado de ostras. Ele era um pouco áspero, como havia profetizado o velho cavalheiro, e os copos eram tão pequenos que Virtude tomou todo o conteúdo do dele em um único gole. João teve medo de que não fossem servir mais e, por causa disso, ficou tomando o seu em pequenos goles, em parte porque temia que pudesse constranger o anfitrião e, em parte, porque não tinha gostado muito. Preocupações desnecessárias, entretanto, pois, com o jantar, veio o xerez.

— *Dapibus mensas onerabat inemptis!*[1] — disse o sr. Sensato. — Espero que esse jardim de ótima qualidade e livre da presença do homem não seja desagradável para um paladar destreinado.

— Você quer dizer que tem vinhas? — perguntou João.

— Eu estava falando do vinho de primavera — respondeu o sr. Sensato. — Espero ter algumas vinhas boas em breve, mas, no

---

[1]Latim, "Ele encheu sua mesa com iguarias não compradas na loja" (Virgílio, *Georgics*, IV, p. 133).

O regresso do Peregrino

momento, ainda conto um pouco com os meus vizinhos. Esse é o nosso próprio xerez, Escravo?

— Não, senhor — respondeu Escravo. — Esse é o estoque que o sr. Largo enviou.

— Linguado! — disse João. — Você por certo não...

— Não — disse o sr. Sensato. — Confesso que preciso conseguir peixe fresco com os meus amigos, na costa.

Enquanto a refeição continuava, as boas maneiras de João o impediam de fazer mais perguntas e, quando a salada chegou, com um ou dois rabanetes muito pequenos, João ficou muito aliviado por seu anfitrião poder apresentá-los como sua própria produção ("seu tempero humilde era um rabanete ou um ovo", disse o sr. Sensato). Mas, em meu sonho, tive o privilégio de saber quais eram as fontes de toda a refeição. O vinho de primavera e os rabanetes eram produzidos na casa do sr. Sensato e a posta de peixe assada tinha sido um presente do sr. Mamom. As entradas e condimentos vieram de Escrópolis, o champanhe e o gelo, do velho sr. Meio do Caminho. Uma parte da comida era dos estoques que o sr. Sensato havia tomado, quando veio morar ali, de seus antepassados que haviam ocupado essa casa antes dele, pois nesse planalto, e especialmente ao norte da estrada principal, o ar é tão leve e frio que as coisas ficam preservadas por um longo tempo. O pão, o sal e as maçãs haviam sido deixados por Epicuro, que foi o construtor da casa e seu primeiro habitante. Alguns vinhos muito bons haviam pertencido a Horácio. O tinto e também (até onde me lembro) boa parte da prataria eram de Montaigne. Mas o do porto, que era muito raro e a melhor coisa que havia sobre a mesa, tinha em outros tempos pertencido a Rabelais, que por sua vez havia ganho de presente da velha Mãe Kirk, quando eles eram amigos. Então sonhei que depois do jantar o velho sr. Sensato levantou-se e fez um pequeno discurso em latim, agradecendo ao Proprietário por tudo o que eles haviam desfrutado naquela refeição.

— O quê? — disse João. — *Você* acredita no Proprietário?

Conversa à mesa

— Nenhuma parte de nossa natureza pode ser ignorada — disse o sr. Sensato. — Muito menos uma parte que tem se santificado em belas tradições. O Proprietário tem sua função, como todo o resto, como um elemento da boa vida.

Então, nesse instante, o sr. Sensato, que estava ficando muito vermelho, fixou seus olhos com atenção sobre João e repetiu:

— Como um elemento. Como um elemento.

— Compreendo — disse João, e houve um longo silêncio.

— Além disso — recomeçou o sr. Sensato com grande energia, dez minutos depois —, faz parte das boas maneiras. Ἀθανάτους μὲν πρῶτα θεούς, νόμωι ὡς διάκεινται, τίμα...[2] Meu querido sr. Virtude, meu querido e jovem amigo, seu copo está bem vazio. Quero dizer, absolutamente vazio. *Cras ingens iterabimus.*[3]

Houve outra pausa, longa. João começou a se perguntar se o sr. Sensato não estava dormindo, quando de repente ele disse com grande convicção:

— *Pellite cras ingens tum-tum* νόμωι ὡς διάκεινται.[4]

Ele então sorriu para eles e, finalmente, foi dormir. E, nesse instante, Escravo entrou na sala, com uma aparência velha, magra e suja, na pálida luz da manhã — e então percebi que a aurora estava começando a se mostrar através dos vãos das persianas —, a fim de carregar o seu mestre para a cama. E o vi voltar para a sala de jantar e derramar os restos do vinho tinto no copo e bebê-lo. Ele ficou por um momento meio que piscando os seus olhos vermelhos e esfregando seu queixo ossudo e áspero. Por fim, bocejou e passou a arrumar a sala para o café da manhã.

---

[2]Grego, "A coisa mais importante é honrar os deuses como exige a lei", primeiro verso dos *Versos de ouro* atribuídos ao filósofo e matemático grego Pitágoras (século 6 a.C.).

[3]Latim, "Amanhã retomaremos nosso curso sobre o imenso [mar]" (Horácio, *Odes* [*Carmina*] I.7, p. 32).

[4]Mistura delirante das duas citações anteriores: "Embarque amanhã no enorme... canhão 'pom-pom', como se exige".

CAPÍTULO 6

Escravo

*Os homens "sensíveis" são
parasitas — sua cultura é precária.*

Sonhei que João acordou sentindo frio. O aposento no qual estava deitado era luxuosamente mobiliado e toda a casa estava em silêncio, de modo que João pensou que seria inútil levantar-se, jogou todas as suas roupas sobre o seu corpo e tentou dormir de novo. O frio, no entanto, só aumentou. Então ele disse para si mesmo: "Ainda que não haja chance de tomar café da manhã, posso me salvar do congelamento andando por aí". Então se levantou e se agasalhou com todas as suas roupas e desceu até o andar de baixo da casa, mas as lareiras ainda não estavam acesas. Encontrando a porta dos fundos, ele saiu. Era uma manhã de um dia cinzento, sem sol. Havia nuvens escuras e muito baixas, e quando João saiu, um único floco de neve caiu aos pés dele e depois não caiu mais nenhum. Ele descobriu que estava no jardim do sr. Sensato, no entanto, era mais um quintal que um jardim. Um muro alto o cercava e dentro dele havia uma terra seca, marrom, com alguns caminhos de pedra. Furando a terra com o pé, João descobriu que o solo tinha apenas meia polegada de profundidade, e debaixo dele havia rocha sólida.

Escravo

Bem perto da casa ele encontrou Escravo, de joelhos, limpando o que parecia ser uma pequena pilha de pó, mas que era na verdade o solo do jardim. A pequena pilha havia deixado a rocha descoberta em um grande círculo — como um remendo calvo — em volta de Escravo.

— Bom dia, Escravo — disse João. — O que você está fazendo?

— Plantações de rabanetes, senhor.

— Seu mestre é um grande jardineiro.

— Nem fale sobre isso, senhor.

— Ele não trabalha no jardim?

— Não, senhor.

— O solo aqui é pobre. Ele consegue se alimentar de sua própria produção, em um ano bom?

— Me alimento dela, senhor.

— O que é cultivado no jardim, além de rabanetes?

— Nada, senhor.

João foi até o fim do jardim e olhou por cima do muro, que naquele ponto era mais baixo. Ele recuou com um pequeno pulo, pois descobriu que estava olhando para um abismo; o jardim estava posicionado à beira do Grande Canal. Embaixo dos pés de João, na base do desfiladeiro, estava a floresta e, no lado oposto, viu uma mistura de mata e penhasco. Os penhascos eram todos desordenados, com vegetais e riachos espalhados por eles, aparentando, por causa da distância, estar imóveis, como se tivessem desmoronado das terras mais ao longe. Mesmo naquela manhã fria, o lado mais distante aparentava ser mais rico e quente do que o lado em que eles estavam.

— Precisamos sair daqui — disse João. Nesse instante, Escravo o chamou.

— Eu não me apoiaria neste muro, senhor. Há frequentes deslizamentos de terra.

— Deslizamentos de terra?

O regresso do Peregrino

— Sim, senhor. Eu reconstruí esse muro dezenas de vezes. A casa costumava ficar bem ali... A meio caminho do desfiladeiro.

— O canal está se alargando, então?

— Hoje em dia sim, senhor. No tempo do sr. Epicuro...

— Você então foi empregado de muitos senhores aqui?

— Sim, senhor. Vi muitos deles. Quem quer que tenha vivido aqui sempre necessitou de mim. Eles costumavam me chamar de Coregia[1] no passado, mas agora me chamam simplesmente de Escravo.

— Conte-me sobre seus antigos senhores — pediu João.

— O sr. Epicuro foi o primeiro. Pobre cavalheiro, era doente mental; tinha um medo crônico do buraco negro. Algo terrível. No entanto, nunca tive patrão melhor. Gentil, bondoso, um tipo de homem de palavras mansas. Lamentei muito quando ele desabou desfiladeiro abaixo...

— Meu Deus! — exclamou João. — Você quer dizer que alguns de seus senhores perderam a vida nesses deslizamentos de terra?

— A maioria deles, senhor. — Nesse momento, um rugido de leão veio de uma das janelas superiores da casa.

— Escravo inútil! Traga água quente.

— Estou indo, senhor — disse Escravo, levantando-se propositadamente de seus joelhos e dando um tapa em seu monte de poeira. — Preciso ir embora daqui logo — ele disse a João. — Estou pensando em seguir mais adiante, rumo ao norte.

— Adiante, rumo ao norte?

— Sim, senhor. Há oportunidades com o sr. Selvagem, no alto das montanhas. Eu estava me perguntando se você e o sr. Virtude estavam indo nessa direção...

— Escravo! — ouviu-se bem alto a voz do sr. Sensato, vindo da casa.

---

[1]Grego, "cobertura de despesas"; "apoio"; "subvenção".

Escravo

— Estou indo, senhor — gritou de volta, Escravo, começando a desamarrar os dois pedaços de barbante com os quais havia prendido as suas calças debaixo dos joelhos.[2] — Então, como pode ver, sr. João, eu ficaria muito grato se me permitisse viajar com o senhor.

— Escravo! Será que vou ter que chamá-lo de novo? — gritou o sr. Sensato.

— Estou indo, senhor. — E disse a João: — Se o senhor concordar, eu informaria ao sr. Sensato ainda nesta manhã.

— Nós certamente vamos seguir rumo ao norte — disse João. — E não faço objeção, desde que o sr. Virtude concorde.

— Muito gentil de sua parte, tenho certeza, senhor — disse Escravo. Ele então se virou e caminhou lentamente para dentro da casa.

---

[2] Sinal de que Escravo está caminhando para o "sem-culotismo", ou seja, o extremismo revolucionário. *Sans culotte* em francês significa "sem culotes, ou calças curtas para montaria". Durante a Revolução Francesa, os revolucionários das classes mais pobres costumavam usar esse tipo de calças, e por isso passaram a ser chamados *sans-culottes*.

CAPÍTULO 7

A grosseria de Virtude

Tire o poder do mundo aculturado de trabalho controlador — e a coisa toda entra em colapso.

O sr. Sensato não estava de bom humor quando eles se encontraram para o café da manhã.

— Aquela pessoa estúpida e ingrata, o meu servo, está me deixando desassistido — ele disse —, e nos próximos dias vamos ter que nos virar por nós mesmos. Sinto que sou um cozinheiro desprezível. Talvez, Virtude, você pudesse me ajudar assumindo a cozinha até que eu encontre um novo servo. Ouso dizer que assim, nós três poderíamos levar uma vida de piquenique bem tolerável, por três dias.

Os dois jovens o informaram de que continuariam sua jornada depois do café da manhã.

— Isso — disse o sr. Sensato — está ficando realmente sério. Vocês querem dizer que vão me abandonar? Vou ficar reduzido à absoluta solidão, privado dos sentidos comuns da vida, obrigado a passar o meu dia em atividades domésticas? Muito bem, senhores, eu não estou familiarizado com os costumes modernos; sem

150

A grosseria de Virtude

dúvida esse é o modo em que os jovens de hoje em dia retribuem a hospitalidade.

— Desculpe, senhor — disse Virtude. — Não vi a situação dessa maneira. Certamente vou agir como seu servo por aproximadamente um dia, se o senhor desejar. Eu não havia entendido que cozinhar seria um fardo muito grande para o senhor. Não me lembro de que tenha dito nada sobre servos quando estava falando da boa vida ontem à noite.

— Ora, senhor — disse o sr. Sensato. — Quando falo dos princípios da máquina a vapor, não estou falando explicitamente que acho que devemos esperar que o fogo queime ou que as leis da gravidade operem. Há certas coisas que sempre serão tidas como certas. Quando falo da arte da vida, falo das condições comuns da vida que essa arte utiliza.

— Tais como a riqueza — disse Virtude.

— Uma competência, uma competência — disse o sr. Sensato.

— E a saúde também? — perguntou Virtude.

— Saúde moderada — respondeu o sr. Sensato.

— Sua arte, então — retrucou Virtude —, parece ensinar aos homens que a melhor maneira de ser feliz é desfrutar do sucesso contínuo, em todos os sentidos. Nem todos achariam o conselho útil. E agora, se Escravo me disser onde fica a copa, eu vou lavar as coisas do café da manhã.

— Melhor evitar problemas — disse o sr. Sensato, secamente. — Não posso questionar sua força e não pretendo receber lição de moral à mesa do café. Quando estiver mais integrado ao mundo, você vai aprender a não discutir questões sociais em sala de aula. Enquanto isso, perdoe-me se sinto que devo achar sua sociedade um pouco cansativa. O diálogo deveria ser como a abelha, que se lança à próxima flor antes que a anterior tenha parado de balançar, por causa de sua vista aérea; você a transforma mais em uma abelha da selva, comendo e abrindo caminho à mesa.

O regresso do Peregrino

— Como preferir — disse Virtude. — Mas como vai fazer?

— Vou trancar a casa — disse o sr. Sensato — e fazer αὐτάρκεια[1] em um hotel, até equipar este lugar com aparelhos mecânicos que, de agora em diante, me tornarão totalmente independente. Percebo que fiquei para trás, no tempo. Deveria ter dado mais ouvidos a certos bons amigos meus da cidade de Caçaplauso, que se mantiveram atualizados em relação às invenções modernas. Eles me asseguram que as máquinas em breve colocarão a boa vida além do alcance do acaso, e, se o mecanicismo por si não o fizer, conheço um eugenista que promete criar para nós uma raça de serviçais psicologicamente incapazes de aplicar-me um golpe como esse de Escravo.

Assim aconteceu de todos os quatro deixarem a casa juntos. O sr. Sensato ficou estupefato ao descobrir que Escravo (que abandonou o seu empregador de modo muito civilizado) estava acompanhando os jovens. No entanto, ele apenas deu de ombros e disse:

— *Vive la bagatelle!*[2] Vocês ficaram em minha casa, que eu chamei de Têlema[3] e cujo lema é "Faça o que quiser". Muitos homens, muitas mentes. Espero poder tolerar qualquer coisa, exceto a intolerância. Ele então tomou o seu caminho e eles não o viram mais.

---

[1]Grego, "autossuficiência econômica".

[2]Francês, "Viva o absurdo!" (Laurence Sterne, *A sentimental journey*, "The letter").

[3]Grego, "vontade". No romance *Gargântua*, do autor francês François Rabelais, Thélème é a abadia de uma ordem religiosa altamente excepcional — na verdade, uma "antiordem" em uma "antiabadia" — liderada por *frère* Jean des Entommeurs.

LIVRO 6

Rumo ao norte, adiante no canal

Por serem diferentes do homem magnânimo, eles, no entanto, o imitam, ao menos nos detalhes que conseguem.

ARISTÓTELES, *Nicomachean ethics*, 1124b

Eles falam muito da alma, mas tudo de modo distorcido, e em si mesmos buscam a virtude.

MILTON, *Paradise regained*, VI, p. 313-4

Não admiro o excesso de uma virtude, se não vir, ao mesmo tempo, o excesso da virtude oposta. Um homem não prova sua grandeza ficando em um dos extremos, mas tocando em ambas as extremidades ao mesmo tempo e preenchendo todo o vazio que há entre elas.

PASCAL, "Les philosophes", *Pensées*, seção VI, n. 353, edição de Brunschvicg, 1897

O desdém é uma reação defensiva muito conhecida.

I. A. RICHARD, *Practical criticism* (1929), poema IIIs

CAPÍTULO 1

Primeiros passos para o norte

Acompanhado por pobreza e virtude — João viaja pelas regiões mais severas da mente.

— Não vai adiantar nada continuarmos na estrada — disse Virtude. — Precisamos explorar a beira do penhasco, à medida que avançamos, e fazer algumas experiências de descida, em um ponto e em outro.

— Desculpe-me, senhor — disse Escravo —, conheço essas terras muito bem e não há caminho de descida, ao menos não nos próximos cinquenta quilômetros. Vocês não vão perder nada se continuarem na estrada por hoje, de qualquer maneira.

— Como você sabe? — perguntou Virtude. — Você já tentou alguma vez?

— Ah, sim — disse Escravo. — Tentei várias vezes cruzar o canal, quando era mais jovem.

— Parece claro que é melhor seguir a estrada — disse João.

— Não me dou totalmente por satisfeito — disse Virtude. — Mas podemos sempre passar pelos penhascos, no caminho de volta. O que penso é que, se há uma descida, ela está no extremo norte, no ponto onde esse desfiladeiro desemboca no mar ou, se falharem todas as outras possibilidades, poderíamos descer na

O regresso do Peregrino

boca do penhasco, de barco. Enquanto isso, ouso dizer que seria melhor seguirmos pela estrada.

— Concordo plenamente — disse João.

Então vi os três seguirem, na marcha mais desolada que eu jamais havia visto. Por todos os lados o planalto parecia perfeitamente plano, mas seus músculos e pulmões logo lhes disseram que havia uma subida leve, porém constante. Havia pouca vegetação — um arbusto aqui, alguma grama ali... A maioria da paisagem, no entanto, era de terra marrom, musgo e rocha e a estrada embaixo deles mais parecia de pedra. O céu cinzento não clareava nunca e não me lembro de que tenham visto um pássaro sequer, além de estar tão frio que, se, a qualquer momento, parassem para descansar, o suor congelaria instantaneamente sobre os seus corpos.

Virtude em momento algum diminuiu o passo e Escravo seguia o seu ritmo, embora sempre a um respeitoso metro atrás deles, mas percebi que João começara a sentir dor nos pés e estava ficando para trás. Em alguns momentos, ele inventara desculpas para descansar, até que por fim anunciou:

— Amigos, não adianta. Não tenho como continuar.

— Mas você precisa ir — disse Virtude.

— O jovem cavalheiro é frágil, senhor, muito frágil — disse Escravo. — Não está acostumado a esse tipo de coisa. Teremos que ajudá-lo no caminho.

Assim, eles o pegaram, cada um por um braço e o ajudaram a caminhar por mais algumas horas. Não encontraram nada para comer ou beber, nem no lixo. Perto do anoitecer, eles ouviram uma voz desolada gritando "*maiwi-maiwi*" e viram uma gaivota voando ao sabor das correntes de vento, como se escorregasse por uma rampa invisível, em direção às nuvens de chuva.

— Bom! — gritou Virtude. — Estamos perto da costa.

— Falta um bom pedaço ainda, senhor — disse Escravo. — Essas gaivotas viajam sessenta quilômetros ou mais, vindas do continente, no tempo ruim.

Primeiros passos para o norte

Eles então se esforçaram por muitos quilômetros mais. E o céu começou a se transformar de cinza, sem sol, a negro sem estrelas. E eles olharam e viram uma pequena palhoça na beira da estrada e ali bateram na porta.

CAPÍTULO | 2

Três homens pálidos

O contrarromantismo faz estranhos parceiros — o pensamento moderno gera o freudianismo de base, o negativismo nas almas mais admiráveis — esses homens estão interessados em tudo, não pelo que as coisas são, mas pelo que não são.

Quando lhes foi permitido entrar, eles encontraram três jovens,[1] todos muito magros e pálidos, sentados ao lado de um fogão, sob o telhado baixo da cabana. Havia alguns sacos de pano em um banco que se estendia ao longo de uma parede e pouco conforto no restante do espaço.

— Vocês não vão comer nem beber bem aqui — disse um dos três homens. — Mas sou um Mordomo e é minha obrigação, de acordo com a minha profissão, compartilhar meu jantar com vocês. Vocês podem entrar.

Seu nome era sr. Neoangular.

---

[1]Chad Walsh, poeta e crítico americano, um dos primeiros escritores com respeitabilidade a escrever sobre C. S. Lewis, considera os três tipos aqui apresentados "disfarces transparentes" de T. S. Eliot, Irving Babbitt e George Santayana, respectivamente (*The literary legacy of C. S. Lewis*, 1979, p. 67-8).

Três homens pálidos

— Lamento que minhas convicções não me permitam repetir a oferta de meu amigo — disse um dos outros. — Mas tive que abandonar as falácias humanitárias e igualitárias.

Seu nome era sr. Neoclássico.

— Espero — disse o terceiro — que suas andanças por lugares solitários não signifique que vocês tenham qualquer um dos vírus românticos em seu sangue.

Seu nome era sr. Humanista.

João estava muito cansado e Escravo era respeitoso demais para responder, mas Virtude disse ao sr. Neoangular:

— O senhor é muito gentil. Está salvando as nossas vidas.

— Não sou gentil coisa nenhuma — disse o sr. Neoangular, com a mesma cordialidade. — Estou cumprindo a minha obrigação. A minha ética é baseada em dogmas, não em sentimentos.

— Eu entendo muito bem — disse Virtude —, podemos trocar um aperto de mãos?

— É possível — perguntou o outro — que você seja um de nós? Você é católico? Escolástico?

— Não sei nada sobre isso — respondeu Virtude —, mas sei que a regra deve ser obedecida porque é uma regra e não porque ela faz, no momento, referência aos meus sentimentos.

— Percebo que você não é um dos nossos — disse Angular —, e que está indubitavelmente amaldiçoado. *Virtutes paganorum splendida vitia.*[2] Agora vamos comer.

Então sonhei que os três homens pálidos tinham três latas de carne e seis bolachas e que Angular as compartilhou com seus convidados. Havia muito pouco para cada um deles e pensei que a melhor parte ficou para João e Escravo, pois Virtude e o jovem Mordomo entraram em um tipo de rivalidade sobre quem deveria deixar mais para os outros.

---

[2]Latim, "As virtudes dos pagãos são vícios esplêndidos". Frase de origem incerta, mas provavelmente atribuída a Agostinho (como "Virtutes gentium...", e não "paganorum") ou a Tertuliano, *De carne Christi.*

O regresso do Peregrino

— Nossa refeição é simples — disse o sr. Neoclássico. — E talvez não apeteça os paladares que foram educados com os pratos de países inferiores. Mas vocês podem perceber a perfeição da forma. Essa carne é um cubo perfeito e essa bolacha, um verdadeiro quadrado.

— Vocês vão ter que admitir que, ao menos, nossa comida está bem desprovida de qualquer gosto que faça referência aos antigos molhos românticos — disse o sr. Humanista.

— Totalmente desprovida — disse João, olhando para a lata vazia.

— É melhor do que comer rabanetes, senhor — disse Escravo.

— Vocês vivem aqui, cavalheiros? — perguntou Virtude, quando as latas vazias haviam sido retiradas da mesa.

— Vivemos — respondeu o sr. Humanista. — Estamos fundando uma nova comunidade. Atualmente, sofremos com as agruras dos pioneiros e temos que importar a nossa comida, mas, quando tivermos cultivado as terras do país, teremos abundância; o tanto que for necessário para a prática da temperança.

— Isso me interessa muitíssimo — disse Virtude. — Quais são os princípios desta comunidade?

— Catolicismo, humanismo, classicismo — disseram todos os três.

— Catolicismo! Então vocês são todos Mordomos?

— Certamente que não — responderam Clássico e Humanista.

— Ao menos todos acreditam no Proprietário?

— Não tenho nenhum interesse nessa questão — disse Clássico.

— E sei perfeitamente bem que o Proprietário é uma fábula — disse sr. Humanista.

— E eu — disse Angular — sei perfeitamente bem que ele é um fato.

— Isso é muito surpreendente — disse Virtude. — Não vejo como vocês se uniram ou quais sejam possivelmente os seus princípios comuns.

Três homens pálidos

— Estamos unidos por um antagonismo comum a um inimigo comum — disse Humanista. — Você deve compreender que somos três irmãos, os filhos do velho sr. Iluminismo, da cidade de Caçaplauso.

— Eu o conheço — disse João.

— Nosso pai casou-se duas vezes — continuou Humanista.

— A primeira vez com uma senhora chamada Epicarecácia[3] e depois com Eufuia[4]. Com sua primeira esposa ele teve um filho chamado Sigismundo, que é, portanto, nosso meio-irmão.

— Também o conheço — disse João.

— Somos filhos do seu segundo casamento — disse Humanista.

— Então — exclamou Virtude — somos parentes... Se vocês se importam em reconhecer parentescos. Provavelmente ouviram falar que Eufuia teve um filho antes de se casar com seu pai. Eu fui essa criança, embora eu deva confessar que nunca descobri quem foi o meu pai e que os inimigos tenham insinuado que sou um bastardo.

— Você disse o bastante — respondeu Angular. — Não espere mesmo que concordemos a respeito desse assunto. Eu diria ainda que a minha atividade, se não houvesse mais nada para fazer, pede que eu me mantenha à parte das minhas relações legítimas.

— E quanto ao antagonismo comum? — perguntou João.

— Fomos todos educados — disse Humanista — pelo nosso meio-irmão na universidade de Escrópolis, e instruídos ali para entender que quem quer que permaneça com o sr. Meio do Caminho deve ir para Escrópolis ou então permanecer em Encanto, trabalhando como servo de sua filha cor de bronze.

— Vocês não estiveram com o sr. Meio do caminho, então? — perguntou João.

— Certamente que não. Aprendemos a odiá-lo ao observar o efeito que sua música exercia sobre as outras pessoas. O ódio por

---

[3]Grego, "prazer malicioso", "alegria rancorosa pelo infortúnio alheio".
[4]Grego, "forma"; "bondade de disposição"; "rapidez de entendimento".

O regresso do Peregrino

ele é a primeira coisa que nos une. Depois, descobrimos que morar em Escrópolis leva inevitavelmente à masmorra do gigante.

— Sei tudo sobre isso também — disse João.

— Nosso ódio comum, portanto, nos une contra o gigante, contra Escrópolis e contra o sr. Meio do Caminho.

— Mas especialmente contra o último — disse Clássico.

— Devo me manifestar — observou Angular — contra meias medidas e comprometimentos de toda sorte, contra qualquer desculpa de que existe algum tipo de bondade ou decência ou qualquer lugar de descanso temporário tolerável neste lado do Grande Canal.

— E é por isso — disse Clássico — que Angular é para mim, em certo sentido, o inimigo, mas, por outro, *o* amigo. Não posso concordar com suas noções sobre o outro lado do canal. Mas discordo simplesmente porque ele transfere suas desilusões para o outro lado, está livre para concordar comigo sobre este lado e ser um expositor implacável (como eu) de todas as tentativas de empurrarem sobre nós qualquer lixo transcendental, romântico e otimista.

— Meu sentimento — disse Humanista — é de que Angular está comigo contra qualquer confusão entre diferentes *níveis* de experiência. Ele *canaliza* todas as tolices místicas (o *sehnsucht* e o desejo de viajar e a ninfolepsia) — e as transfere para o lado de lá, o que evita que vagueiem deste lado e que nos impeçam de exercermos a nossa real função. Deixa-nos livres para estabelecer uma civilização tolerável e até mesmo confortável aqui no planalto, uma cultura baseada igualmente nessas verdades que o sr. Sensato reconhece e naquelas que o gigante revela, mas abandonando também igualmente um gracioso véu de ilusão. E, desse modo, continuaremos humanos: não nos tornaremos animais com o gigante, nem anjos inúteis com o sr. Meio do Caminho.

— O jovem cavalheiro dormiu, senhor — disse Escravo, e João de fato havia adormecido já fazia algum tempo.

Três homens pálidos

— Vocês precisam desculpá-lo — disse Virtude. — A estrada hoje foi longa demais para ele.

Então vi que todos os seis homens deitaram juntos sob o saco de pano. A noite estava muito mais fria do que aquela que passaram na casa do sr. Sensato, mas, como não havia nenhuma pretensão de conforto e eles estavam amontoados na cabana estreita, João dormiu mais aquecido ali do que em Têlema.

CAPÍTULO | 3

Neoangular

Os homens falam como se tivessem "visto através" de coisas que ainda nem sequer viram.

Quando eles se levantaram de manhã, João estava com os pés tão doloridos e suas pernas doíam tanto que ele não sabia como continuaria sua jornada. Escravo lhes assegurou que a costa não poderia agora estar muito distante. Ele pensou que Virtude poderia alcançá-la e retornar em um dia, e que João poderia aguardá-lo na cabana. Quanto ao próprio João, ele tinha reservas quanto a sobrecarregar os anfitriões, que viviam em tamanha pobreza; no entanto, o sr. Angular o convenceu a ficar, quando explicou que a virtude secular da hospitalidade era inútil e o cuidado para com os aflitos era um pecado, se oferecido a partir de um sentimento humanitário, mas que ele era obrigado a agir como agia, pelas regras de sua ordem. Assim, em meu sonho, vi Escravo e Virtude rumarem sozinhos para a direção norte, enquanto João permaneceu com os três homens pálidos.

De manhã, ele teve uma conversa com Angular.

— Você acredita, então, que exista mesmo um caminho que cruze o canal? — perguntou João.

— Eu sei que há. Se você me deixar levá-lo até a Mãe Kirk, ela o carregará para lá num instante.

164

Neoangular

— Acontece que ainda não tenho certeza de que não estou agindo sob falsos pretextos. Quando saí de casa, cruzar o canal nunca esteve em meus pensamentos, muito menos a Mãe Kirk.

— Não importa o que estava em seus pensamentos.

— Para mim importa. Sabe, minha única razão para atravessar é a esperança de que algo que estou procurando possa estar do outro lado.

— Essa é uma motivação perigosa, subjetiva. O que é esse algo?

— Eu vi uma ilha...

— Então deve esquecê-la o mais breve possível. Ilhas fazem parte do interesse de Meio do Caminho. Eu lhe asseguro que você deve erradicar todo vestígio dessa tolice de sua mente, para que eu possa ajudá-lo.

— Mas como pode me ajudar se tirar de mim a única coisa com a qual quero ser ajudado? Qual o sentido de dizer a um homem faminto que você lhe concederá seus desejos, desde que ele não faça nenhuma pergunta sobre comida?

— Se você não *quer* cruzar o canal, não há nada mais a ser dito. Mas, então, você precisa saber onde está. Siga adiante com a sua ilha, se quiser, mas não finja que ela é tudo menos uma parte da terra da destruição deste lado do canal. Se você é um pecador, em nome do céu, tenha a graça de ser um cínico também.

— Mas como pode dizer que a ilha é de todo ruim, quando é o anseio pela ilha, e nada mais, o que me trouxe até aqui?

— Não faz nenhuma diferença. Tudo deste lado do canal é muito de muita coisa. Se você se confinar nele, então o Espírito da Época está certo.

— Mas isso não é o que Mãe Kirk disse. Ela insistiu particularmente em que parte da comida estava muito menos envenenada que o resto.

— Então você encontrou Mãe Kirk? Não me admira que esteja confuso. Não tinha assuntos a tratar com ela, exceto por

O regresso do Peregrino

meio de um Mordomo qualificado. Fique preso a isso e você terá compreendido mal cada palavra que ela disse.

— Então houve também Razão. Ela se recusou a dizer que a ilha era uma ilusão. Mas talvez, como o sr. Sensato, você tenha brigado com Razão.

— A Razão é divina. Mas como você poderia compreendê-la? Você é um principiante. Para você, a única coisa segura com Razão é aprender com seus superiores os princípios nos quais suas libertações têm sido codificadas para uso geral.

— Olhe aqui — disse João —, você viu minha ilha?

— Deus me livre!

— E também nunca ouviu o sr. Meio do Caminho.

— Nunca. E nunca o farei. Você me considera um romântico?

— Então há ao menos um objeto no mundo do qual conheço mais que você. Provei o que você chama de lixo romântico, você só falou sobre isso. Não precisa me dizer que há um perigo nele e também certo mal. Você supõe que eu não tenha sentido esse perigo e esse mal mil vezes mais que você? Mas também sei que o mal ali presente não foi o que procurei encontrar, e sei que eu não deveria ter procurado nem encontrado nada sem ele. Sei disso por experiência, como sei uma dezena de coisas sobre ele, coisas que você denuncia em sua ignorância, tão frequentemente quanto fala delas. Perdoe-me se sou rude, no entanto, como é possível que você me aconselhe nesse assunto? Você recomendaria um eunuco como confessor a um homem cujas dificuldades estejam no campo da castidade? Um homem cego de nascença seria meu melhor guia contra a luxúria dos olhos? Mas estou ficando com raiva. E você tem partilhado sua bolacha comigo. Peço-lhe perdão.

— É parte de minha profissão suportar insultos com paciência — disse o sr. Angular.

166

CAPÍTULO **4**

Humanista

Eles se gloriam de rejeitar o que nunca
de fato esteve ao seu alcance.

À tarde, o sr. Humanista levou João até o jardim, cuja produção de uma nova cultura, à época, o tornaria autossuficiente. Como não havia nenhum humano ou animal ou habitação ao alcance da vista, nenhum muro ou cerca havia sido considerado necessário, mas a área do jardim tinha sido demarcada por uma fileira de pedras e conchas arranjadas alternadamente; e isso era necessário, caso contrário não seria possível distinguir o jardim do lixo. Alguns caminhos, também marcados por pedras e conchas, foram arranjados em um padrão geométrico.

— Como pode ver — disse o sr. Humanista —, abandonamos completamente as ideias dos antigos jardineiros paisagistas românticos. Você nota certa severidade. Um jardineiro paisagista teria uma alameda à direita e um aterro à esquerda e caminhos tortuosos, um lago e canteiros... Ele teria preenchido as partes obscuras por meio da sensualidade: a batata sem forma e o repolho romanticamente irregular. Como pode perceber, não há nada disso aqui.

— Nada mesmo — disse João.

O regresso do Peregrino

— No momento, é claro, ele não está muito fértil. Mas nós somos pioneiros.

— Você já tentou *escavá-lo?* — sugeriu João.

— Ora — disse o sr. Humanista —, não percebe? É pura rocha uma polegada abaixo da superfície, de modo que não perturbamos o solo. Isso removeria o véu gracioso de ilusão que é tão necessário do ponto de vista *humano*.

CAPÍTULO 5

Alimento do norte

Esta região não tem forças para resistir a filosofias mais desumanas do que as suas.

Mais tarde, naquela noite, a porta da cabana se abriu e Virtude entrou cambaleante e deixou-se cair, sentado, ao lado do fogão. Ele estava muito cansado e demorou a recuperar o fôlego para poder falar. Quando restaurou as forças, suas primeiras palavras foram:

— Vocês precisam deixar este lugar, cavalheiros. Ele está em perigo.

— Onde está Escravo? — perguntou João.

— Ele ficou lá.

— E qual é o perigo? — perguntou o sr. Humanista.

— Vou lhes dizer. A propósito, não há nenhum caminho sobre o desfiladeiro rumo ao norte.

— Participamos de uma missão tola, então — disse João —, desde quando deixamos a estrada principal.

— Exceto que agora sabemos — respondeu Virtude. — Mas preciso comer antes de contar a minha história. Hoje à noite, posso devolver a hospitalidade dos nossos amigos. — E, dizendo isso, tirou de várias partes de sua roupa os restos de uma bela

O regresso do Peregrino

torta fria, duas garrafas de cerveja forte e um pequeno frasco de rum. Por algum tempo, houve silêncio na cabana e, quando a refeição acabou e um pouco de água tinha sido fervido para que cada um deles bebesse um copo de rum diluído na água, Virtude começou a sua história.

CAPÍTULO 6

O norte mais distante

*Os sub-homens revolucionários, quer da
esquerda, quer da direita — são todos vassalos
da crueldade — o Niilismo heroico ri das
formas menos completas de obstinação.*

"É tudo assim até as montanhas, aproximadamente vinte e cinco quilômetros, e não há nada para contar de nossa jornada exceto rocha, musgo e algumas gaivotas. As montanhas são assustadoras quando você se aproxima delas, mas a estrada seguiu até uma passagem e não tivemos dificuldade de atravessá-la. Além dessa passagem, você chega a um pequeno vale rochoso e foi ali que encontramos os primeiros sinais de habitação. O vale é um conjunto de cavernas habitadas por anões. Há várias espécies deles, eu acho, embora eu só distinguisse duas: um tipo negro com camisas pretas e um tipo vermelho que se autodenominava Marxomanni. Eles são todos muito ferozes e aparentemente discutem bastante, mas todos reconhecem algum tipo de vassalagem a um homem chamado Selvagem. Ao menos não criaram dificuldade para permitir que eu atravessasse quando ouviram que eu queria vê-lo, além de insistirem em dar-me um guarda. Foi lá que perdi Escravo. Ele disse que tinha vindo unir-se aos anões vermelhos e perguntou-me se eu me importaria de seguir

O regresso do Peregrino

adiante sozinho. Ele foi o mesmo até o fim, generoso como sempre, mas estava em um de seus esconderijos, e aparentemente bem, em casa, antes que eu pudesse dizer uma palavra. Meus anões, então, me levaram. Não me importei muito com os preparativos. Eles não eram homens, sabe, não anões homens, mas anões verdadeiros, criaturas das cavernas. Podiam falar, caminhar eretos, mas a estrutura devia ser bem diferente da nossa. Senti o tempo todo que, se me matassem, não seria um assassinato, não mais do que se um crocodilo ou um gorila me matasse. Tratava-se de *uma* espécie diferente, qualquer que seja o modo de chegarem ali. Rostos diferentes.

"Bem, eles continuaram me levando cada vez mais alto. Eram todos caminhos no meio das rochas, em ziguezague e em círculos. Felizmente, não fiquei zonzo. Meu perigo principal era o vento, sempre que chegávamos a um cume — pois, é claro, meus guias, tendo apenas um metro de altura, não ofereciam a ele o mesmo alvo. Eu tinha um ou dois escapes. O ninho de Selvagem era um lugar terrível, um corredor longo como um celeiro e quando eu o avistei pela primeira vez, a meio caminho do céu de onde estavam me levando, pensei comigo mesmo que, onde quer mais que fôssemos, não poderia ser *ali*; parecia tão inacessível. Mas seguimos em frente.

"Uma coisa que vocês podem colocar na cabeça é que há cavernas ao longo de todo o caminho de subida, todas habitadas. A montanha inteira deve estar perfurada como uma colmeia. Vi milhares de anões. Como um formigueiro, e nenhum homem no lugar, exceto eu.

"Do ninho de Selvagem é possível olhar para baixo, direto para o mar. Devo pensar que essa é a maior de todas as alturas a partir de qualquer costa. Foi de lá que vi a boca do canal. A boca é apenas uma redução do penhasco: a partir da parte mais baixa da abertura, ela ainda está a milhares de metros acima do nível do mar. Não há nenhum ancoradouro concebível. Eles não têm utilidade para ninguém, a não ser para as gaivotas.

O norte mais distante

"Mas vocês querem ouvir sobre Selvagem. Ele se sentou em uma cadeira alta, na extremidade do celeiro — um homem muito grande, quase um gigante. Quando digo isso, não falo de sua altura: sobre ele, eu tive o mesmo sentimento que tive sobre os anões. Aquela dúvida sobre a espécie. Ele estava vestido com peles e tinha um capacete de ferro na cabeça com chifres fincados.

"Ele tinha uma mulher ali também, uma mulher grande, com cabelos amarelos e bochechas altas. Seu nome era Grimaldo. E o engraçado é que ela é a irmã de um velho amigo seu, João. É a irmã mais velha do sr. Meio do Caminho. Aparentemente, Selvagem desceu até Encanto e a carregou consigo; e o que é ainda mais estranho é que tanto a menina quanto o velho cavalheiro estavam bem contentes com isso, e não o contrário.

"Assim que os anões me colocaram para dentro, Selvagem bateu na mesa e falou bem alto, 'Sirva a refeição a nós homens', e ela começou a servir. A mim, ele não disse nada por um longo tempo, apenas sentou-se, olhou e cantou. Tinha somente uma canção e a cantava alternadamente o tempo todo em que estive ali. Lembro-me de partes dela.

> Era do vento, era do lobo,
> Antes que o mundo desmorone:
> Era do fragmento, era da lança,
> Escudos estão quebrados...

"Então havia outra parte que dizia:

> Ao leste se assenta o Velho 'Un
> Na floresta de ferro;
> Alimenta no meio dela
> Os filhos de Fenri...

"Sentei-me depois de um tempo, pois não queria que ele pensasse que eu estava com medo dele. Quando a refeição estava sobre

O regresso do Peregrino

a mesa, ele ofereceu-me mais e eu aceitei. Ofereceu-me uma bebida doce, muito forte, em um chifre, e eu a bebi. Ele então gritou, bebeu e disse que hidromel em um chifre era tudo o que ele podia me oferecer no momento: 'Mas, em breve', ele disse, 'beberei o sangue dos homens em crânios'. Havia muito desse tipo de coisa. Comemos porco assado, com nossos dedos. Ele continuou entoando sua canção e gritando. Só depois do jantar é que ele começou a falar de maneira conectada. Gostaria de poder me lembrar de todas essas coisas. Esta é a parte importante da minha história.

"É difícil entendê-la sem ser um biólogo. Esses anões *são* uma espécie diferente e mais velha que a nossa. No entanto, suas variações específicas sempre podem acabar aparecendo em crianças humanas. Elas revertem ao anão. Consequentemente, eles estão se multiplicando muito rápido; eles estão sendo aumentados tanto pela reprodução normal entre eles quanto de fora por aqueles *reminiscentes* ou 'crianças trocadas'.[1] Ele falou de muitas subespécies além dos Marxomanni — Mussolimini, Swastici, Gangomanni... Não consigo me lembrar delas todas. Por muito tempo, não consegui ver onde ele entrou.

"Por fim, ele me disse que os está treinando e educando para uma descida a esse país. Quando tentei descobrir por que, por um longo tempo ele apenas me olhava e cantarolava sua canção. Finalmente — no mais perto que pude chegar —, sua teoria pareceu ser a de que a luta era um fim em si mesma.

"Prestem atenção, ele não estava bêbado. Ele disse que podia compreender pessoas à moda antiga, que acreditavam no Proprietário, obedeciam a regras e esperavam subir e viver no castelo do Proprietário quando tivessem que deixar esse país. 'Eles têm

---

[1] No folclore europeu e na crença popular, criança trocada (em francês *changelin* ou *changeon*, e, em inglês, *changeling*) é a prole de uma fada, de um troll ou de outra criatura lendária que foi deixada secretamente em troca de uma criança humana.

O norte mais distante

uma razão para viver', ele disse. 'E, se a sua crença fosse verdadeira, seu comportamento seria perfeitamente sensível. Mas, como sua crença não era verdadeira, só um modo de vida restava ao homem.' Esse outro modo de vida era algo chamado de Heroísmo, ou Moralidade Mestre, ou Violência. 'Todas as outras pessoas, entretanto', ele disse, 'estão arando a areia.' Ele continuou falando das pessoas em Caçaplauso por muito tempo e também do sr. Sensato. 'Essas são as partes menos desejáveis do homem', ele disse. 'Eles estão sempre pensando na felicidade. Estão lutando juntos, armazenando e tentando construir. Não conseguem ver que a lei do mundo é contra eles? Onde estará qualquer um deles daqui a cem anos?' Eu disse que eles poderiam estar *construindo* para a posteridade. 'E para quem a posteridade construirá?', ele perguntou. 'Você não consegue enxergar que tudo está destinado a não dar em nada, no final? E o final pode chegar amanhã e, por mais tarde que ele chegue, para os que olham para trás, toda a sua felicidade não parecerá nada senão um momento que passou e não deixou nada para trás. Você não pode guardar a felicidade. Você vai para a cama com mais em mãos no dia em que teve mil prazeres?' Perguntei se esse 'Heroísmo' também deixava algo para trás, e ele disse que sim. 'A obra excelente', ele disse, 'é eterna.' 'O herói sozinho tem esse privilégio: o de que a morte para ele não é derrota, e o lamento e a memória sobre ele são partes do bem que ele almejou; e que, no momento da batalha, não teme nada do futuro, porque já lançou para longe a segurança.'

"Ele falou muito dessa maneira. Perguntei-lhe o que ele achava dos escropolitanos e ele riu bem alto e disse: 'Quando os Cruéis encontrarem os Eruditos não haverá sequer o fantasma de um cabo de guerra'. Então lhe perguntei se ele conhecia vocês três, e ele riu ainda mais alto. Ele disse que Angular poderia transformar-se em um inimigo contra quem valeria a pena lutar, quando crescesse. 'Mas eu não sei', ele disse. 'É bem provável que ele seja apenas um escropolitano virado do avesso — um caçador furtivo transformado em guarda de caça. Quanto ao outro par, eles são os

O regresso do Peregrino

últimos dos últimos homens.' Perguntei-lhe o que quis dizer. 'Os homens de Caçaplauso', ele disse, 'podem ter alguma desculpa para a sua estupidez, pois ao menos ainda acreditam que seu país seja um lugar onde a felicidade é possível. Mas seus dois amigos são loucos sem qualificação. Eles afirmam ter alcançado o fundo da rocha, falam de estar desiludidos. Pensam que alcançaram o extremo norte, como se eu não estivesse aqui ao norte deles. Eles vivem sobre uma rocha que nunca alimentará o homem, entre um abismo que não podem atravessar e o lar de um gigante para quem não ousam retornar e ainda falam de cultura e de segurança. Se todos os homens que tentam construir não fazem outra coisa senão polir os latões de um navio que naufraga, então seus amigos pálidos são os tolos supremos que dão polimento ao resto, embora saibam e admitam que o navio está naufragando. Seu humanismo não é outra coisa senão o velho sonho, com um novo nome. A podridão no mundo é muito profunda e a goteira no mundo é muito grande. Eles podem remendar e consertar quanto quiserem, que não o salvarão. Melhor desistir. Melhor seguir o curso natural das coisas. Se devo viver em um mundo de destruição, que eu seja seu agente e não seu paciente'.

"No fim, ele disse: 'Farei esta concessão aos seus amigos. Eles vivem muito mais ao norte do que qualquer um, exceto eu. Eles são mais parecidos com homens do que qualquer outro de sua raça. Eles terão esta honra quando eu liderar os anões à guerra, de que o crânio dos humanistas seja o primeiro no qual eu beba o sangue de um homem e Grimaldo aqui terá o dos Clássicos'.

"Isso foi tudo o que ele disse. E me fez sair até os penhascos com ele. Foi tudo o que pude fazer para não cair. Ele disse: 'Este vento sopra direto do polo; ele vai fazer de você um homem'. Acho que ele estava tentando me assustar. No final, consegui ir embora. Ele encheu-me de comida para mim e para vocês. 'Alimente-os', disse. 'Não há sangue suficiente neles, no momento, para matar a sede de uma espada anã.' Então eu fui embora. E estou muito cansado."

CAPÍTULO 7

O paraíso do tolo

*Os sub-homens não têm nenhuma
resposta para isso.*

— Eu gostaria de ter encontrado esse Selvagem — disse Angular. — Ele parece ser um homem lúcido.

— Não sei quanto a isso — disse Humanista. — Seus anões e ele me parecem ser a coisa contra a qual estou lutando; a conclusão lógica de Escrópolis contra a qual levanto a bandeira do Humanismo. Todas as selvagens emoções atávicas que o velho Meio do Caminho liberta sob falsos pretextos (não estou de forma alguma surpreso com o fato de que ele goste de uma Valquíria como filha) e que o jovem Meio do Caminho desmascara, mas estima após desmascarar — aonde poderiam levar senão a um completo abandono daquilo que é *humano*? Estou contente por ouvir a respeito dele. Ele mostra o quão necessário eu sou.

— Concordo — disse João, com muita empolgação —, mas como você lutará? Onde estão suas tropas? Onde está a sua base de suprimentos? Você não pode alimentar um exército com um jardim de pedras e conchas.

— É a inteligência que conta — disse Humanista.

— Ela não é capaz de mover nada — disse João. — Dá para perceber que Selvagem está fervendo de quente e que você está

O regresso do Peregrino

frio. Você precisa se aquecer para competir com o calor dele. Você acha que pode derrotar um milhão de anões armados sendo "não romântico"?

— Se o sr. Virtude não se ofender — disse Clássico —, eu gostaria de sugerir que ele sonhou tudo isso. O sr. Virtude é romântico, está pagando por seus sonhos de ver um desejo realizado, como sempre pagará: com um sonho de realização de temor. É sabido que ninguém vive mais ao extremo norte do que nós.

No entanto, Virtude estava cansado demais para defender sua história e logo todos os ocupantes da cabana estavam dormindo.

LIVRO 7

Rumo ao sul adiante no canal

*Agora é o sétimo inverno desde que Troia caiu, e nós
Ainda buscamos debaixo das estrelas não amigáveis,
através de todo mar
E pela ilha deserta, pela costa recuada da Itália.
Mas aqui é um país familiar e a terra de Acestes.
O que impede aqui de construir-se uma cidade e
permanecer nela?
Ó terra natal, ó casa dos espíritos preservada em vão
Contra o inimigo, nenhuma nova Troia se levantará?
Nenhum novo Simois ali, renomeado para a memória
de Hector, fluirá?
De preferência, venha! — queime comigo os navios
que nos fazem mal!*

Virgílio, *Aeneid*, V, p. 626-35

*Por causa desta e de nenhuma outra falta nós
caímos, e, estando caídos, não carregamos
outra dor senão esta, — sempre sem esperança
no desejo de habitar.*

Dante, *Inferno*, IV, p. 40-2

Alguns também gostariam que o próximo caminho para a casa de seu Pai estivesse aqui, e não mais se perturbariam, nem com colinas ou montanhas para escalar; mas o caminho é o caminho, há um fim.

BUNYAN, *The Pilgrim's progress*, II, 1684

CAPÍTULO 1

Virtude está doente

*Na presença desses pensamentos a moralidade
tradicional vacila — Sem desejo ela não encontra
causa: com desejo, nenhuma moralidade.*

Vi os dois viajantes se levantarem de seu pano de saco, dar adeus
aos seus anfitriões e rumarem em direção ao sul. O tempo não
tinha mudado, nem eu tinha visto nenhum outro tempo naquela
parte do país diferente, de nuvens e vento sem chuva.[1] Virtude
estava aborrecido e se apressou, sem o espírito de pressa. Então,
por fim, ele abriu sua mente para seu companheiro e disse:

— João, não sei o que está se passando comigo. Há muito
tempo você me perguntou, ou foi Mediana quem perguntou,
onde eu estava indo e por que: e lembro que deixei a pergunta de
lado. Àquela altura, a mim me pareceu muito mais importante
manter minhas regras e fazer meus cinquenta quilômetros por
dia. Mas estou começando a achar que isso não vai dar certo.
Em tempos passados, era sempre uma questão de fazer o que
eu escolhi em vez de fazer o que eu quisesse, mas agora estou
começando a ficar incerto quanto ao que escolher.

---

[1]Provérbios 25:14

O regresso do Peregrino

— Como isso aconteceu? — perguntou João.

— Você sabia que quase decidi ficar com Selvagem?

— Com Selvagem?

— Isso parece loucura, mas pense bem. Supondo que não haja nenhum Proprietário, nenhuma montanha no leste, nenhuma ilha no oeste, nada senão este país. Algumas semanas atrás eu teria dito que todas essas coisas não faziam nenhuma diferença. Mas agora... Não sei. Está bem claro que todos os modos comuns de vida neste país levam a algo que certamente *não* escolho. Sei que, mesmo não sabendo o que estou escolhendo, não deixo de *fazer* uma escolha. Também sei que não quero ser um Meio do Caminho, ou um Erudito, ou um Sensato. Então eu tenho a vida que tenho levado, marchando em frente, para não sei onde. Não consigo enxergar outro bem nela, exceto o simples fato de impor minha vontade sobre as minhas inclinações. E isso parece ser um bom *treinamento*, mas treinamento para quê? Supor, afinal, que foi um treinamento para a batalha? Não é muito absurdo pensar que essa poderia ser a coisa para a qual nascemos? Uma luta em um lugar estreito, uma luta de vida ou morte. Esse deve ser o ato final da vontade... A conquista da inclinação mais profunda de todas.

— Acho que meu coração vai se partir — disse João, depois de ter dado muitos passos em silêncio. — Eu saí para encontrar minha ilha. Não sou altivo como você, Virtude; nada além do doce desejo conduziu-me até aqui. Não cheirei o ar daquela ilha desde que... Desde que... Faz tanto tempo que nem consigo me lembrar. Vi mais dela em casa. E agora meu único amigo fala de vender-se aos anões.

— Lamento por você — disse Virtude —, e lamento por mim mesmo. Lamento por cada folha de grama e por esta rocha árida que estamos pisando e pelo céu acima de nós. Mas não tenho como ajudá-lo.

— Talvez — disse João — haja coisas no leste e no oeste deste país, afinal.

182

Virtude está doente

— Você ainda me entende tão pouco assim! — gritou Virtude, voltando-se para ele. — Coisas no leste e no oeste! Você não vê que essa é a outra possibilidade fatal? Não vê que estou preso, de qualquer jeito?

— Por quê? — perguntou João e então disse: — Vamos nos sentar. Estou cansado e não temos para onde correr... Não agora.

Virtude se sentou, como alguém que nem sequer se deu conta do que estava fazendo.

— Você não vê? — ele perguntou. — Suponha que haja algo no leste-oeste. Como isso pode motivar-me a continuar? Por que há algo agradável adiante? Isso é um suborno. Por que há algo terrível para trás? Isso é uma ameaça. Eu quis ser um homem livre. Quis escolher coisas porque escolhi escolhê-las, não porque fui pago para isso. Você acha que sou uma criança para me assustar com varas e deixar-me seduzir por ameixas de açúcar? Foi por essa razão que nunca indaguei se as histórias sobre o Proprietário eram ou não verdadeiras; percebi que seu castelo e seu buraco negro estavam ali para corromper minha vontade e matar minha liberdade. Se era verdade, era uma verdade que um homem honesto não deveria conhecer.

A noite caiu sobre o planalto e eles ficaram sentados por um longo tempo, imóveis.

— Acredito que estou louco — disse Virtude nesse instante. — O mundo não pode ser o que parece ser para mim. Se existe algo que posso buscar, este algo é um suborno, portanto não posso usá-lo: se o usasse, não haveria mais nada a buscar.

— Virtude — disse João —, ceda. Entregue-se de uma vez ao desejo. Tome sua decisão definitiva. Deseje algo.

— Não consigo — disse Virtude. — Só posso escolher quando escolho escolher e assim sucessivamente e, no mundo inteiro, não encontro uma razão para levantar-me desta pedra.

— Não é suficiente saber que o frio vai, nesse instante, matar-nos aqui?

Escureceu bastante e Virtude não deu nenhuma resposta.

O regresso do Peregrino

— Virtude! — disse João e então, de repente, de novo, com uma voz mais alta, assustado: — Virtude! — Mas não houve nenhuma resposta. Ele buscou por seu amigo na escuridão e tocou a poeira fria do planalto. Levantou-se e tateou por toda parte, chamando-o. No entanto, ficou confuso e não sabia sequer encontrar novamente o lugar de onde havia se erguido. Não conseguiu dizer quantas vezes poderia ter tateado sobre o mesmo chão ou se estava se afastando cada vez mais de seu lugar de descanso. Ele não conseguia ficar parado; estava muito frio. Assim, por toda a noite, ele procurou com afinco, de um lado para o outro na escuridão, chamando o nome de Virtude, e muitas vezes passou pela cabeça dele que Virtude havia sido o tempo todo um dos fantasmas de um sonho e que ele havia seguido uma sombra.

CAPÍTULO 2

João conduzindo

A consciência não consegue mais guiar João.
"Doente, esgotado pelas contrariedades, ele
desiste de questões morais, em desespero".[1]

Sonhei que a manhã nasceu sobre o platô e vi João levantar-se, branco e sujo, no novo crepúsculo. Ele olhou ao redor e não viu nada senão um matagal. Andou de um lado para o outro, ainda olhando e assim o fez por um bom tempo. Por fim, sentou-se e chorou, também por um longo tempo. E, quando havia chorado o bastante, levantou-se como um homem determinado e retomou sua jornada rumo ao sul.

Ele mal tinha dado vinte passos quando parou com um grito, pois ali estava Virtude aos seus pés. Entendi em meu sonho que, durante o tempo em que tateou na escuridão, ele havia inconscientemente ido muito além do lugar onde haviam se assentado.

Em um instante, João estava de joelhos, ouvindo o coração de Virtude. Ele ainda batia. Colocou o rosto nos lábios de Virtude. Ainda havia respiração. Ele o apanhou pelo ombro e o chacoalhou.

— Acorde — ele gritou —, já amanheceu.

---

[1]William Wordsworth, *The prelude*, XI, p. 304-5.

O regresso do Peregrino

Virtude então abriu os olhos e sorriu para João, com uma expressão bastante tola.

— Você está bem? — perguntou João. — Sente-se em condições de viajar?

Mas Virtude apenas sorriu. Estava mudo. João então segurou suas mãos e fez com que se levantasse e Virtude ergueu-se meio cambaleante, mas, assim que deu um passo, tropeçou e caiu, pois estava cego. Demorou até que João compreendesse. Então, por fim, eu o vi tomar Virtude pela mão e, conduzindo-o, retomarem sua jornada rumo ao sul. E ali se abateu sobre João aquela última solidão que dá quando aquele que consola necessita de consolo e quando o guia precisa ser guiado.

CAPÍTULO 3

Novamente a estrada principal

Eles encontraram a casa do sr. Sensato vazia, como João esperava, com as persianas fechadas e a chaminé sem fumaça. João decidiu prosseguir pela estrada principal e então, na pior das hipóteses, eles poderiam ir até a casa da Mãe Kirk: esperava, no entanto, que não fosse necessário.

Toda a jornada rumo ao sul havia sido uma descida, das montanhas do norte até o sr. Sensato, mas depois da casa dele, a estrada começou a subir um pouco novamente até a estrada principal, que seguia desfiladeiro abaixo, de modo que, quando haviam alcançado a estrada, o lado sul dela estava repentinamente aberto diante deles. No mesmo instante, surgiu um raio de sol, o primeiro em muitos dias. A estrada não estava obstruída na direção que levava ao brejo em seu lado norte, mas do lado sul havia uma cerca, com um portão, e a primeira coisa que João viu através do portão foi um longo e baixo amontoado de terra. Não foi à toa que ele tinha sido filho de um fazendeiro. Tendo conduzido Virtude à beira da estrada e o feito sentar, sem perder tempo ele pulou o portão e cavou com ambas as mãos no amontoado de terra.

O regresso do Peregrino

Ali continha, como João esperava, nabos e, em um minuto, estava sentado ao lado de Virtude cortando a raiz fina em pedaços, alimentando o homem cego e ensinando-o a alimentar-se a si mesmo. O sol estava cada vez mais quente. A primavera parecia antecipar-se naquele lugar e a barreira atrás dele já estava mais verde que marrom. Entre muitas notas de pássaros, João pensou que podia distinguir uma cotovia. Eles haviam comido bem no café da manhã e, quando o calor aumentou de forma agradável sobre seus membros doloridos, eles dormiram.

CAPÍTULO 4

Indo para o sul

*João olha ansiosamente para formas de
pensamento menos confortáveis.*

Quando João acordou, seu primeiro olhar voltou-se na direção de
Virtude, mas Virtude ainda estava dormindo. João espreguiçou-
-se e se levantou: sentia-se aquecido e bem, mas com um pouco
de sede. Eles estavam sentados diante de uma encruzilhada, pois
a estrada do norte, para a qual João olhara com um calafrio, não
era senão a continuação de uma estrada que vinha do sul. Ele
ficou de pé e olhou para essa outra estrada. Para os seus olhos,
agora há muito acostumados com as superfícies lisas e empoeira-
das do platô do norte, o campo ao sul era como uma manta rica.
Já era pouco mais de uma hora da tarde e a luz declinante do sol
projetava sombras redondas na terra verde que se estendia diante
de João descendo por entre vales e lugares mais abaixo, de modo
que os picos das montanhas ao longe estavam no mesmo nível de
onde ele se encontrava. Mais próximos, à mão, estavam campos
e cercas vivas, terras vermelhas para cultivo, florestas em espiral
e casas de fazenda brancas e frequentes entre as árvores. João
voltou, ergueu Virtude e esteve a ponto de lhe mostrar tudo isso
quando se lembrou de que o companheiro estava cego. Então,
suspirando, ele o levou pela mão e desceu para a nova estrada.

O regresso do Peregrino

Antes que tivessem ido longe, ele ouviu um som borbulhante à margem da estrada e encontrou uma pequena fonte correndo em direção a um riacho que seguia a estrada, ora à esquerda, ora à direita, e que sempre cruzava o caminho deles. Ele encheu seu chapéu com água, serviu Virtude e então bebeu e eles continuaram, sempre colina abaixo. A cada quilômetro, a vegetação em volta da estrada se tornava mais densa. Havia prímulas, primeiro uma ou duas e então grupos inumeráveis. A partir das muitas curvas da estrada, João vislumbrava vales mais profundos para os quais estavam descendo, azuis com a distância e redondos com o peso das árvores, mas frequentemente uma pequena mata cortava todas as vistas mais remotas.

A primeira casa aonde chegaram era vermelha, antiga e coberta de hera, bem atrás da estrada, e João pensou que ela tinha a aparência de uma casa de Mordomo; ao se aproximarem, lá estava o Mordomo, sem sua máscara, ocupado com algum trabalho leve de jardinagem do lado ensolarado da cerca. João inclinou-se sobre o portão e pediu por abrigo, explicando ao mesmo tempo a condição de seu amigo.

— Entre, entre — disse o Mordomo. — Será um grande prazer.

Agora sonhei que esse Mordomo era o mesmo sr. Largo que havia enviado uma caixa de xerez ao sr. Sensato. Ele tinha aproximadamente sessenta anos de idade.

CAPÍTULO 5

Chá no gramado

João encontra a Grande Igreja, a "religião" modernizante — ela é amiga do Mundo e não segue em nenhuma peregrinação — é apreciadora de flores silvestres.[1]

— Está quase quente o bastante para tomarmos chá no gramado — disse sr. Largo. — Marta, acho que vamos tomar chá no gramado.

Cadeiras foram colocadas e os três se sentaram. No gramado silencioso, cercado por loureiros e laburnos, estava ainda mais quente que na estrada e, de repente, um doce canto de passarinho soou nos bosques cerrados.

— Escutem! — disse sr. Largo. — É um tordo. Realmente acredito que seja um tordo.

As empregadas, com aventais brancos como a neve, abriram as janelas compridas da biblioteca e vieram até eles carregando mesas e bandejas, um bule de prata e uma bandeja de bolos.

---

[1]Nos primeiros versos de *Auguries of innocence* [Augúrios da inocência], poema de William Blake, lê-se: "Para ver um mundo em um grão de areia / E um céu em uma flor selvagem, / Segure o infinito na palma da mão / E a eternidade em uma hora".

O regresso do Peregrino

Havia mel para o chá. Sr. Largo fez algumas perguntas a João sobre suas viagens.

— Ai, meu Deus — ele disse, quando ouviu sobre o sr. Selvagem —, ai, meu Deus! Preciso ir vê-lo. É um homem muito inteligente, mas também, de acordo com o seu relato... É muito triste.

João começou, então, a descrever os três homens pálidos.

— Ah, por certo — disse sr. Largo. — Conheci o pai deles muito bem. Um homem muito competente. Eu devia muito a ele uma vez. Na verdade, quando jovem, ele fez a minha cabeça. Suponho que eu deva ir e ver seus meninos. O jovem Angular eu conheci. É um rapaz querido e bom... Um pouco limitado, eu ousaria dizer, até mesmo um pouco fora de moda, embora, é claro, eu não dissesse para o mundo... Os dois irmãos estão se saindo muito bem, não tenho dúvida. Eu realmente gostaria de ir vê-los. Mas teria que subir e confesso que nunca me adapto lá em cima.

— É um clima muito diferente deste — disse João.

— Sempre acho que um lugar pode ser *muito* estimulante. Eles o chamam de terra dos cabeças-duras — casca grossa seria um nome melhor. Se alguém tem tendência a dor na região lombar... Mas, ai, meu Deus, se você veio de lá há de ter encontrado meu velho amigo Sensato!

— Você também o conhece?

— Se o conheço? Ele é o meu amigo mais antigo. Uma das minhas amizades mais estimadas e, sabe, somos vizinhos muito próximos. Ele está a apenas um quilômetro e meio ao norte da estrada e eu estou aproximadamente à mesma distância ao sul dele. Creio que o conheço bem. Passei muitos e muitos momentos felizes em sua casa. O querido velho homem. Pobre Sensato, ele está envelhecendo rápido. Não acho que ele tenha me perdoado por eu ter mantido boa parte do meu cabelo!

— Devo ter pensado que as visões dele diferiam muito das suas.

Chá no gramado

— Ah, com certeza, com certeza! Ele não é muito ortodoxo, talvez, mas, à medida que envelheço, fico inclinado a fiar-me cada vez menos em mera ortodoxia. Quase sempre a visão ortodoxa significa visão sem vida, a fórmula estéril. Estou passando a olhar cada vez mais para a linguagem do coração. Lógica e definição nos dividem: são essas coisas que nos aproximam que agora valorizo mais... Nossas afeições comuns, nossa luta comum em direção à luz. O coração sensível está no lugar certo.

— Me pergunto — disse João — se ele trata bem aquele servo dele.

— Sua linguagem é um pouco áspera, suponho. É preciso ser mais caridoso. Vocês jovens são muito difíceis. Ai, meu Deus, lembro-me de quando era um garoto... E então um homem da idade de Sensato sofre muito. Nenhum de nós é perfeito. Não quer mais um pouco de chá?

— Obrigado — disse João —, mas, se puder me dar mais algumas orientações, penso que gostaria de continuar minha jornada. Estou tentando encontrar uma ilha no oeste...

— É uma ideia maravilhosa — disse sr. Largo. — E, se você confiar em um velho viajante, a busca é a descoberta. Quantos dias felizes você tem diante de você!

— E quero saber — continuou João — se é realmente necessário cruzar o canal.

— Com certeza! Eu não o impediria por nada. Ao mesmo tempo, meu querido menino, penso que há um perigo muito concreto em sua idade de tentar fazer as coisas de uma maneira muito definida. Esse tem sido o grande erro que a minha profissão tem cometido, desde épocas passadas. Tentamos confinar tudo em fórmulas, transformar poesia em lógica e metáfora em dogma e, agora que estamos começando a perceber o nosso erro, nos descobrimos acorrentados pelas fórmulas dos homens mortos. Não digo que elas não fossem adequadas, em outro tempo, mas deixaram de ser adequadas para nós, agora que temos um

O regresso do Peregrino

conhecimento mais amplo. Quando me tornei um homem, deixei de lado as coisas de menino. Essas grandes verdades necessitam de reinterpretação, em todas as épocas.

— Não sei se entendi bem — disse João. — Você quer dizer que devo cruzar o canal ou não?

— Percebo que você quer me forçar a uma resposta — disse sr. Largo, com um sorriso —, e eu adoro isso. Eu já fui assim. Mas a fé se perde na lógica abstrata, quando se envelhece. Você nunca sentiu que a verdade fosse tão grande e tão simples que meras palavras não fossem capazes de contê-la? Nem o céu, nem o céu dos céus... Muito menos esta casa que construí.

— Bem, de todo modo — disse João, decidindo tentar uma nova pergunta. — Supondo que um homem *tivesse* que cruzar o canal, é verdade que ele teria de confiar em Mãe Kirk?

— Ah, Mãe Kirk! Eu a amo e a honro do fundo do meu coração, mas penso que amá-la não significa estar cego às suas falhas. Nenhum de nós é infalível. Hoje em dia, se às vezes sinto que devo diferir dela, é porque honro acima de tudo a *ideia* que ela representa, aquilo que ela ainda pode vir a se tornar. Por enquanto, não há como negar que ela se permitiu ficar um pouco desatualizada. Com certeza, para muitos de nossa geração, há uma mensagem mais verdadeira, mais aceitável em todo esse belo mundo que nos cerca. Não sei se você entende alguma coisa de botânica. Se você entendesse...

— Eu quero a minha ilha — disse João. — Pode me dizer como chegar até ela? Lamento não me interessar especialmente por botânica.

— Ela abriria um novo mundo para você — disse sr. Largo. — Uma nova janela para o infinito. Mas talvez isso não faça parte do seu programa. Afinal, devemos todos encontrar nossa própria chave para o mistério. Eu não iria, de modo algum..

— Acho que já vou indo — disse João. — Eu me diverti muito. Se seguir nesta estrada, vou encontrar algum lugar a alguns quilômetros onde possa me hospedar por uma noite?

Chá no gramado

— Facilmente — respondeu sr. Largo. — Ficarei muito contente em tê-lo aqui, se decidir ficar. Mas, caso contrário, há o sr. Sabedoria, que está bem próximo. Você vai gostar muito dele. Eu costumava ir visitá-lo frequentemente quando era mais novo, mas é um pouco longe para mim agora. Ah, querido e bom companheiro... um *pouco* teimoso, talvez... Às vezes me pergunto se ele está livre por completo de um traço de mentalidade estreita... Você deveria ouvir o que Sensato diz sobre ele! Mas, veja, nenhum de nós é perfeito e ele é um homem muito bom, no geral. Você vai gostar muito dele!

O velho Mordomo despediu-se de João com um carinho quase paternal e João, ainda conduzindo Virtude, seguiu viagem.

CAPÍTULO | 6

A casa da sabedoria

João começa o estudo da metafísica.

O riacho pelo qual eles haviam seguido rumo à casa do Mordomo era agora um rio mais longo correndo à beira da estrada, um rio que às vezes se aproximava, às vezes recuava em relação a ela, deslizando rapidamente em extensões de água marrom amarelada e descendo em forma de quedas prateadas. As árvores cresciam mais espessamente nos arredores e eram mais largas — e, à medida que o vale se aprofundava, fileiras de floresta surgiam uma sobre a outra, em ambos os lados. Eles caminhavam à sombra. Mas, muito acima das suas cabeças, o sol estava brilhando no topo das montanhas, além dos declives da floresta e dos últimos campos escarpados, onde havia picos em forma de cúpula, com grama pálida e corredeiras tortuosas e penhascos da cor das pombas e da cor de vinho. As mariposas já estavam voando quando eles alcançaram um lugar aberto. O vale se estendia e uma fenda de rio abria espaço para um campo amplo e reto entre suas margens e as montanhas cobertas de árvores. No meio do campo havia uma casa simples, sustentada por pilares e cujo acesso se dava por uma ponte; e a porta estava aberta. João conduziu o homem doente até ela e observou que as luzes lá

A casa da sabedoria

dentro já estavam acesas e então viu Sabedoria sentado entre seus filhos, como um homem velho.

— Vocês podem ficar aqui o tempo que quiserem — ele disse em resposta à pergunta de João. — E talvez curemos seu amigo, se sua doença não for incurável. Sentem-se e comam e, quando tiverem comido, vocês nos contarão sua história.

Então vi que cadeiras foram trazidas para os viajantes e alguns dos jovens da casa trouxeram água para eles se lavarem. Depois de terem se banhado, uma mulher colocou uma mesa diante deles e, sobre ela, pão, queijo e uma vasilha de frutas, com coalhada e manteiga de leite em um jarro:

— Pois não conseguimos nenhum vinho aqui — disse o velho homem, com um suspiro.

Quando a refeição terminou, houve silêncio na casa e João percebeu que eles esperavam para ouvir a sua história. Ele então se recompôs e buscou recordar-se por um longo tempo, em silêncio, quando enfim falou e contou tudo em ordem cronológica, desde a primeira visão que havia tido da ilha até sua chegada entre eles.

Virtude então foi separado de João, que foi levado a um pequeno quarto, onde havia uma cama, uma mesa e um jarro de água. Ele deitou-se na cama, que era dura, mas sem ondulações, e caiu imediatamente em um sono profundo.

CAPÍTULO 7

Através do canal, sob a luz da lua

A imaginação de João desperta novamente.

No meio da noite, ele abriu os olhos e viu a lua cheia, muito grande e baixa, brilhando na sua janela. E ao lado de sua cama estava uma mulher vestida com roupas escuras e, quando ele fez menção de falar, ela fez um sinal para que não falasse.

— Meu nome é Contemplação — disse ela — e sou uma das filhas de Sabedoria. Você precisa se levantar e vir comigo.

João então se levantou e a seguiu para fora da casa, rumo ao gramado à luz da lua. Ela o conduziu até a extremidade ocidental, onde a montanha começava a se erguer sob seu manto de floresta. Mas, quando chegaram às calhas da floresta, ele viu que havia uma fenda ou rachadura na terra entre eles e ela, e não conseguia ver o quão fundo era; e, embora não fosse muito larga, não dava para ser transposta em um salto.

— A fenda é larga demais durante o dia — disse a mulher —, mas à luz da lua você pode saltá-la.

João não sentiu nenhuma dúvida em relação ao que ela disse, concentrou-se e saltou. Seu salto o levou mais adiante do que pretendia... Embora isso não o surpreendesse... E ele se viu voando sobre as copas das árvores e campos íngremes e não

Através do canal, sob a luz da lua

aterrissou até alcançar o topo da montanha, e a mulher estava ali ao seu lado.

— Venha — disse ela —, ainda temos muito que andar.

Eles continuaram juntos sobre vales e colinas, muito rápidos, à luz da lua, até chegarem à extremidade de um penhasco, e ele olhou para baixo e viu o mar embaixo dele; e lá, no mar, estava a ilha. E, por causa do luar e da noite, João não conseguia ver muito bem como algumas vezes tinha visto, mas, seja por essa ou outra razão, ela lhe pareceu muito mais real do que em suas visões.

— Quando você tiver aprendido a voar mais longe, poderemos saltar daqui direto até a ilha — disse a mulher. — Mas, por esta noite, é o bastante.

Quando João se virou para lhe responder, a ilha, o mar e a própria mulher haviam desaparecido e ele acordou, à luz do dia, em seu pequeno quarto na casa de Sabedoria e um sino soou.

CAPÍTULO | 8

Deste lado, sob a luz do sol

A filosofia idealista rejeita a verdade literal da religião — mas também rejeita o materialismo — o abismo ainda não foi atravessado — mas esta Filosofia, ao negar a Esperança, ainda poupa o desejo, para cruzá-la.

No dia seguinte, o sr. Sabedoria fez com que João e Virtude se sentassem ao seu lado na varanda de sua casa, com os olhos voltados para o oeste. O vento estava no sul, o céu estava um pouco nublado e sobre as montanhas ocidentais havia uma neblina delicada, de modo que eles tinham a sensação de estar em outro mundo, embora não estivessem a mais de um quilômetro de distância. E o sr. Sabedoria os instruiu.

— Quanto a essa ilha no oeste e àquelas montanhas orientais, e quanto ao Proprietário e ao Inimigo, há dois erros, meus filhos, que vocês devem igualmente vencer e superar, antes que possam se tornar sábios. O primeiro erro é o do povo do sul e consiste em sustentar que esses lugares a leste e a oeste são verdadeiros, reais como este vale é real e lugares como este vale é um lugar. Se esse pensamento persistir em suas mentes, farei com que vocês o arranquem por completo e que não deem chance a ele, quer ele

Deste lado, sob a luz do sol

os ameace com seus temores, quer os tente com esperanças, pois isto é superstição e todos os que acreditam em superstições chegarão ao final nos pântanos e selvas do extremo sul, onde viverão na cidade dos Mágicos, transportados com prazer nas coisas que não dão prazer e assombrados com medo daquilo que não pode ferir. E é parte do mesmo erro pensar que o Proprietário seja um homem real: real como eu sou real, homem como eu sou homem. Esse é o primeiro erro. E o segundo é o oposto do primeiro e é especialmente atual ao norte da estrada: é o erro daqueles que dizem que as coisas do leste e do oeste são meramente ilusões de nossas próprias mentes. É minha vontade que vocês rejeitem por completo estas coisas: vocês devem estar sempre alertas para que não abracem um erro por medo do outro, ou flutuem entre os dois compelidos pelos seus corações, como alguns que serão Materialistas (pois este é o nome do segundo erro) quando a história do buraco negro vier a assustá-los por causa de sua vida desregrada, ou até quando tiverem medo de fantasmas, vindo por fim a acreditar no Proprietário e no castelo apenas porque as coisas neste país estão difíceis, ou porque o arrendamento de algum de seus amigos está acabando e eles gostariam de encontrá-lo novamente. No entanto, o homem sábio, que controla suas paixões com a razão e a imaginação disciplinadas, retrocede ao ponto médio entre esses dois erros, tendo descoberto que a verdade ali se encontra e permanece imutavelmente fixada. Mas o que é essa verdade, você aprenderá amanhã e, por agora, esse homem doente será tratado e você, que está inteiro, pode fazer o que quiser.

Então vi o sr. Sabedoria levantar-se e deixá-los e Virtude foi levado a outro lugar. João passou a maior parte daquele dia caminhando pela vizinhança da casa. Ele cruzou o gramado do vale e chegou à sua extremidade oeste, onde a montanha começava a se erguer sob o manto da floresta. No entanto, ao chegar debaixo das calhas da floresta, observou que entre ele e as primeiras árvores

O regresso do Peregrino

havia uma fenda ou rachadura na terra, da qual não encontrava o fundo. Ela era bem estreita, mas não estreita o bastante para saltá-la. Parecia também haver uma névoa que subia dela e que deixava o outro lado indistinto; a névoa, no entanto, não era tão densa, nem o abismo era tão largo, e ele podia enxergar ali um jato de folhagem e acolá uma pedra repleta de musgo e no mesmo lugar uma cascata que capturava a luz do sol. Seu desejo de passar e de prosseguir rumo à ilha era impetuoso, mas não no nível da dor. As palavras do sr. Sabedoria de que as coisas do leste e do oeste não eram nem totalmente reais nem totalmente ilusórias haviam espalhado por sua mente um sentimento de consolo instigante, ainda que silencioso. Parte dos seus medos foi embora: a desconfiança, da qual ele nunca havia se livrado, de que os seus desvios pudessem em breve conduzi-lo, cedo ou tarde, ao poder do Proprietário havia passado e com ela a ansiedade atormentadora de que a ilha nunca tivesse existido. O mundo parecia cheio de expectativas, mesmo que o véu nebuloso entre ele e a floresta parecesse cobrir e descobrir sublimidades sem terror e belezas sem sensualidade, e de vez em quando um fortalecimento do vento sul produzia uma clareza momentânea e lhe mostrava, recolhido em profundidade inesperada, extensões remotas dos vales da montanha, campos desolados de flores, a pista da neve mais além. Ele se deitou na grama. Nesse instante, um dos jovens da casa passava por ali e parou para conversar com ele. Falaram disso e daquilo, preguiçosamente e por longos intervalos. Às vezes falavam sobre as regiões mais ao sul, onde João não havia estado, e às vezes sobre as suas próprias viagens. O jovem lhe contou que, se tivesse seguido a estrada poucos quilômetros além do vale, teria chegado a uma bifurcação. "A estrada à esquerda levaria você, por meio de um longo retorno, às partes próximas a Caçaplauso e a estrada à direita o levaria até as florestas do sul, até a cidade dos Mágicos e o país de Nictéridos, e além deles é tudo pântano e cana-de-açúcar", disse ele, "e crocodilos e aranhas

Deste lado, sob a luz do sol

venenosas, até que a terra afunda completamente no pântano salgado, o qual se transforma por fim no oceano meridional. Não há povoados ali, exceto uns poucos habitantes do lago, teosofistas etc., e o lugar está repleto de malária."

Enquanto falavam das partes que João já conhecia, ele perguntou ao seu informante se eles, na casa de Sabedoria, conheciam algo sobre o Grande Canal ou se sabiam algo sobre o caminho até ele.

— Você não sabe que nós, aqui, estamos no fundo do canal? — perguntou o outro. Ele então fez com que João se sentasse e lhe mostrou a posição da terra. Os lados do vale se uniam na direção norte e ao mesmo tempo tornavam-se mais íngremes, de modo que ao final se encontravam em um grande "V". — E esse "V" é o canal e você está olhando para ele de ponta a ponta, a partir da extremidade sul. A face leste do canal é branda e você caminhou nela o dia inteiro ontem, embora não tenha percebido.

— Então já estou no fundo dele — disse João. — E agora não há nada que me impeça de cruzá-lo.

O jovem balançou a cabeça.

— Não há como cruzá-lo — disse ele. — Quando eu lhe disse que você agora estava no fundo, quis dizer o ponto mais baixo que pode ser alcançado pelo homem. O fundo verdadeiro é, obviamente, o fundo dessa rachadura da qual estamos sentados ao lado e isso, é claro... Bem, seria uma insensatez pensar em descer por ela. Não há jeito de cruzar ou de chegar ao que você vê ali adiante.

— Não poderia haver uma ponte sobre ela? — perguntou João.

— Em certo sentido, não há nada a ser transposto... Não há um lugar para onde essa ponte leve. Você não precisa tomar como literal a exibição da floresta e da montanha que parecemos enxergar quando olhamos para ela.

— Você está querendo dizer que ela é uma ilusão?

— Não. Você entenderá melhor quando estiver mais tempo com meu pai. Ela não é uma ilusão, apenas uma aparência.

203

O regresso do Peregrino

E uma aparência verdadeira, também, em certo sentido. Você deve enxergá-la como um lado da montanha ou algo assim, uma continuação do mundo que conhecemos, e isso não significa que há algo errado com o seu modo de enxergar ou algum modo melhor de enxergar que você possa desenvolver. Não pense, no entanto, que você pode chegar lá. Não pense que há qualquer significado na ideia de você (um homem) chegar "lá", como se realmente houvesse um lugar.

— O quê? E a ilha também! Você quer me fazer desistir do desejo do meu coração?

— Não faria isso. Não faria com que você parasse de fixar todos os seus desejos no lado distante, pois o desejo de cruzar é algo natural do homem e abrir mão desse desejo é comportar-se como um animal. Não é o desejo que a doutrina do meu pai mata: a doutrina dele mata somente a esperança.

— E como esse vale é chamado?

— Nós o chamamos simplesmente de Vale da Sabedoria; os mapas mais antigos, no entanto, o identificam como o Vale da Humilhação.[1]

— A grama está bem molhada — disse João, depois de uma pausa. — O orvalho está começando a cair.

— É hora de irmos jantar — disse o jovem.

---

[1]Episódio de *O Peregrino*, de John Bunyan, livro que deu a Lewis o título e parte da ideia geral de *O regresso do Peregrino*.

CAPÍTULO 9

Sabedoria — exotérica

De onde vêm as categorias lógicas? De onde vêm os valores morais? A filosofia diz que a existência de Deus não responderia à pergunta — a filosofia não explica o vislumbre do transcendente tido por João — o desejado é real apenas porque ele nunca se transforma em uma experiência.

No dia seguinte, como esperado, Sabedoria recebeu João e Virtude na varanda e continuou a instruí-los.

— Vocês ouviram aquilo que vocês não devem pensar das coisas do leste e do oeste e agora vamos descobrir, até onde a nossa capacidade imperfeita nos permite, o que deve ser devidamente pensado. E, primeiro, considerem este país no qual vivemos. Vocês podem notar que ele está cheio de estradas e ninguém se lembra de como elas foram feitas; nem temos nenhum modo de descrever e organizar a terra em nossas mentes, exceto por referência a elas. Vocês viram como determinamos a posição de todos os outros lugares por meio de sua relação com a estrada principal e, embora possam dizer que temos mapas, vocês precisam considerar que os mapas seriam inúteis sem as estradas, pois descobrimos onde estamos no mapa por meio do esqueleto das estradas que fazem parte do mapa e do país. Vemos que

O regresso do Peregrino

passamos por determinada entrada à direita ou à esquerda ou que estamos nos aproximando de uma curva na estrada e assim sabemos que estamos próximos de algum lugar no mapa, que ainda não está visível ao nosso olhar. As pessoas, na verdade, dizem que o Proprietário fez essas estradas e os balelianos dizem que nós primeiro as fizemos no mapa e as projetamos, por meio de algum processo estranho, do mapa para o país. Mas eu gostaria que vocês se apegassem firmemente à verdade de que nós as encontramos e não as fazemos, e também que nenhum *homem* poderia fazê-las, pois, para fazê-las, ele precisaria de uma vista panorâmica de todo o país, que ele só poderia ter a partir do céu. No entanto, nenhum homem poderia viver no céu. De novo, este país está cheio de regras. Os balelianos dizem que os Mordomos fizeram as regras. Os servos do gigante dizem que nós as fizemos a fim de reprimir, por meio delas, os desejos de nossos vizinhos e fazer com que eles tenham uma visão colorida e pomposa a nosso respeito. O povo diz que o Proprietário as fez.

"Consideremos essas doutrinas, uma a uma. Os Mordomos as fizeram? Como então eles vieram a ser Mordomos e por que o restante de nós concordou com as regras impostas? Tão logo fazemos essa pergunta, somos obrigados a fazer outra. Como essas pessoas que rejeitaram os Mordomos passaram imediatamente a fazer novas regras próprias e essas novas regras são substancialmente as mesmas do passado? Um homem diz: 'Desvencilhei-me das regras: de agora em diante farei o que quero' e, no entanto, descobre que seu anseio mais profundo, o único desejo que é constante no fluxo de seus apetites e desânimos, seus momentos de calma e de paixão, é o de obedecer às regras, porque essas regras são um disfarce para os seus desejos, dizem os seguidores do gigante. Mas eu pergunto: que desejos? Nem todo e qualquer desejo: as regras são frequentemente a negação desses desejos. O desejo da autoaprovação, diríamos nós? Mas por que nos autoaprovaríamos por obedecer às regras, a menos que já pensássemos que as regras eram boas? Um homem pode

Sabedoria — exotérica

encontrar prazer ao se supor mais rápido ou mais forte do que realmente é, mas somente se amar a velocidade ou a força. A doutrina do gigante, dessa forma, destrói a si mesma. Se desejamos dar um colorido honroso aos nossos desejos, já temos a ideia do que será visto como honroso e o que é honroso se transforma em nada mais do que aquilo que está de acordo com as regras. O anseio por obedecer às regras está, desse modo, pressuposto em toda doutrina que descreve nossa obediência a elas ou as próprias regras, como se fosse um processo de autobajulação. Voltemo-nos então para a velha história do Proprietário. Algum homem poderoso, longe deste país, fez as regras. Suponhamos que tenha feito. Então, por que nós as obedecemos?"

O sr. Sabedoria voltou-se para Virtude e disse:

— Essa parte é de grande interesse para você e para o processo da sua cura — e então continuou: — Pode haver somente duas razões: ou porque respeitamos o poder do Proprietário e somos movidos pelo medo das punições e pela esperança das recompensas com as quais ele sanciona as regras ou então porque concordamos abertamente com ele, pois também achamos bom aquilo que ele acha bom. No entanto, nenhuma das explicações vai nos satisfazer. Se obedecemos por causa da esperança e do medo, nesse próprio ato, desobedecemos, pois a regra que mais reverenciamos, quer a encontremos em nosso coração ou no cartão do Mordomo, é a de que um homem deve agir com indiferença. Obedecer ao Proprietário, assim, seria o mesmo que desobedecer. Mas e se obedecemos livremente, por que concordamos com ele? Ai de nós, isso é ainda pior. Dizer que concordamos, e obedecemos porque concordamos, é apenas dizer novamente que encontramos a mesma regra escrita em nosso coração e *a* obedecemos. Se o Proprietário impõe *isso*, impõe somente o que já tínhamos a intenção de fazer e sua voz não faz diferença: se ele impõe qualquer outra coisa, sua voz novamente não faz diferença alguma, pois nós o desobedeceremos. Em ambos os casos, o mistério das regras continua não resolvido e o Proprietário é algo

O regresso do Peregrino

que se soma ao problema, de uma forma que não faz nenhum sentido. Se ele falou, as regras estavam lá antes que ele falasse. Se nós e ele concordamos sobre elas, onde está o original comum que nós e ele copiamos: o que é a coisa principal com base na qual a doutrina dele e a nossa são ambas verdadeiras?

"Das regras, como das estradas, devemos dizer que, na verdade, nós as encontramos e não as fazemos, embora não nos ajude de modo algum supor que elas tenham sido criadas por um Proprietário. E há também uma terceira coisa — e nesse momento ele olhou para João —, que interessa a você em especial. O que se passa com a ilha no oeste? As pessoas de nossa época fizeram tudo, menos esquecê-la. O gigante diria que ela é, novamente, uma ilusão de nossa mente, inventada para ocultar o nosso desejo. Do ponto de vista dos Mordomos, alguns não acreditam que ela exista, alguns concordam com a opinião do gigante, denunciando sua ilha como perversidade, alguns dizem que ela é uma visão nublada e confusa, distante, para a qual olhamos do castelo do Proprietário. Eles não têm uma doutrina comum, com a qual concordem, mas consideremos a questão por nós mesmos.

"Primeiro sugiro que você deixe de lado toda a desconfiança de que o gigante esteja certo e isso será mais fácil para você, pois já conversou com a Razão. Eles dizem que a ilha existe para ocultar o nosso desejo. Mas ela não oculta o desejo. Se ela é como uma tela, trata-se então de uma tela muito feia. O gigante deixaria a parte escura da nossa mente tão forte e tão sutil que nunca poderíamos escapar de sua farsa: porém, quando este mágico conjurador faz tudo o que pode fazer, ele produz uma ilusão que um menino solitário, nas fantasias de sua adolescência, consegue perceber e desmistificar em dois anos. Isso é conversa fiada. Não há nenhum homem e nenhuma nação capazes de ver a ilha que não tenham aprendido a enxergá-la por causa de sua própria experiência e que tenham descoberto muito rápido quão facilmente a visão acaba se transformando em desejo, e também não há ninguém que não se tenha deixado corromper que não tenha

Sabedoria — exotérica

experimentado a decepção desse final, que não tenha descoberto o rompimento da visão, e não a sua consumação. As palavras trocadas por você e Razão eram verdadeiras. Aquilo que, uma vez encontrado, não satisfaz não era, de fato, o que estávamos desejando. Se a água não é capaz de acalmar um homem, então esteja certo que o que ele sentia não era sede ou que não foi somente a sede o que o atormentou. Ele queria que a embriaguez curasse o seu tédio, ou queria conversar para curar sua solidão, ou algo assim. Como podemos conhecer nossos desejos se não por meio de sua satisfação? Quando nós os conhecemos a ponto de dizer: "Ah, era *isso* o que eu queria"? E, se houvesse algum desejo que fosse natural para o homem sentir, mas impossível para o homem satisfazer, a natureza desse desejo não permaneceria sempre ambígua para este homem? Se histórias antigas fossem verdadeiras, se um homem que não abrisse mão de sua humanidade pudesse de fato cruzar as fronteiras do nosso país, se ele pudesse ainda assim ser um homem, nesse leste e nesse oeste fictícios, então, de fato, no momento da realização, no erguer da taça, na apropriação da coroa, no beijo do cônjuge... Então primeiro, ao olhar para trás, as longas estradas do desejo que ele havia pisado se tornariam planas em toda a sua tortuosidade, e quando ele descobrisse isso, saberia o que estava procurando. Estou velho e cheio de lágrimas[1] e observo que você também está sentindo a tristeza que nasce conosco. Deixe a esperança de lado, mas não abandone o desejo. Não fique surpreso ao perceber que esses vislumbres da sua ilha facilmente se confundem com coisas mais desprezíveis e não se surpreenda com o fato de eles serem facilmente blasfemados. Acima de tudo, nunca tente manter esses vislumbres em você, nunca tente revisitar o mesmo lugar ou o mesmo tempo nos quais a visão lhe foi concedida. Você

---

[1]Verso extraído do final do poema de duas estrofes de Yeats *Down by the Salley Gardens* (em *Poemas*, 1895): "... Mas eu era jovem e tolo, / e agora estou cheio de lágrimas".

vai sofrer a punição de todos que se prendem a um lugar ou momento dentro de nosso país que o próprio país não tem como conter. Você não ouviu os Mordomos falarem sobre o pecado da idolatria e sobre como, nas crônicas antigas, o maná se enchia de vermes, se alguém tentasse estocá-lo? Não seja avarento, não seja apaixonado, pois ao fazer isso você vai esmagar, em seu próprio peito, com mãos quentes e ásperas, aquilo que amou. Mas, se alguma vez você estiver inclinado a duvidar que o que você deseja pode ser algo real, lembre-se do que sua própria experiência lhe tem ensinado. Pense que é um *sentimento* e que, de imediato, o sentimento não tem valor algum. Fique de prontidão em relação à sua mente, vigiando aquele sentimento e então você vai descobrir — como é que eu posso dizer isso? — um tumulto em seu coração, uma imagem em sua cabeça, um choro em sua garganta e vai se perguntar se era esse o seu desejo. Você sabe que não era e que nenhum sentimento, qualquer que fosse, seria capaz de acalmá-lo; este *sentimento*, refine-o como quiser, não é nada além de um falso desejo — falso como os desejos imundos dos quais o gigante fala. Devemos concluir, portanto, que o que você deseja não é um estado dentro de você, mas algo, justamente por esta razão, Diferente e Externo. E, sabendo disso, você vai achar tolerável a verdade de que não consegue alcançá-la. Sua simples existência já será *um* bem tão grande em si mesmo que a simples lembrança de sua existência será suficiente para que você esqueça de se sentir triste por nunca poder alcançá-la. Qualquer coisa que você pudesse alcançar seria tão insignificante que sua fruição seria infinitamente menor que a simples fome que você tivesse dela. Querer é melhor do que ter. A glória de qualquer mundo em que você possa viver está na aparência final. Mas, então, como um de meus filhos tem dito, isso deixa o mundo ainda mais glorioso."[2]

---

[2]Referência a uma passagem em *The principles of logic*, do filósofo idealista inglês Francis Bradley.

CAPÍTULO 10

Sabedoria — esotérica

João descobre que a verdadeira força na
vida dos filósofos vem das fontes, melhores,
ou piores, que quaisquer de suas filosofias
reconhecem. Marx realmente um anão,
Spinoza, um judeu, Kant, um puritano.

Aquele dia João passou como havia passado os outros, vagando pelos campos e muitas vezes dormindo neles. Nesse vale, o ano parecia correr com botas de sete léguas. A margem do rio estava repleta de borboletas, os alciões voavam e as libélulas se debatiam, quando ele se sentou sob uma sombra. Uma agradável melancolia repousava sobre ele e também uma grande indolência. Naquele dia, ele havia conversado com muitas pessoas da casa e quando foi para o quarto, de noite, sua mente estava repleta de vozes resignadas e de rostos tão silenciosos e ao mesmo tempo muito alertas, como se esperassem com constante expectativa por algo que jamais aconteceria. Quando mais tarde abriu os olhos, a luz da lua encheu seu quarto e enquanto ainda estava deitado, despertando, ouviu um assobio baixo, de fora da janela. Ele pôs sua cabeça para fora. Uma figura misteriosa estava sob a sombra da casa. "Saia e venha brincar", disse ele. Ao mesmo tempo, veio

211

O regresso do Peregrino

um som de riso contido, de um ângulo da sombra mais profunda, para além do locutor.

— Esta janela é muito alta para eu pular — disse João.

— Você se esqueceu de que está sob a luz da lua? — disse o outro e levantou as mãos.

— Pule! — ele disse.

João jogou algumas roupas sobre ele e pulou da janela. Para sua surpresa, ele alcançou o chão sem nenhum ferimento ou impacto e, no momento seguinte, se viu correndo pelo gramado, dando uma série de grandes saltos, entre uma multidão sorridente de filhos e filhas da casa, de modo que o vale sob o luar, se alguém observasse, pareceria nada mais que uma grande bandeja que havia sido posta dentro da arena para a apresentação de uma trupe de pulgas performáticas. Sua dança ou sua corrida os conduziu à fronteira escura de uma floresta vizinha e, enquanto João tropeçava sem fôlego aos pés de um espinheiro,[1] ouviu com surpresa ao seu redor os sons de prataria e de copos, de abertura de travessas e do desarrolhar de garrafas.

— As ideias de meu pai sobre alimentação são um pouco rígidas — explicou seu anfitrião —, e nós, mais jovens, achamos necessário complementar um pouco as refeições da casa.

— Aqui está o champanhe, do sr. Meio do Caminho — disse um.

— Frango frio e língua do sr. Mamom. O que faríamos sem os nossos amigos?

— Haxixe do sul. A própria Nictéridos foi quem o enviou.

— Este vinho tinto — disse uma menina ao lado dele, bem timidamente — é da Mãe Kirk.

---

[1] *Hawthorn*, em inglês. Referência ao autor americano Nathaniel Hawthorne e seu conto *O jovem Goodman Brown*. O herói dessa história entra em uma floresta à noite para assistir a uma "missa negra" — ritual do satanismo que visa a uma inversão do ritual da missa trinitária a fim de simbolizar a morte de Cristo, mas, sem ressurreição —, e fica chocado ao encontrar várias pessoas que ele conhecia como cidadãos respeitáveis.

Sabedoria — esotérica

— Não acho que devêssemos beber isso — disse outra voz —, acho que é realmente ir um pouco longe demais.

— Não mais longe que o caviar dos teosofistas — disse a primeira menina —, e, de todo modo, eu preciso dessa bebida. Só ela me mantém viva.

— Experimente um pouco da minha aguardente — disse outra voz. — Toda feita pelos anões de Selvagem.

— Não sei como você consegue beber isso, Karl[2] O que você precisa é de comida simples, honesta, de Caçaplauso.

— Isso é o que você diz, Herbert[3] — replicou um novo locutor.

— No entanto, alguns de nós achamos isso muito pesado. Para mim, um pedaço de carneiro do campo do pastor e um pouco de molho de hortelã... É o que realmente todos vocês precisam acrescentar à mesa de nosso pai.

— Todos nós sabemos do que você gosta, Benedito[4] — disseram vários.

— Eu terminei — anunciou Karl —, e, agora, uma noite com os anões. Alguém vem comigo?

— Não para lá — outro gritou. — Vou para o sul hoje à noite, para os mágicos.

— Seria muito melhor que não fosse, Rudolph[5] — disse alguém. — Algumas horas silenciosas em Puritânia comigo seriam muito melhores para você... Muito melhores.

— Desista, Immanuel[6] — disse outro alguém. — Você poderia também ir direto para a Mãe Kirk.

— Bernard[7] vai — disse a menina que contribuíra com o vinho tinto.

---

[2]*Karl Marx.
[3]*Herbert Spencer.
[4]*Benedito Spinoza.
[5]*Rudolph Steiner.
[6]*Immanuel Kant.
[7]*Bernard Bosanquet.

O regresso do Peregrino

A essa altura, a festa estava rapidamente terminando, pois a maioria dos jovens, depois de tentar em vão ganhar convertidos aos seus vários métodos de prazer, havia saltado sozinhos, mergulhando do alto de uma árvore a outra e, logo, até o som ressonante de seu riso havia cessado. Os que sobraram apinharam-se2m torno de João, solicitando sua atenção ora para esse, ora para aquele divertimento. Alguns se sentaram fora da sombra da floresta para resolverem charadas à luz da lua, outros se organizaram para brincar de salto-sapo, os mais fúteis ficaram correndo de um lado para o outro caçando as mariposas, lutando e fazendo cócegas uns nos outros, rindo e fazendo rir, até que a floresta deu o seu sinal, com seus gritos agudos de júbilo. E o movimento continuou por um longo tempo e, se houve mais alguma coisa nesse sonho, João não se lembrou de nada quando acordou.

CAPÍTULO 11

Silenciosa é a palavra

No café da manhã do dia seguinte, João atraiu muitos olhares furtivos dos filhos e filhas de Sabedoria, mas não conseguiu perceber nenhum sinal de que estivessem conscientes de tê-lo encontrado de modo tão diferente, durante a noite. Na verdade, nem à noite, nem em qualquer outra ocasião durante sua estada no vale, ele encontrou evidências de que estivessem cientes de suas festividades noturnas e poucas perguntas discretas lhe asseguraram que, a menos que fossem mentirosos, todos acreditavam viver exclusivamente sob a dieta da casa. Immanuel chegou a admitir, como que especulando, a existência de sonhos, e que ele mesmo sonhava; no entanto, ele tinha uma prova concreta (que João nunca entendeu muito bem) de que ninguém teria como se lembrar de um sonho. E, embora sua aparência e corpo fossem os de um pugilista profissional, ele atribuía isso tudo à excelente qualidade dos frutos locais. Herbert era um tipo de homem apático, que nunca demonstrava qualquer apetite pelas refeições. No entanto, João descobriu que Herbert tinha apetite e que nem sequer imaginava que ele tinha se empanturrado com bife e molho baleliano a noite toda, o máximo que pudera. Outro da família, Bernard, gozava de ótima saúde. João o havia visto bebendo o vinho de Mãe Kirk com grande contentamento e alívio, à luz da lua; mas o atento Bernard sustentou que o vinho

O regresso do Peregrino

de Mãe Kirk era meramente uma mistura ruim e precoce de água com cevada, que seu pai às vezes trazia em aniversários e grandes ocasiões, e "a esta água de cevada", ele disse, "eu devo a minha saúde. Ela me fez quem eu sou". João não conseguiu nem mesmo perceber, por meio de todas as armadilhas que ele armara para eles, se os membros mais jovens da casa tinham alguma lembrança de sua brincadeira de salto-sapo noturna e das outras danças. Ele foi forçado, por fim, a concluir que ou a coisa toda havia sido um sonho particular seu ou então o segredo tinha sido muito bem guardado. Uma pequena irritação que alguns demonstraram quando ele os questionou pareceu favorecer à segunda hipótese.

CAPÍTULO 12

Mais sabedoria

*João é ensinado que o eu mortal não pode
entrar no mundo cognitivo — a doutrina
do absoluto ou da mente cobre mais dos
fatos que qualquer doutrina que João já
tenha encontrado.*

Quando estavam sentados na varanda, Sabedoria continuou
seu discurso.

— Vocês aprenderam que há estas três coisas: a ilha, as estradas e as regras; e que elas são certamente reais de algum modo e que nós não as fizemos e que, além disso, não nos ajuda a inventar o Proprietário. Nem é possível que realmente haja um castelo em uma extremidade do mundo e uma ilha em outra, pois o mundo é redondo e estamos em toda parte no fim do mundo, uma vez que o fim de uma esfera é a sua superfície. O mundo é *todo* fim, mas nunca podemos ir além desse fim. E, no entanto, essas coisas que a nossa imaginação, de modo impossível, coloca como um mundo além do fim do mundo são, nós temos observado, de algum modo, reais.

"Vocês me disseram como Razão refutou as mentiras do gigante ao perguntar qual era a cor das coisas nos lugares escuros.

O regresso do Peregrino

Vocês aprenderam com ela que não há nenhuma cor sem visão, nenhuma solidez sem toque, nenhum *corpo*, de forma geral, exceto na mente dos que o percebem. Consequentemente, todo esse coro do céu e todo o mobiliário da terra são imaginações, não as suas imaginações, nem a minha, pois aqui nos encontramos no mesmo mundo, o que não poderia estar acontecendo se o mundo estivesse trancado dentro da minha mente ou da sua. Sem dúvida, portanto, toda essa amostra de céu e terra flutua dentro de uma poderosa imaginação. Se vocês perguntarem de quem é essa imaginação, novamente o Proprietário não vai ajudá-los. Ele é um homem, façam-no quão grande quiserem, ele ainda é diferente de nós e sua imaginação é inacessível a nós, como a de vocês é para mim. Antes, devemos dizer que o mundo não está nesta mente ou naquela, mas na mente, nesse princípio impessoal de consciência que flui eternamente por meio de nós, em suas formas perecíveis.

"Vocês podem ver como isso explica todas as perguntas que carregamos desde o começo. Encontramos as estradas, o esqueleto razoável no campo, as linhas norteadoras que nos capacitam a fazer mapas e a usá-los depois de tê-los feito, porque nosso país é fruto do racional. Considerem também a ilha. Tudo o que vocês sabem sobre ela vem, por fim, disto: que sua primeira visão a respeito dela foi nostálgica e repleta de desejo e que vocês nunca deixaram de querer de volta essa visão, como se quisessem um desejo, como se o desejar fosse ter e como se o ter fosse desejar. Qual o significado dessa realização que deixa um sentimento de fome e desse vazio que é como se fosse um sentimento de completude? Certamente, isso se esclarece quando vocês aprendem que nenhum homem diz 'eu' em um sentido ambíguo. Sou um velho que em breve deve cruzar o riacho e não mais ser visto; sou a mente eterna na qual tempo e espaço estão contidos. Sou o imaginador; sou uma das suas imaginações. A ilha nada mais é do que a perfeição e imortalidade que tenho

Mais sabedoria

como espírito eterno e em vão suplico como alma mortal. Suas vozes soam claras no meu ouvido e estão mais distantes que as estrelas; ela está sob a minha mão, porém nunca será minha: eu a tenho e eis! O próprio ter é o perdedor: porque a cada momento eu, como espírito, estou de fato abandonando meu rico estado para me tornar aquela criatura que perece e é imperfeita, cujas repetidas mortes e nascimentos está a minha eternidade. E eu, como homem e a todo momento, ainda desfruto da perfeição que perdi, uma vez que ainda sou, até aqui, espírito e somente por ser espírito mantenho minha breve vitalidade, como alma. Vejam como a vida subsiste por meio da morte e como uma se torna a outra: pois o espírito vive ao morrer perpetuamente em tais coisas, como nós, assim como nós alcançamos nossa vida mais verdadeira quando morremos para nossa natureza mortal e retornamos à impessoalidade da nossa fonte: este é o significado final de todos os preceitos morais; e a bondade da temperança, da justiça e do amor mergulha o calor intenso das nossas paixões individuais no riacho gelado do espírito para que recebam moderação eterna, embora não a duração infinita.

"O que eu lhes digo é o *evangelium eternum*.[1] Ele sempre foi conhecido: antigos e modernos dão testemunhos sobre ele. As histórias do Proprietário, em nosso tempo, não são outra coisa senão a descrição por escrito que mostra às pessoas o máximo de verdade que elas conseguem compreender. Os Mordomos devem ter contado a vocês — embora pareça que vocês nunca lhes tenham dado ouvidos ou lhes tenham entendido — a lenda do filho do Proprietário. Eles dizem que depois que a maçã da montanha foi comida e houve o terremoto, quando todas as coisas em nosso país haviam se desvirtuado, o próprio filho do Proprietário tornou-se um dos arrendatários de seu pai e viveu entre nós, com nenhum outro propósito senão o de ser morto.

---

[1]Latim, "evangelho eterno", i.e., o panteísmo.

O regresso do Peregrino

Os Mordomos não sabem claramente o significado da história dele, portanto, se você perguntar a eles como a morte do filho nos ajudaria, eles são induzidos a dar respostas enormes. Mas, para nós, o significado está claro e a história é bela. A morte dele é um retrato da vida do espírito. O que o filho é, na lenda, todo homem é na realidade, pois o mundo inteiro nada mais é que o eterno que se entrega à morte para que ele possa viver — para que nós possamos viver. A morte é a forma da vida e a multiplicação da vida se dá na morte, que se repete.

"E quanto às regras? Vocês observaram que é inútil torná-las os mandamentos arbitrários do Proprietário; no entanto, os que fazem isso não estão totalmente errados, pois é igualmente um erro pensar que elas sejam escolha pessoal de cada homem. Lembrem-se do que dissemos sobre a ilha. Porque sou e estou no espírito, portanto, tenho e não tenho meu desejo. A mesma natureza dupla da palavra 'eu' explica as regras. Eu sou o legislador, mas também sou o súdito. Eu, o espírito, imponho sobre a alma que eu me torno as leis que ela deve de agora em diante obedecer, e todo conflito entre as regras e as nossas inclinações não é outra coisa senão um conflito de desejos do meu eu mortal e aparente, contra os desejos do meu eu real e eterno. 'Eu devo, porém não desejo' — quão sem sentido as palavras são, quão próximas de significar 'eu quero e eu não quero'. Mas, uma vez que tenhamos aprendido a dizer: 'Eu, e ao mesmo tempo alguém que não sou eu, quero', o mistério se torna simples.

"E o seu amigo doente já está agora quase curado e está perto do meio-dia!"

LIVRO 8

Na baía

Aquele que entende a si mesmo é o melhor; aquele que coloca a sabedoria de seu irmão no seu peito é bom. Mas aquele que nem conhece, nem é ensinado pela instrução do sábio — esse homem não é nada.

Hesíodo, *Works and days*
(*Erga kai hèmerai*), p. 293-7

Pessoas sem educação certamente não querem nem a sutileza, nem a força da mente no que diz respeito a elas mesmas, ou em coisas que estão sob seu controle, mas não têm nenhum poder de abstração — estabelecem seus objetivos sempre perto, nunca no horizonte.

Hazlitt, "On classical education",
The round table (1817), I.26

CAPÍTULO 1

Dois tipos de monista[1]

Mas, supondo que alguém tente viver da filosofia panteísta, ela leva a um otimismo hegeliano enfatuado? Ou ao pessimismo e à autotortura oriental? O ajuste entre as duas visões parece impossível.

Naquela tarde, enquanto João caminhava na campina, ele viu um homem vindo em sua direção, que caminhava desajeitadamente, como alguém que caminhasse com pernas que não fossem suas. E, à medida que o homem se aproximava, ele viu que era Virtude, com seu rosto muito pálido.

— O quê! — gritou João. — Você está curado? Pode enxergar? Pode falar?

— Sim — respondeu Virtude com voz fraca. — Suponho que eu possa ver. — E inclinou-se pesadamente sobre uma escadaria e respirava com dificuldade.

— Você andou demais — disse João. — Você está doente?

— Ainda estou fraco. Não é nada. Vou recuperar meu fôlego em um instante.

---

[1]Monismo é a doutrina de que tudo no universo deriva de uma única fonte, de modo que nenhuma distinção essencial pode ser feita entre Deus e a Natureza. É a contrapartida filosófica do panteísmo.

— Sente-se ao meu lado — disse João. — E quando tiver descansado voltaremos devagar para casa.

— Não vou voltar para casa.

— Não vai voltar? Você não está em condições de viajar... Além disso, para onde vai?

— Aparentemente, não sirvo para nada — disse Virtude. — Mas preciso continuar.

— Continuar para onde? Você ainda espera cruzar o canal? Não acredita no que Sabedoria nos disse?

— Acredito. Por isso estou indo.

— Sente-se, ao menos por um momento — disse João —, e explique-se.

— Para mim está tudo muito claro!

— Não está nada claro.

Virtude falou impacientemente: — Você não ouviu o que Sabedoria disse sobre as regras? — ele perguntou.

— Claro que ouvi — respondeu João.

— Bem, então, ele me devolveu as regras. *Esse* quebra-cabeça está solucionado. As regras têm que ser obedecidas, como sempre pensei. Sei disso agora melhor do que antes.

— E?

— E você não percebeu o que foi feito de todo o resto? As regras são desse espírito ou do que quer que Sabedoria o chame, que é de algum modo também eu. E qualquer relutância em obedecer às regras é desobedecer à outra parte de mim... a parte moral. Não se conclui disso, e de tudo o mais que ele disse, que a verdadeira desobediência às regras começa por estar neste país? Este país *simplesmente não* é a ilha, *nem* as regras: essa é sua definição. Meu eu mortal, ou seja, para todos os propósitos práticos, eu mesmo, pode ser definido somente como a parte de mim que se coloca contra as regras. Assim como o Espírito responde ao Proprietário, assim todo este mundo responde ao buraco negro.

— Entendo isso exatamente ao contrário — disse João. — Antes, este mundo correspondia ao castelo do Proprietário. Tudo

Dois tipos de monista

é imaginação deste Espírito e, portanto, tudo, quando entendido adequadamente, é bom e feliz. Que a glória deste mundo no final é aparência, e isso deixa este mundo ainda mais glorioso. Concordo que as regras, a autoridade das regras, tornam-se mais fortes do que nunca, mas o conteúdo delas deve ser... Bem, mais fácil. Talvez eu devesse dizer mais rico... Mais concreto.

— O conteúdo delas deve tornar-se mais severo. Se o verdadeiro bem é simplesmente "o que não está aqui" e *aqui* significa meramente "o lugar onde o bem não está", o que pode ser a verdadeira regra senão vivermos aqui o mínimo possível, comprometermo-nos o mínimo que pudermos com o sistema deste mundo? Eu costumava falar de prazeres inocentes, tolo que era... Como se algo pudesse ser inocente para nós, de quem a mera existência é uma queda... Como se tudo o que um homem come, ou bebe, ou produz, não fosse uma maldição multiplicada.

— De fato, Virtude, esta é uma visão muito estranha. O efeito das lições do sr. Sabedoria sobre mim foi o oposto. Tenho pensado em quanto do vírus de Puritânia ainda deve estar em mim, para ter me poupado por tanto tempo da generosidade inculpável dos seios da natureza. Não seria a coisa mais inferior, em seu grau, um espelho daquele que é único, o mais leve ou o mais selvagem dos prazeres tão necessário à perfeição do todo como o mais heroico sacrifício? Estou seguro de que no absoluto, toda chama, mesmo a da paixão carnal, continua a arder...[2]

— Pode até mesmo o comer, mesmo que seja do alimento mais insulso e na menor quantidade possível, ser justificado? A carne não é outra coisa senão a corrupção viva...

— Havia muita coisa a ser dita por Mediana, afinal...

— Acho que Selvagem era mais sábio do que imaginava...

---

[2]Outra referência a Bradley, *Appearance and reality* (1893), livro II, cap. 15, p. 172: "toda chama de paixão, casta ou carnal, ainda arderia no Absoluto, inextinguível e ininterrupta".

O regresso do Peregrino

— É verdade que ela tinha uma tez escura como a cor do bronze. No entanto... A cor do bronze não é tão necessária ao espectro quanto qualquer outra cor?

— Toda cor não é, da mesma forma, uma corrupção da radiação branca?

— O que chamamos de mal, nossa grande perversidade, visto no contexto verdadeiro, é um elemento no bem. Eu sou o cético e a dúvida.[3]

— O que chamamos de nossa justiça são trapos de imundície. Você é um tolo, João, e eu estou indo embora. Estou subindo rumo às rochas até encontrar onde o vento é mais frio e o chão é mais duro e a vida do homem está mais distante. Meu aviso de despejo ainda não chegou e devo permanecer manchado pela cor do nosso país por mais algum tempo. Ainda vou ser parte da nuvem negra que ofende a luz branca, mas tornarei essa parte da nuvem que é chamada de Eu tão fina, quase que não mais uma nuvem, quanto eu puder. Corpo e mente vão pagar pelo crime de sua existência. Se houver algum jejum, ou vigília, qualquer mutilação ou autotortura mais cruel à natureza do que outra, eu vou descobrir.

— Você está louco? — perguntou João.

— Eu acabei de ficar são — respondeu Virtude. — Por que está me olhando desse jeito? Sei que estou pálido e que meu pulso bate como um martelo. Muito mais que o de alguém ainda mais são! A enfermidade é melhor que a saúde e enxerga mais claro, pois está um degrau mais próxima do espírito, um degrau menos envolvida no tumulto de nossa existência animal. Mas ela precisará de dores mais intensas que esta para matar a sede obscena por vida que bebi com o leite de minha mãe.

— Por que deveríamos deixar esse vale agradável? — João começou, mas Virtude logo o interrompeu.

---

[3] Do soneto *Brahma*, de Ralph Waldo Emerson: "Está mal quem me deixa de fora; / Quando me voam, sou as asas; / Eu sou o cético e a dúvida, / Eu sou o hino que o brâmane canta".

Dois tipos de monista

— Quem falou de nós? Você acha que pedi ou esperei que *você* me acompanhasse? *Você* que dorme sobre espinhos e come ameixas?

— Você quer dizer que devemos nos separar? — perguntou João.

— Ufa! — disse Virtude. — Você não conseguiria fazer as coisas que planejo e, mesmo se conseguisse, eu não teria nada de você. Amizade, afeição, o que são essas coisas senão as cadeias mais sutis que nos amarram ao nosso país atual? Aquele que mortificasse o corpo e permitisse que a mente fosse feliz e que afirmasse e se chafurdasse em sua vontade finita seria de fato um tolo. Não é este ou aquele prazer, mas *todos* devem ser arrancados. Nenhuma faca cortará profundo o bastante para acabar com o câncer. Mas eu cortarei o mais profundo que puder.

Ele se levantou, ainda balançando, e continuou o seu caminho pela campina na direção norte. Ele mantinha sua mão junto ao lado do corpo, como se sentisse dor. Uma ou duas vezes quase caiu.

— Por que você está me seguindo? — Virtude gritou para João. — Volte!

João parou por um momento, detido pelo ódio no rosto do amigo. E então, com cautela, continuou de novo. Pensou que a enfermidade de Virtude tivesse danificado seu cérebro e tinha uma vaga esperança de que pudesse encontrar um meio de confortá-lo e trazê-lo de volta. Antes que tivessem dado muitos passos, no entanto, Virtude voltou-se novamente e apanhou uma pedra.

— Afaste-se — ele disse —, ou eu vou jogá-la. Não temos mais nada que ver um com o outro, você e eu. Meu próprio corpo e minha própria alma são inimigos e *você* acha que vou poupá-lo?

Sem convicção, João parou e então abaixou a cabeça, porque Virtude havia arremessado a pedra. Eu os vi assim por um tempo, João seguindo à distância e parando e continuando novamente, enquanto Virtude de vez em quando lhe jogava uma pedra e o insultava. Mas, por fim, a distância entre eles tornou-se muito grande, tanto para a voz quanto para a pedra.

CAPÍTULO 2

João conduziu

João queria retornar.
Cristo o força a continuar.

Enquanto prosseguiam, João viu que o vale ficava estreito e que os lados ficavam mais escarpados. Ao mesmo tempo, a rachadura à sua esquerda, que o separava da floresta ocidental, ficava cada vez mais larga, de modo que, por causa disso e do estreitamento do vale como um todo, a parte horizontal, por onde eles estavam viajando, ia se tornando cada vez mais estreita. Logo o vale parecia não ter mais chão, mas somente uma exígua faixa em seu lado oriental e a rachadura tinha se revelado não como uma fenda no chão, mas como o próprio chão. João percebeu que estava, na verdade, caminhando sobre uma passagem estreita, a meio caminho da extremidade do Grande Canal. O penhasco se elevava sobre ele.

Nesse instante, um matacão soltou-se do penhasco e barrou o caminho deles — atravessando a faixa com uma ruína de granito. E, à medida que Virtude começou a misturar-se às escarpas, tentando apoiar-se aqui e ali para subir, João se aproximou e chegou novamente ao alcance da voz. Antes de chegar ao pé do penhasco, no entanto, Virtude havia começado sua escalada. João

João conduziu

ouviu sua respiração profunda enquanto lutava para subir, de um apoio a outro. Ele então escorregou e deixou um pequeno rastro de sangue onde a rocha arranhou seu calcanhar, mas continuou e logo João o viu de pé, sacudindo e enxugando o suor dos olhos, aparentemente quase chegando ao topo. Ele olhou para baixo e fez gestos ameaçadores e gritou, mas estava longe demais para que João ouvisse suas palavras. A seguir, João saltou de lado para se salvar, pois Virtude havia feito rolar uma pedra enorme e, quando o barulho cessou de ecoar no canal e João olhou novamente para cima, Virtude havia subido o matacão, fora do alcance da visão e ele não o viu mais.

João sentou-se em um lugar abandonado. A grama ali era mais fina e curta, como a que cresce nos espaços inférteis entre as rochas. As curvas do canal já haviam impedido a visão do Vale da Sabedoria, no entanto, observei que João não tinha nenhum outro pensamento, exceto o de voltar. Havia na verdade um misto de vergonha, tristeza e atordoamento em sua mente, mas ele deixou tudo isso de lado e apegou-se ao medo que estava sentindo das rochas e de encontrar Virtude, agora louco, em algum lugar estreito, de onde não pudesse escapar. E pensou: "Me sentarei aqui e descansarei, até recompor minha mente e então voltarei. Preciso viver o resto da minha vida da melhor maneira que eu puder". Então, repentinamente, ele ouviu uma saudação vinda do alto. Um homem estava descendo do lugar até onde Virtude havia subido.

— Oi! — gritou o homem. — Seu amigo seguiu adiante. Você vai segui-lo?

— Ele está louco, senhor — disse João.

— Nem mais louco nem mais são do que você — disse o homem. — Vocês só se recuperarão se ambos estiverem juntos.

— Não consigo chegar lá em cima, nas rochas — disse João.

— Eu vou ajudá-lo — disse o homem. E desceu até aproximar-se de João e estendeu a mão. E João ficou pálido como papel e sentiu náuseas.

— É agora ou nunca — disse o homem.

João então cerrou os dentes e tomou a mão que lhe foi oferecida. Ele tremeu no primeiro aperto dado, mas não podia voltar atrás, pois estavam tão alto que ele não ousou tentar retornar sozinho e, com empurrões e puxões, o homem o levou bem ao topo e ali João caiu de bruços sobre a grama, com a respiração ofegante e gemendo por causa das dores em seu peito. Quando se sentou, o homem já havia partido.

CAPÍTULO 3

João se esquece de si mesmo

Assim que ele tenta viver seriamente pela filosofia, ela se transforma em religião.

João olhou para trás e afastou-se, sentindo um calafrio. Toda a sua intenção de descer precisou novamente ser posta de lado, dessa vez para sempre. "Aquele sujeito deixou-me em uma grande encrenca", ele disse com amargura. A seguir, olhou para frente. Os penhascos ainda se erguiam bem acima e caíam bem abaixo dele, mas havia uma base horizontal, estreita, com trinta metros de largura em seu ponto mais extenso e dois no menor, mudando de direção ao longo do penhasco, até se tornar uma insignificante passagem verde. Em seu coração, ele ficou desapontado. Então tentou lembrar-se das lições do sr. Sabedoria, na expectativa de que elas lhe dessem alguma força. "Agora é só comigo mesmo", ele disse. "Sou eu, espírito eterno, quem me conduz, o escravo, pela base. Não deveria me importar se ele cai e quebra seu pescoço ou não. Não é ele quem é real, sou eu... Eu... Eu. Será que consigo me lembrar disso?" Mas ele então se sentiu tão diferente do espírito eterno que não conseguia mais chamá--lo de "eu". "Está tudo muito bem para *ele*", disse João, "mas por que ele não me oferece nenhum auxílio? Eu quero ajuda. Ajuda."

O regresso do Peregrino

Ele então olhou para os penhascos, para o céu estreito, azul e remoto entre eles e pensou nessa mente universal e na tranquilidade resplandecente escondida em algum lugar atrás das cores e formas, no silêncio abundante sob todos os sons e pensou: "Se uma gota de todo esse oceano fluísse para dentro de mim agora... Se eu, ser mortal, não fosse capaz de fazer nenhuma outra coisa senão reconhecer que sou tudo isso, tudo estaria bem. Sei que há algo ali. Sei que o que estou sentindo não é uma trapaça". Na amargura de sua alma, ele olhou para cima novamente, dizendo: "Ajuda. Ajuda. Eu quero ajuda".

Mas, assim que as palavras saíram de sua boca, um novo temor, muito mais profundo que o medo que ele estava sentindo dos penhascos, brotou do fundo de sua alma para bem próximo da superfície sobre a qual estava deitado nesse momento. Como um homem que, quando sonha, conversa sem medo com seu amigo morto, ele, depois de refletir, disse: "Era um fantasma! Conversei com um fantasma!", e acordou gritando. Foi assim que João ficou ao perceber o que havia feito.

"Eu estava *orando*", ele disse. "É o Proprietário, mas com um novo nome. As regras, o buraco negro e a escravidão estão disfarçados, com outra roupa, para me pegar. Estou sendo capturado. Quem poderia imaginar que a boa e velha teia da aranha pudesse ser tão sutil?"

Mas isso foi insuportável para João e ele disse a si mesmo que havia simplesmente sido pego em uma metáfora. Mesmo o sr. Sabedoria, tinha confessado que a Mãe Kirk e os Mordomos deram a sua versão da verdade por meio de seus relatos escritos. E as metáforas são necessárias. Os sentimentos e a imaginação precisam desse recurso.

"O que realmente importa", disse João, "é manter o intelecto livre delas: lembrar que elas *são* somente metáforas."

CAPÍTULO 4

João encontra sua voz

Do panteísmo para o teísmo. O eu transcendental se torna você.

Ele ficou muito confortável com a ideia da metáfora, e, como agora estava descansado, retomou sua jornada ao longo do caminho do penhasco com certo grau de contida segurança. Mas o penhasco parecia terrível nos lugares mais estreitos e ele tinha a sensação de que a sua coragem parecia estar diminuindo, em vez de aumentar, à medida que seguia adiante sua viagem. Na verdade, logo descobriu que só seria capaz de ir em frente se fosse também capaz de lembrar-se incessantemente da máxima do sr. Sabedoria. Para ele, era necessário, por meio de repetidos esforços da vontade, voltar-se para essa ideia e de forma consciente extrair desse reservatório inesgotável de forças, uma pequena porção da vitalidade que precisava para enfrentar o canal seguinte. Ele agora sabia que estava orando, mas pensou que o sentimento era fruto do seu conhecimento adquirido. Em certo sentido, disse: "Não sou espírito. Eu sou ele, mas não sou ele por inteiro. Quando eu retornar a essa parte dele que não sou eu — essa parte muito maior que minha alma não alcança —, certamente essa parte é para mim um outro. Deve tornar-se, para

O regresso do Peregrino

a minha imaginação, não verdadeiramente 'eu', mas 'você'. Uma metáfora — talvez mais que uma metáfora. É claro que não há nenhuma necessidade de confundi-la com o Proprietário *mítico*... No entanto, penso nela de uma maneira inadequada".

Então, algo novo aconteceu com João e ele começou a cantar, e esta é sua canção, até onde consigo me lembrar do meu sonho:

> Aquele diante de quem me inclino sabe a quem me inclino
> Quando tento o nome inefável, murmurando você;
> E sonho com as fantasias de Fídias[1] e abraço no coração
> Significados, eu sei, que não podem ser a coisa que tu és.
> Todas as orações sempre, levadas ao pé da letra, blasfemam,
> Invocando com imagens frágeis um sonho folclórico;
> E todos os homens são idólatras, clamando sem serem ouvidos
> A ídolos insensíveis, se você os leva ao pé da letra,
> E todos os homens em suas orações, autoenganados,
>   dirigem-se
> Àquele que não é (assim diz aquela antiga repreensão) a menos
>   que
> Tu, por pura graça, te apropries, e para ti desvias
> As flechas dos homens, todas apontadas para o perigo, além do
>   deserto.
> Não toma, ó Senhor, nosso sentido literal, mas em tua grade,
> Contínua fala, traduza nossa metáfora reflexiva.

Quando ele passou a refletir sobre as palavras que haviam saído dele, começou mais uma vez a temer por elas. O dia estava terminando e no abismo estreito já estava quase escuro.

---

[1]Famoso escultor grego do século 5 a.C. Nenhum original existente pode ser com certeza atribuído a ele.

CAPÍTULO 5

Alimento custoso

João deve aceitar a graça de Deus ou morrer
— tendo aceitado sua graça, ele deve
reconhecer a existência dele.

Por determinado tempo, ele continuou seguindo em frente, com cuidado, mas estava assombrado por uma imagem em sua mente, de um lugar onde o caminho parava de repente, quando ficava muito escuro e ele então pisava no ar. Esse medo o fez parar com mais frequência para examinar o chão em que estava pisando e quando ele retomava a caminhada, o fazia cada vez mais devagar, até que, por fim, ele chegou a ficar totalmente paralisado. Parecia não haver mais nada a fazer senão descansar ali mesmo onde estava. A noite estava quente, mas ele estava com fome e com sede. E sentou-se. Agora já estava bem escuro.

Então sonhei que mais uma vez um homem veio até ele na escuridão e disse:

— Você deve passar a noite onde está, mas eu lhe trouxe um pão; e se você rastejar dez passos ao longo do canal vai descobrir uma pequena queda d'água que desce do penhasco.

— Senhor — disse João —, não sei seu nome e não posso ver seu rosto, mas eu lhe agradeço. Não vai sentar e comer?

— Estou satisfeito e sem fome — disse o homem. — E preciso seguir adiante. Apenas mais uma palavra, antes de eu ir embora. Você não pode ter tudo o que quer.

— O que quer dizer, senhor?

— Sua vida foi poupada, durante todo o dia de hoje, por algo que você chama de muitos nomes e, ao referir-se a isso, você disse que usava metáforas.

— Eu estava errado, senhor?

— Talvez não. Mas você precisa jogar limpo. Se a ajuda que você recebe não é uma metáfora, os mandamentos dados por ela também não o são. Se ela pode responder quando você chama, então pode falar sem você pedir. Se você pode ir até ela, ela pode vir até você.

— Acho que entendo, senhor. O senhor quer dizer que não sou dono de mim mesmo, ou, de outra forma, que eu, afinal, tenho um Proprietário?

— Mesmo que tenha, o que o apavora? Você ouviu de Sabedoria como as regras eram ditadas por você mesmo e como, ao mesmo tempo, não eram. Você não tinha a intenção de respeitá-las? E, assim, você sentiria medo ao saber que existe alguém que pode capacitá-lo a respeitá-las?

— Bem — disse João —, acho que você me entendeu. Talvez eu não quisesse efetivamente respeitá-las, ao menos não todas elas, ou não o tempo todo. Mas, em certo sentido, acho que quis respeitá-las, sim. É como quando a gente tem um espinho no dedo, senhor. Quando a gente decide tirá-lo, quer dizer, fazê-lo sair, a gente sabe que vai doer, e dói, mas de algum modo a gente também sabe que isso não é nada tão sério; bem, eu acho, porque a gente sente que pode parar de tentar tirar, se estiver doendo muito. Não é que queiramos parar. Mas isso é muito diferente de oferecer a própria mão a um cirurgião para que ela seja ferida até o ponto em que ele ache adequado. E em uma velocidade que ele mesmo impõe.

Alimento custoso

O homem riu:

— Acho que você compreende muito bem o que estou falando — ele disse. — No entanto, o mais importante é retirar o espinho.

E o homem então foi embora.

CAPÍTULO 6

Capturado

*O terror do Senhor — onde está
agora o doce desejo?*

João não teve nenhuma dificuldade para encontrar o riacho, e, depois de beber, sentou-se à margem dele e comeu. O pão não tinha gosto de nada, um gosto que de algum modo lhe parecia familiar e que não era lá muito agradável e não chegava a ser saboroso. O extremo cansaço o impediu de pensar muito na conversa que tinha tido. No fundo de seu coração, as palavras do estranho se colocavam como uma pedra fria e pesada que cedo ou tarde ia ter que pegar e carregar. No entanto, sua mente estava repleta das imagens do penhasco e do abismo, das dúvidas em relação a Virtude e dos temores mais leves sobre o amanhã e o agora, mas, acima de tudo, da bem-aventurança do alimento e do assentar-se em silêncio. E todas essas imagens misturaram-se em uma confusão ainda mais nebulosa, até que, por fim, ele não conseguia mais se lembrar do que havia pensado no momento anterior e então tinha certeza de que estava dormindo e, no final, estava em um sono profundo e não sabia de mais nada.

Na manhã seguinte não foi assim. Logo que despertou, percebeu o pensamento em alerta e o horror consciente caiu sobre

Capturado

ele. O céu azul acima dos penhascos estava olhando para ele, os penhascos o estavam aprisionando, as rochas por trás não o deixavam fugir, o caminho adiante o convidava a seguir em frente. Em apenas uma noite, o Proprietário — chame-o pelo nome que quiser — tinha voltado a fazer parte do seu mundo e o havia ocupado, preenchendo-o plenamente, sem deixar livre um espaço sequer. Os olhos do Proprietário o encaravam, a mão apontava para ele e a voz controlava tudo o que pudesse ser ouvido ou visto, mesmo a partir do lugar onde João tinha se sentado, até o fim do mundo e para além do fim do mundo ele também estaria. Todas as coisas eram na verdade uma só — algo muito mais verdadeiro do que o que o sr. Sabedoria havia sonhado — e todas as coisas apontavam para uma única palavra: CAPTURADO — capturado novamente na escravidão, para caminhar com cuidado e com permissão todos esses dias, sem nunca estar sozinho. Nunca mais ele seria o mestre de sua própria alma, não teria mais qualquer privacidade, não haveria mais uma esquina onde fosse possível ele dizer a todo o universo: isto aqui é meu, aqui posso fazer o que eu quiser. Diante dessa contemplação universal e fiscalizadora, João encolheu-se como um pequeno animal que fora capturado pelas mãos de um gigante e colocado debaixo de uma lente de aumento.

Depois de beber e de refrescar o rosto no riacho, ele continuou o seu caminho e, neste instante, compôs esta canção:

> Você descansa sobre mim todos os meus dias
> O olho inevitável,
> Terrível e irremovível como a labareda
> De algum céu árabe;
>
> Onde, mortos imóveis, em sua tenda sufocante
> Viajantes pálidos se encolhem, e, brilhantemente
> Perto deles, o assombro da longa aurora da tarde
> Bate nas rochas com luz.

O regresso do Peregrino

Ah, por nenhum outro senão um sopro frio em sete,
Um ar das regiões do norte,
O céu mutante e o castelo coberto por nuvens
De meus velhos tempos pagãos!

Mas você tem agarrado todos em sua raiva
De unicidade. Em todas as direções,
Batendo minhas asas, todos os caminhos, dentro de sua caverna,
Eu tremo, mas não fora.

E, enquanto caminhava, por todo o dia, com a energia do pão que havia comido, não ousando olhar para o golfo com frequência e mantendo a cabeça um pouco voltada para dentro do penhasco ele teve tempo de rever o problema em sua mente e descobrir novas perspectivas nela. Acima de tudo, ele percebeu que a volta do Proprietário havia apagado a ilha: pois se ainda existisse tal lugar, ele não estaria mais livre para gastar sua alma nessa busca, mas deveria seguir quaisquer desígnios que o Proprietário tivesse para ele. E, na melhor das hipóteses, parecia agora que a última das coisas era pelo menos mais parecida com uma pessoa do que com um lugar, de modo que a sede mais profunda dentro dele não se adaptava à natureza mais profunda do mundo. No entanto, às vezes se consolava dizendo que esse novo e verdadeiro Proprietário devia ainda ser muito diferente daquele a quem os Mordomos proclamaram e, na verdade, muito diferente de todas as imagens que os homens faziam dele. Talvez ainda estivesse pairando sobre ele algo daquela promissora escuridão que havia coberto o absoluto.

CAPÍTULO 7

O eremita

João começa a aprender algo da história do pensamento humano — a história tem se preocupado com pessoas como os contrarromânticos, em muitas épocas.

Nessa mesma hora, ele ouviu o toque de um sino, olhou e viu uma pequena capela em uma caverna do penhasco ao seu lado e ali viu sentado um eremita cujo nome era História, tão velho e magro que suas mãos eram transparentes, e João pensou que um pequeno vento seria capaz de soprá-lo para longe.

— Entre, meu filho — disse o eremita —, coma pão e então você poderá continuar sua jornada.

João ficou contente por ouvir a voz de um homem entre as rochas e entrou e sentou. O eremita lhe deu pão e água, mas ele próprio não comeu o pão, apenas bebeu um pouco de vinho.

— Para onde você está indo, filho? — perguntou.

— Eu tenho a sensação, pai, de que estou indo para onde não desejo ir, pois me preparei para encontrar uma ilha e, em vez dela, encontrei um Proprietário.

E o eremita sentou-se olhando para ele, fez um sinal quase imperceptível com a cabeça, por causa dos tremores da idade.

O regresso do Peregrino

— Os Eruditos estavam certos e os homens pálidos também — disse João, pensando alto —, parece mesmo que o mundo não me oferece nenhum alívio para a sede com a qual nasci e que, aparentemente, a ilha era uma ilusão, afinal. Mas estou me esquecendo, pai, que você não deve conhecer essas pessoas.

— Conheço todas as partes deste país — disse o eremita — e os gênios dos lugares. Onde essas pessoas moram?

— Ao norte da estrada. Os Eruditos ficam no país de Mamom, onde uma pedra gigante é a senhora da terra e os homens pálidos vivem sobre o Planalto dos Obstinados.

— Eu estive nesses países mil vezes, pois em minha juventude fui um vendedor ambulante e não há nenhuma terra onde eu não tenha estado. Mas, diga-me, eles ainda mantêm os seus velhos hábitos?

— Que hábitos eram esses?

— Ora, eles todos passaram a morar ali depois do episódio da posse da terra, pois mais da metade do país ao norte da estrada está agora em posse dos arrendatários do Inimigo. Ao leste, vivia um gigante e, subjugados por ele, Mamom e alguns outros. Mas a oeste, sobre o planalto, havia duas filhas do Inimigo, deixe-me ver... Sim, Ignorantia e Superbia. Elas sempre impuseram hábitos estranhos aos pequenos arrendatários. Eu me lembro de muitos arrendatários que viviam ali, os estoicos e os maniqueístas, os espartanos[1] e muitos outros tipos. Uma vez, eles quiseram comer um pão melhor que o pão de trigo.[2] Outra vez, suas próprias

---

[1]Expressão clássica para "o melhor é inimigo do bom", talvez de origem espanhola, por meio de *Dom Quixote*, de Cervantes, cap. VII, em que o herói é questionado por uma sobrinha sobre a razão por que ele não fica simplesmente em casa em vez de ir sempre ao mundo em busca de "pão melhor do que o que se faz com trigo".
[2]De uma das fábulas atribuídas ao semilendário autor grego Esopo. Uma raposa perdeu o rabo em uma armadilha. Quando os outros animais riram dela, tentou persuadir suas companheiras de que era melhor cortarem a cauda, já que a vida era melhor assim.

O eremita

babás fizeram um estranho ritual de jogar o bebê fora junto com água do banho. E, outra vez, o Inimigo mandou para eles uma raposa sem rabo e ela os convenceu de que todos os animais não deveriam ter rabo e eles cortaram o rabo de todos os seus cães, cavalos e vacas. Lembro que eles ficaram muito confusos sobre como aplicar um tratamento correspondente a eles mesmos, até que por fim um homem sábio sugeriu que eles poderiam cortar seus próprios narizes. Mas o hábito mais estranho de todos era o que praticavam o tempo todo e que estava acima de todas as outras mudanças de hábito, que era o de nunca colocarem nada em ordem, mas destruir tudo o que estava bagunçado. Quando uma louça ficava suja, eles não a lavavam, mas a quebravam e, quando suas roupas ficavam sujas, eles as queimavam.

— Deve ter sido um hábito muito caro.

— Era destruidor e significava, é claro, que constantemente precisavam importar novas roupas e novas louças de barro. Mas, na verdade, tinham que importar tudo, pois essa é a dificuldade do planalto. Lá, eles nunca conseguiram manter nada vivo, nem nunca conseguirão. Seus habitantes sempre viveram da bondade de seus vizinhos.

— Eles devem sempre ter sido homens muito ricos.

— Sempre *foram* homens muito ricos. Não acho que me lembre de uma única ocasião na qual eu tenha visto uma pessoa pobre ou comum por lá. Quando os humildes dão errado, geralmente vão para o sul. Os Obstinados quase sempre vão para o planalto como colonos vindos do país de Mamom. Suponho que seus homens pálidos sejam eruditos reformados.

— De certa forma, acredito que são. Mas você pode me dizer, pai, por que os Obstinados se comportam de maneira tão estranha?

— Bem, primeiramente, *sabem* muito pouco. Nunca viajam e, consequentemente, nunca aprendem nada. Eles realmente não sabem que há qualquer lugar fora do país de Mamom e do seu

243

O regresso do Peregrino

próprio planalto, exceto pelo que ouviram de rumores exagerados sobre os pântanos do sul e, por causa disso, supõem que tudo o que exista seja um pântano, a poucos quilômetros ao sul de onde estão. Assim, sua aversão ao pão surgiu por causa de mera ignorância. Em casa, no país de Mamom, eles conheciam apenas o pão tradicional que Mamom faz e alguns poucos bolos doces e viscosos que ele importava do sul, o único tipo de produto sulista que permitia que comessem. Como não gostavam de nenhum deles, inventaram uma bolacha. Nunca lhes ocorreu caminhar um quilômetro para fora do planalto até a casa do lavrador mais próximo e provar como seria um pão feito de maneira honesta. O mesmo com os bebês. Eles não gostavam de bebês porque significavam para eles as várias deformidades geradas nos bordéis de Mamom: novamente, uma caminhada bem curta lhes teria mostrado crianças saudáveis brincando nas vielas. Quanto aos seus pobres narizes, no planalto não há nada para cheirar, nem bom, nem ruim ou indiferente, e na terra de Mamom qualquer coisa que não tem cheiro de perfume, tem cheiro de lixo. Assim, eles não viam em seus narizes nenhuma utilidade, embora o feno estivesse sendo cortado a oito quilômetros deles.

— E quanto à ilha, pai? — perguntou João. — Eles também estavam igualmente errados sobre isso?

— Essa é uma longa história, meu filho. Mas vejo que está começando a chover, de modo que talvez você tenha tempo para ouvi-la.

João foi até a boca da caverna e olhou para cima. O céu havia escurecido enquanto conversavam e caiu uma chuva quente, que brotou dos penhascos como um vapor, indo até o mais longe que seus olhos podiam alcançar.

CAPÍTULO 8

Palavras da história

Havia um elemento realmente divino no romantismo de João — pois a moralidade não é de forma alguma a única testemunha de Deus no mundo subcristão — mesmo a mitologia pagã continha um chamado divino — mas os judeus, em vez de uma mitologia, tinham a lei — consciência e doce desejo devem reunir-se para tornar um homem inteiro.

Quando João havia retornado e se sentado, o eremita recomeçou a falar:

— Você pode ter certeza de que eles estão tão errados em relação à ilha quanto sobre tudo o mais. Contudo, qual é a posição que eles mantêm agora sobre esse assunto?

— Dizem que é tudo uma artimanha do sr. Meio do Caminho, que está sendo pago pelas Meninas Cor de Bronze.

— Pobre Meio do Caminho! Eles o tratam muito injustamente, como se ele fosse mais que o representante local de algo grande e tão necessário (embora, também, tão perigoso) quanto o céu! Entretanto, ele não é um mau representante, se você levar em conta as suas canções e usá-las como devem ser usadas.

O regresso do Peregrino

É claro que as pessoas que vão até ele a sangue frio para obter o máximo de prazer que puderem e, portanto, se submetem a ouvir a mesma canção repetidas vezes, terão somente a si mesmas para agradecer, se acordarem nos braços de Mediana.

— Isso é realmente verdade, pai. Mas elas não acreditariam que eu tinha visto e ansiado pela ilha antes de encontrar o sr. Meio do Caminho, antes mesmo de ouvir a canção dele. Elas insistem em dizer que a ilha foi uma invenção dele.

— Quem se mantém preso à sua própria casa comporta-se sempre dessa maneira. Se gostam de algo em sua própria vila o tomam como algo universal e eterno, embora esse algo possa ser desconhecido a oito quilômetros dali. Se não gostam de algo, dizem que se trata de uma convenção local, retrógrada e provinciana, mesmo que, na verdade, seja a lei maior de todas as nações.

— Então é realmente verdade que todos os homens e todas as nações tiveram a visão de uma ilha?

— A visão nem sempre se manifesta na forma de uma ilha e para alguns homens, se eles herdam doenças particulares, ela talvez nunca venha, de nenhuma forma.

— Mas o que é a ilha, pai? Ela tem algo que ver com o Proprietário? Não consigo ligar uma coisa à outra.

— Ela vem do Proprietário. Sabemos disso pelos resultados que gera nas pessoas. Isso o trouxe até onde você está agora e nada retorna a ele sem que antes não tenha primeiro vindo dele.

— Mas os Mordomos diriam que foram as regras que vieram dele.

— Nem todos os Mordomos são homens viajados. Mas os que são, sabem perfeitamente que o Proprietário propagou outras coisas além das regras. Que utilidade têm as regras para as pessoas que não sabem ler, por exemplo?

— Mas quase todos sabem ler.

— Ninguém nasce sabendo ler, de modo que o ponto de partida para todos nós deve ser uma imagem, e não as regras.

Palavras da história

E há um número de pessoas muito maior do que você imagina que permanecem iletradas por toda a vida ou que, na melhor das hipóteses, nunca aprendem a ler bem.

— E para essas pessoas as imagens são o que vale?

— Não diria bem isso. As imagens sozinhas são perigosas e as regras sozinhas são perigosas também. É por isso que o que pode acontecer de melhor a alguém é encontrar Mãe Kirk desde o início e conviver, desde a infância, com uma terceira coisa que não são nem as regras nem as imagens, e que foi trazida ao país pelo filho do Proprietário. Isso, eu digo, é o melhor: nunca conhecer a briga entre as regras e as imagens. Mas isso acontece muito raramente. Os agentes do Inimigo estão em ação por toda parte, espalhando analfabetismo em uma região e cegando os homens em outra, para que fiquem presos às imagens. Mesmo onde Mãe Kirk é reconhecidamente soberana, os homens podem envelhecer sem saber ler as regras. O império dela está sempre desmoronando. Mas ele nunca desmorona por completo, pois, toda vez que os homens se tornam pagãos novamente, o Proprietário de novo lhes envia imagens, provoca o doce desejo e então os conduz de volta a Mãe Kirk, como conduziu os pagãos reais, há muito tempo. Não há, na verdade, nenhum outro caminho a seguir.

— Pagãos? — perguntou João. — Não conheço esse povo.

— Esqueci que você viajou muito pouco. É provável que você nunca tenha estado antes no país de Pago pessoalmente, embora, em outro sentido, tenha vivido nele por toda a vida. O curioso sobre Pago é que as pessoas ali nunca ouviram falar sobre o Proprietário.

— Certamente muitas outras pessoas também não o conhecem?

— Ah, muitos *negam* sua existência. Primeiro você precisa ouvir falar sobre algo para então poder negar a sua existência. A peculiaridade dos pagãos é que eles não tinham ouvido falar ou, se ouviram, isso tinha acontecido há tanto tempo que a tradição havia desaparecido. Veja bem, o Inimigo tinha praticamente

O regresso do Peregrino

suplantado o Proprietário e mantido uma vigília atenta contra qualquer notícia daquela região que chegasse aos arrendatários.

— E ele conseguiu seu intento?

— Não. Normalmente se pensa que ele conseguiu, mas é um engano. É comum pensar que ele confundiu os arrendatários, fazendo circular uma grande quantidade de histórias falsas sobre o Proprietário. Mas visitei Pago muitas vezes e não acho que a coisa aconteceu de um jeito assim tão simples. O que realmente aconteceu é que o Proprietário conseguiu enviar muitas mensagens.

— Que tipo de mensagens?

— A maioria delas constituída por imagens. Veja bem, os pagãos não sabiam ler, porque o Inimigo tinha fechado as escolas tão logo assumiu o controle de Pago. Mas eles tinham as imagens. No momento em que você mencionou sua ilha, eu sabia do que estava falando. Tenho visto essa ilha dezenas de vezes nessas imagens.

— E o que aconteceu então?

— É quase certo que a mesma coisa aconteceu a você. Essas imagens despertaram o desejo das pessoas. Você me compreende?

— Muito bem.

— E então os pagãos cometeram erros. Continuariam tentando sempre obter as mesmas imagens novamente e, se não conseguissem, fariam cópias delas. Ou, mesmo se conseguissem, tentariam tirar delas não desejo, mas satisfação. Mas você deve saber de tudo isso.

— Sim, sim, de fato. Mas qual foi o resultado disso?

— Continuaram inventando mais e mais histórias sobre as imagens e fingindo que eram verdadeiras. Eles se voltaram para as meninas cor de bronze e tentaram acreditar que aquilo era o que queriam. Foram para o extremo sul, alguns deles se tornaram mágicos e tentaram acreditar que isso estava certo. Não houve absurdo ou indecência que eles tenham deixado de cometer.

Palavras da história

Mas, não importa quão longe iam, o Proprietário era sempre demais para eles. Justamente quando suas histórias pareciam ter superado completamente as mensagens originais e as ocultado, de modo que não tivessem nenhuma chance de serem recuperadas, repentinamente o Proprietário lhes enviava uma nova mensagem e todas as suas histórias pareciam ultrapassadas. Ou, quando eles pareciam estar se contentando cada vez mais com a luxúria e a comercialização do mistério, uma nova mensagem chegava e o velho desejo, o verdadeiro, os atormentava novamente e eles diziam: "Mais uma vez ela escapou de nós".

— Eu sei. Todo o ciclo se reiniciava.

— Sim. Mas ao mesmo tempo havia pessoas que sabiam ler. Você ouviu falar dos Pastores?

— Eu esperava que você não chegasse nesse assunto, pai. Ouvi os Mordomos falarem sobre eles e acho que é isso o que, mais que qualquer outra coisa, me aborreceu em toda a história. Está tão claro que os Pastores são apenas um desses povos pagãos, e um povo curiosamente sem atrativos. Se tudo estiver ligado a esse Povo especial...

— Isto é simplesmente um erro crasso — disse História. — Você e aqueles em quem confia não *viajaram*. Nunca estiveram em Pago, nem entre os Pastores. Se tivessem vivido nas estradas, como eu vivi, nunca diriam que eles eram iguais. É preciso que não nos esqueçamos de que os pastores sabiam ler. E, porque esse povo sabia ler, eles receberam do Proprietário não imagens, mas regras.

— Mas quem quer regras em vez de ilhas?

— É como perguntar quem quer cozinhar, em vez de jantar. Você não percebe que os pagãos, porque estavam sob a liderança do Inimigo, estavam começando pelo lado errado? Eles eram como alunos preguiçosos tentando ser bons em oratória antes mesmo de aprenderem gramática. Eles tinham imagens para os olhos em vez de estradas para os pés, e é por isso que a maioria

O regresso do Peregrino

deles nada podia fazer senão desejar e então, por meio do desejo intenso, tornar-se corruptos em sua imaginação e então despertar e se desesperar e voltar a sentir desejo. Agora, os pastores, porque estavam sob a liderança do Proprietário, foram feitos para começarem pelo lado correto. Seus pés foram postos em uma estrada e, como disse certa vez o filho do Proprietário, se os pés forem postos na direção correta, cedo ou tarde as mãos e a cabeça vão se endireitar. O contrário não vai funcionar.

— Você sabe tanto, pai — disse João —, que não sei como lhe responder. Mas tudo isso é diferente dos relatos que ouvi sobre esses países. Por certo alguns pagãos chegaram a algum lugar.

— Chegaram. Chegaram até a Mãe Kirk. Essa é a definição de um pagão, um homem tão viajado que, se tudo corre bem, ele chega à cadeira de Mãe Kirk e é carregado sobre esse canal. Eu mesmo vi isso acontecer. Mas definimos a qualidade de algo por sua perfeição. O problema com Pago é que o perfeito e, nesse sentido, típico pagão, é muito incomum ali. É assim que deve ser, não é? Essas imagens, esse analfabetismo, esse desejo infinito que é tão facilmente confundido com outros desejos e que, na melhor das hipóteses, permanece puro somente por saber aquilo que *não* quer — você percebe que é um ponto de partida a partir do qual *uma* estrada leva ao lar e mil estradas levam ao deserto.

— Mas os pastores não eram ruins assim, do seu próprio jeito? Não é verdade que eram incultos, limitados, dogmáticos?

— Eram *limitados*. Aquilo que estava sob o comando deles era limitado: a Estrada. Eles a encontraram e a sinalizaram. Eles a mantinham limpa e a reparavam. Mas você não deve pensar que estou sabotando os pagãos. A verdade é que um pastor é somente meio homem e um pagão é somente meio homem, de modo que nenhum dos povos estava bem sem o outro, nem poderia ser curado até que o filho do Proprietário chegasse ao país. E, desse modo, meu filho, você não estará bem até que tenha alcançado o seu companheiro de viagens, que dormiu em meu quarto na noite passada.

250

Palavras da história

— Você quer dizer Virtude? — perguntou João.

— Esse era seu nome. Eu o conhecia, embora ele não me dissesse, pois conheço sua família. E o pai dele, que ele não conhece, chamava-se Nomos[1] e viveu entre os pastores. Você não vai fazer nada até que tenha jurado com sangue irmandade a ele, nem ele vai poder fazer nada sem você.

— Eu de bom grado o alcançaria — disse João —, mas ele está com tanta raiva de mim que tenho medo de me aproximar dele. E, mesmo se eu me reconciliasse com ele, não consigo ver como não brigarmos de novo. De algum modo, nunca conseguimos nos sentir bem juntos por muito tempo.

— Bem, vocês nunca conseguirão. Somente um terceiro pode reconciliá-los.

— Quem é esse?

— O mesmo que reconciliou os pastores e os pagãos. Mas você deve ir até Mãe Kirk para encontrá-lo.

— Está chovendo mais forte do que nunca — disse João, da entrada da caverna.

— E não vai parar nesta noite — disse pai História. — Você vai precisar ficar comigo até o amanhecer.

---

[1]Grego, "lei".

251

CAPÍTULO 9

Trivial

*É perigoso dar boas-vindas ao doce desejo,
porém é fatal rejeitá-lo — que ele venha como
amor fidalgo da Idade Média — ou como a
adoração à natureza do século 19 — toda
forma tem sua própria corrupção: mas
"defraudar" não é a cura.*

— Entendo — disse João na mesma hora — que essa questão é mais difícil que os eruditos e os homens pálidos supõem. Mas eles estavam certos em desconfiar da ilha. De tudo o que você me disse, ela é a coisa mais perigosa.

— Não há nenhum perigo que se possa evitar em nosso país — disse História. — Você sabe o que acontece às pessoas que decidem aprender a patinar com a determinação de não sofrer nenhuma queda? Elas caem com frequência, da mesma forma que o restante de nós, e, no fim, não conseguem aprender a patinar.

— Mas ela é mais que perigosa. Você disse que ela estava começando pelo lado errado, enquanto os Pastores começaram pelo lado certo.

— É verdade. Mas, se você é um pagão, de nascimento ou por natureza, não tem escolha. É melhor começar pelo lado errado

Trivial

do que não começar. E a grande maioria dos homens são pagãos. Seu primeiro passo sempre será o desejo nascido das imagens e, embora esse desejo esconda mil passos falsos, ele também esconde a única verdade que importa, e aqueles que pregam o desejo sob qualquer que seja o pretexto (estoico, ascético, rigorista, realista, classicista) estão do lado do Inimigo, quer saibam disso, quer não.

— Então sempre há necessidade da ilha?

— Ela nem sempre toma a forma de uma ilha, como eu disse. O Proprietário envia imagens de muitos tipos diferentes. O que é universal não é a imagem particular, mas a chegada de alguma mensagem, não perfeitamente inteligível, que desperta esse desejo e faz com que os homens anseiem por algo a leste ou a oeste do mundo; algo que somente poderia ser possuído, caso chegasse a sê-lo, no ato de desejá-lo e perdido tão rapidamente que o desejo em si se torna desejado. Algo que tende inevitavelmente a ser confundido com as satisfações comuns ou até mesmo desprezíveis repousando próximas à mão, que, no entanto, é capaz, se algum homem fielmente viver através da dialética de seus sucessivos nascimentos e mortes, de conduzi-lo por fim para onde as verdadeiras alegrias devem ser encontradas. Quanto às formas nas quais ele vem, tenho visto muitas em minhas viagens. Em Pago, ele era às vezes, como eu disse, uma ilha. Mas era muitas vezes, também, uma imagem de pessoas, pessoas mais fortes e mais belas do que somos. Às vezes era uma imagem contando uma história. A forma mais estranha que ele tomou foi em *Medium Aevum*,[1] um golpe de mestre da diplomacia do Proprietário, pois, é claro, uma vez que o Inimigo esteve no país, o Proprietário teve de tornar-se um político. *Medium Aevum* foi primeiro habitado pelos colonos de Pago. Eles chegaram ali no pior período da história local, quando o Inimigo parecia ter sido completamente bem-sucedido em desviar todos os desejos

---

[1] Latim, "Idade Média".

O regresso do Peregrino

que o Proprietário poderia despertar para nada além da luxúria. Esses pobres colonos estavam em tal estado que não conseguiam permitir que suas fantasias vagassem por um minuto sem verem imagens atormentadoras de olhos negros e suplicantes e de peitos e beijos. Parecia inútil fazer qualquer coisa com eles. Eis que se manifesta a extrema audácia do Proprietário. A imagem seguinte que ele lhes enviou foi a de uma Dama.[2] Ninguém jamais tinha conseguido imaginar antes como seria a imagem de uma Dama e, no entanto, uma Dama é uma mulher, algo novo, que pegou o Inimigo desprevenido, e ao mesmo tempo algo antigo, na verdade, aquilo que ele estava avaliando como seu ponto mais forte. Era a surpresa de sua vida. As pessoas enlouqueceram com a nova imagem e escreveram canções que ainda são cantadas e, quando desviaram o olhar da imagem para as mulheres reais ao redor delas, viram-nas de modo totalmente diferente, de modo que o amor comum pelas mulheres tornou-se, por um tempo, uma forma de desejo real e não meramente uma das satisfações espúrias oferecidas a ele. É claro que o Proprietário estava fazendo um jogo perigoso (quase todos os seus jogos são perigosos) e o Inimigo conseguiu misturar e corromper a nova mensagem, como sempre, mas não tanto quanto desejava, ou como as pessoas posteriormente disseram e, antes que se recuperasse, pelo menos um[3] dos arrendatários havia levado essa nova forma de desejo à sua conclusão natural e descoberto o que realmente estava querendo. Ele anotou tudo isso em algo que chamou de *Comédia*.

— E o sr. Meio do Caminho? — perguntou João. — Onde esse tipo de canção começou?

— Essa foi a última grande chegada de novas mensagens que tivemos — disse História. — E ela aconteceu justamente antes

---

[2]Referência ao surgimento do "amor cortês", a mais antiga variedade medieval de amor romântico, como descrito por C. S. Lewis em *A alegoria do amor: um estudo da tradição medieval*, capítulo I.1.
[3]*Dante.

Trivial

de eu me retirar do mundo. Foi na terra do sr. Iluminismo, mas ele à época era bem diferente. Não conheço nenhum homem que tenha se deteriorado tanto com o avanço dos anos. Naquela época, Caçaplauso não havia sido construída. O Inimigo tinha agentes no país, mas não ia lá, deve ter sido nessa ocasião que Mamom estava assumindo o poder e construindo novas cidades e levando as pessoas dos campos para as fábricas. Um dos resultados foi uma grande ocorrência de anemia (embora também houvesse outras causas para isso) e de corações enfraquecidos. Nessa época, o Proprietário fez algo curioso: enviou imagens do país em que eles estavam de fato vivendo, como se tivesse enviado vários espelhos. Perceba que ele sempre faz algo que o Inimigo não está esperando. E, assim como as imagens da Dama em *Medium Aevum* haviam feito com que as mulheres mudassem de aparência, quando os homens olharam para essas imagens do país e se voltaram para a verdadeira paisagem, ela foi totalmente transformada. E uma nova ideia nasceu na mente deles, e eles viram algo (o velho algo, a ilha a oeste do mundo, a Dama, o desejo do coração) como se estivesse escondido, ainda que não totalmente escondido, como algo que ainda viria a ser, em todas as florestas, riachos e sob todos os campos. E, porque eles viram isso, a terra pareceu estar surgindo à vida e todas as velhas histórias dos pagãos retornaram à mente deles e quiseram contar mais do que sabiam; e, porque as mulheres também estavam na paisagem, a antiga ideia da Dama também retornou, pois faz parte da habilidade do Proprietário, de quando uma mensagem morre, trazê-la à vida novamente, no coração da próxima mensagem. Mas, a partir dessa terceira revelação, uma revelação que eles chamaram de Romântica, tantas canções foram feitas que não consigo me lembrar de todas elas; também muitos atos foram feitos, e muitos por meio dos habituais inícios e desilusões e reinícios de desejo, encontraram seu caminho de volta ao lar. O seu sr. Meio do Caminho é um dos últimos e mais fracos seguidores dessa escola.

O regresso do Peregrino

— Não penso que a história das imagens românticas seja tão clara quanto as outras histórias. O que exatamente o Proprietário estava fazendo? E o que o Inimigo fez?

— Pensei que você fosse capaz de perceber. Esse terceiro golpe político foi de certo modo o maior. Todas as imagens anteriores haviam sido de algo que *não estava* lá no mundo ao seu redor. Isso deu ao Inimigo a chance de fazer as pessoas acreditarem que você o *tinha* na imagem e que necessitava dele *em* outro lugar: em outras palavras, que a imagem em si era o que você queria. E isso, como você sabe, significa idolatria e então, quando o ídolo o decepciona (como é provável que decepcione) há uma passagem fácil para todas as satisfações espúrias. No entanto, essa arma foi arrancada da mão do Inimigo quando uma vez o que foi visto na imagem era o mesmo que você havia visto ao seu redor. Mesmo o mais estúpido dos arrendatários podia perceber que *tinha* a paisagem, no único sentido em que ela poderia ser *apreendida* e, ainda assim, desejava-a, portanto, a paisagem não era o que ele queria. A idolatria tornou-se impossível. É claro que o Inimigo, quando descobriu, encontrou um novo modo de defesa. Justamente porque a nova mensagem não podia ser adorada, poderia ser facilmente menosprezada. O desejo que assim despertou entre a imagem e o campo poderia ser confundido com o *prazer* comum que qualquer homem saudável sente ao circular do lado de fora de sua própria casa e, quando ele ficasse bem confuso, o Inimigo poderia fingir que os românticos haviam feito um grande tumulto por nada. E você pode imaginar que todas as pessoas que não tinham recebido as imagens enviadas a elas e, portanto, não tinham sentido o desejo e, assim, estavam tendo comichão de inveja, receberiam de bom grado essa explicação.

— Entendo — disse João. — Mas, ainda assim, em sua explanação, todas essas mensagens ficam embaçadas e corrompidas no final e, então, certamente, a coisa a fazer é olhar para fora, em busca do novo. Esses homens pálidos poderiam estar bem

Trivial

certos de se ocuparem da limpeza do lixo da antiga revelação. Esse poderia ser o caminho para estar pronto para a próxima.

— Essa é outra noção que eles têm, que uma pequena viagem em breve reduziria tudo a pedaços. Acham que o Proprietário trabalha como as fábricas em Caçaplauso, inventando todos os dias uma nova máquina que substitui a antiga. Como as máquinas estão entre as poucas coisas sobre as quais entendem, não conseguem evitar o pensamento de que tudo é como elas. Mas isso os faz incorrer em dois erros. Primeiro de todos, eles não têm nenhuma ideia de quão lentamente o Proprietário age, os enormes intervalos entre essas grandes mudanças em seu tipo de imagem. E, segundo, pensam que a coisa nova refuta e cancela a antiga, enquanto que, na realidade, a primeira leva a segunda a uma nova vida, mais plena. Eu nunca soube de um caso onde o homem que estivesse determinado a ridicularizar ou a rejeitar a mensagem antiga se tornasse o receptor da nova. Primeiramente, tudo leva muito tempo. Ora, meu Deus, lembro-me de Homero, em Pago, ridicularizando algumas das imagens da história: mas elas continuariam por milhares de anos e milhares de almas e seriam alimentadas por elas. Lembro-me de Clopinel,[4] em *Medium Aevum*, zombando das imagens da Dama antes que ela tivesse sido vista mesmo por seus compatriotas. Mas a zombaria dele não era um encanto para evocar uma nova mensagem, nem estava ele ajudando nenhuma causa, exceto a do Inimigo.

---

[4]*Jean de Meung.

CAPÍTULO | 10

Arquétipo e éctipo

*Sabemos que o objeto do doce desejo não é
subjetivo — pelo contrário, mesmo o desejo
deixa de ser o nosso desejo — não importa;
pois é o amor de Deus, e não o nosso, que
move a nós e a todas as coisas.*

Houve um longo silêncio na caverna, somente interrompido pelo
som da chuva. Então, João começou mais uma vez a falar:

— E, no entanto... — ele disse — e, no entanto, pai, estou
com muito medo. Estou com medo de que as coisas que o Proprietário planeja para mim possam ser totalmente diferentes das
que ele tem me ensinado a desejar.

— Elas serão muito diferentes das coisas que você imagina.
Mas você já sabe que os objetos que seu desejo imagina são sempre inadequados para esse desejo. Até que o tenha, não saberá o
que desejou.

— Lembro-me que Sabedoria também disse isso. E entendo.
Talvez o que me preocupa seja o medo de que meus desejos,
depois de tudo o que você disse, não venham na verdade do Proprietário, que haja algo mais antigo e que rivalize com a beleza no
mundo, algo que o Proprietário não vai me permitir obter. Como
podemos provar que a ilha vem dele? Angular diria que não.

258

Arquétipo e éctipo

— Você provou por si mesmo, você *viveu* a prova. Todos os objetos que a fantasia e a sensatez sugeriram para o desejo não se mostraram um fracasso, confessaram depois de uma prova não serem o que você desejava? Você não descobriu por eliminação que esse desejo é o assento perigoso no qual somente um pode se sentar?

— Mas, então — disse João —, a qualidade inerente a ele é muito, muito diferente do que pensamos do Proprietário. Confesso que eu esperava manter isso em segredo e que isso tem sido para mim quase que um desejo corpóreo. Tem havido ocasiões... em que tenho sentido a doçura fluir da alma para o corpo... Passar da cabeça para os pés. É bem verdade o que os eruditos dizem. É uma emoção - uma sensação física..

— Essa é uma história antiga. Você deve temer as emoções, mas não deve temê-las muito. Trata-se apenas de um antegozo daquilo que o verdadeiramente Desejável será, quando você o tiver encontrado. Lembro-me bem do que um velho amigo meu em *Medium Aevum* certa vez me disse: "Da felicidade da alma haverá um transbordamento para a carne".[1]

— Ele disse isso? Eu supunha que ninguém, exceto os eruditos, soubesse disso. Não ria de mim, pai (ou ria, se quiser), eu sou de fato muito ignorante e tenho dado ouvidos a pessoas ainda mais ignorantes.

O crepúsculo, precipitado pela chuva, havia caído sobre o canal e na caverna estava bem escuro. João ouviu o velho homem movendo-se de um lado para o outro e nesse instante surgiu uma chama de uma pequena lâmpada iluminando seu rosto, que parecia o de um pássaro. Ele preparou o jantar diante de seu convidado e convidou-o para comer e então dormir.

— Com satisfação, pai — disse João —, pois estou muito cansado. Não sei por que o importunei com perguntas sobre a

---

[1]Referência à epístola de Agostinho a Dióscoro, CXVIII, § 14.

O regresso do Peregrino

ilha. Tudo isso é uma história do que aconteceu comigo há muito tempo. Faz muito tempo que vi isso claramente. As visões, desde a primeira, ficaram cada vez mais raras e os desejos enfraqueceram mais. Tenho falado como se ainda desejasse, mas não penso que eu possa encontrar nenhum desejo em meu coração agora.

O velho homem sentou-se em silêncio, balançando um pouco a cabeça, como antes.

De repente, João falou novamente.

— Por que ele deveria se *desgastar* se vem do Proprietário? Ele não permanece, você sabe. Não é isso o que revela todo o caso?

— Você não ouviu os homens dizerem, ou se esqueceu, que ele é como o amor humano? — perguntou o eremita.

— Em que isso se relaciona com ele?

— Você não perguntaria se fosse casado, ou mesmo se tivesse vivido um tempo entre os animais. Você não sabe como é com o amor? Primeiro vem o prazer, depois a dor e então o fruto. E então há a alegria do fruto, mas isso é diferente do primeiro prazer. E os amantes mortais não devem tentar permanecer no primeiro estágio, pois a paixão duradoura é o sonho de uma meretriz e a partir dele acordamos em desespero. Você não deve tentar manter os êxtases, eles têm uma existência finita. O maná armazenado vira vermes. Mas você está com muito sono e é melhor não conversarmos mais.

Então sonhei que João tinha se deitado sobre uma cama dura na caverna e enquanto ele se deitou, entre o acordar e o adormecer, o eremita, como havia pensado, acendeu duas velas no fundo da caverna sobre um altar e foi de um lado para o outro fazendo e dizendo suas coisas sagradas. E, sobre as fronteiras do sono, João o ouviu começar a cantar e a canção era assim:

> Meu coração está vazio. Todas as fontes que deveriam correr
> Com desejo estão em mim
> Secas. Em todo o meu campo não há nenhuma
> Que goteje para encontrar o mar.

Arquétipo e éctipo

Não tenho interesse por aquilo que o teu amor pode conceder
    Exceto pelo vazio do momento
E pelo quase despercebido suprimento do desejo daquele
    momento
    E por ficar livre de dor.
Ó tu que és incansável, que nem dormes,
    Nem cochilas, que cuidaste de
Lázaro na tumba negligenciada, ó me vigia
    Até que eu acorde
Se tu pensares por mim aquilo que não posso pensar, se
    Desejares por mim aquilo que não posso desejar,
A forma de minha alma, mesmo que profundamente enterrada,
    Não morrerá
— Assim como uma semente lançada descuidadamente,
    Que amadurece ao longo do inverno, ficando pronta para
      germinar,
Pois, por mais que ela se esqueça, o céu se lembrará e lançará
    Uma doce influência sobre a terra —
Pois, o céu, tocado como mariposa[2] por tua beleza, segue
    Circundando a terra.

---

[2]Manifestação da antiga ideia cosmológica de um "motor primário" ou "motor imóvel" que põe e mantém em movimento a esfera celeste mais externa e maior (ou "céu"); esta, por sua vez, moveu a próxima, e assim sucessivamente, até a última e menor esfera que gira em torno da Terra. No pensamento cristão e muçulmano medieval, esse motor primário foi identificado com Deus, e a força motriz foi redefinida, no cristianismo, como amor ou beleza.

LIVRO 9

Através do canal

O trigo jamais cresceria se primeiro não morresse
E, da mesma maneira, também outras sementes
Que foram depositadas na terra,
por mais fundo que estivessem.
Mas, pela imensa graça de Deus,
do grão morto na terra,
Por fim, brota a vida pela qual todos vivemos.

LANGLAND, *Piers the plowman*, XIII,
p. 181-5 (texto C)

Você não vai dormir, se deitar ali mil anos, até
que você tenha aberto sua mão e entregue o
que não é seu para dar ou para reter. Você pode
pensar que está morto, mas vai ser somente
um sonho; pode pensar que acordou, mas vai
ser somente um sonho. Abra a sua mão, e você
dormirá de fato — então acorde de fato.

GEORGE MacDONALD,
"A casa da morte", *Lilith*, XL

Você também pode permanecer em silêncio.

MÁXIMA DA POLÍCIA

CAPÍTULO 1

Através do canal, sob a luz interior

João percebe que está sob o perigo iminente de tornar-se um cristão — ele luta para bater em retirada.

Quando João abriu os olhos, o dia ainda estava distante, mas havia luz na caverna, como a de uma centena de velas. O eremita dormia profundamente, junto a uma das paredes do quarto, enquanto João dormia junto a outra, e entre eles estava uma mulher, parecida com Razão e parecida com Mãe Kirk, muito brilhante.

— Eu sou Contemplação — ela disse. — Levante-se e venha comigo.

— Você não é como a Contemplação que conheço — disse João.

— Foi uma das minhas sombras que você encontrou — disse a mulher. — Nelas não há muito bem e ainda menos perigo. Mas levante-se e venha.

João então se levantou e a mulher o tomou pela mão e o levou à clareira diante da caverna. E a noite ainda estava escura por causa da chuva e dos trovões, mas a mulher e ele estavam envoltos por uma esfera de luz, de modo que os pingos da chuva, quando passavam da escuridão para dentro dela, ficavam brilhantes como

O regresso do Peregrino

diamantes no centro da esfera, com todas as cores do arco-íris em sua circunferência. De mãos dadas com a mulher, ele atravessou o abismo e passou pelos vales de montanhas, do outro lado. Depois de percorrerem um longo caminho (e a escuridão ainda estava em toda parte, exceto por onde eles pisavam), chegaram ao mar. E também o atravessaram, deslizando um pouco acima da água, que também estava escura, até que recebeu a luz deles, mas dentro dela a água era azul, como se estivesse sob o sol do Mediterrâneo. Mas, nesse instante, a escuridão ao redor desapareceu e o pingo de luz no qual eles haviam viajado entrou no oceano de luz e foi engolido por ele. O céu estava claro sobre eles e parecia ser de manhã cedo, pois estava frio e o orvalho molhava seus pés. E João olhou e viu os campos diante dele e a luz corria como um rio no meio dos campos, cantando com uma voz como a de um rio, porém mais articulada e muito alta, brilhante demais para ser contemplada. Havia muitas pessoas com eles. E, enquanto João olhava em volta para as pessoas, ele via que elas se aproximavam de alguns muros altos e de grandes portões. E, na forma da torre agrupada sobre ele, uma memória, profundamente enterrada, foi remexida em sua mente, primeiro doce, depois desconfortável, até que se espalhou pelo lago de sua mente em largos círculos de medo e, por fim, surgiu definida, inevitável, insustentável e chamativa, ali bem diante dele, a imagem daqueles precipícios em forma de torres, vistos havia muito tempo em Puritânia, no pico das montanhas orientais e ele percebeu onde estava, além do riacho, no lugar onde tio Jorge havia desaparecido — no castelo do Proprietário, o bom e afável Proprietário, o dono do buraco negro. Ele começou a soltar a mão da mulher, mas não ia conseguir se libertar dela. Ela o estava levando para os portões do castelo e toda a multidão estava se deslocando na mesma direção com uma felicidade estranha em seus rostos. Ele lutou contra Contemplação e gritou e, com a luta, acordou.

CAPÍTULO 2

Deste lado,
sob o relâmpago

Razão não vai permitir que ele se retire.

Dentro da caverna agora estava escuro como breu. Somente a respiração silenciosa do eremita lembrava João de onde ele estava, e com o primeiro retorno do conhecimento ele já estava rastejando para fora da caverna para desafiar a noite escura e o caminho estreito, retirar a pele de suas mãos e seus joelhos, fazer e sofrer alguma coisa por tanto tempo como se estivesse indo para trás e não adiante — adiante nessa direção onde a próxima esquina poderia levá-lo ao coração do poder de seu adversário. A chuva caía torrencialmente e os trovões ecoavam entre as rochas, mas a umidade fria sobre suas costas era melhor que a umidade quente em sua testa. Ele não ousou ficar em pé e andar, pois os novos terrores não haviam expulsado os velhos, mas haviam se unido a eles em uma fantasmagórica harmonia, de modo que em um instante seus olhos interiores viram o buraco negro cheio de aranhas e escorpiões — a base estreita inclinando-se horrivelmente na direção errada —, o pingo dentro da escuridão e seu próprio corpo arremessado de precipício em precipício, o rosto terrível de tio Jorge quando a máscara não estava mais sobre ele. E, quando os raios ficaram cada vez mais rápidos e os trovões se seguiam

267

O regresso do Peregrino

mais fortes a cada relâmpago, um novo temor juntou-se aos outros e em cada raio a visão eterna e inesquecível dos penhascos, acesa de uma extremidade até a outra, dava uma nova nuança ao velho medo da escalada e isso novamente havia trazido o medo do rosto de tio Jorge (assim será a minha face quando eu estiver deitado, quebrado, no fundo do canal), até que, por fim, quando a complexidade dos temores pareceu não ter como se tornar mais forte, uma voz aguda e de ordem, vinda da escuridão, repentinamente lhe assustou com tamanho choque que ele parecia não ter ficado assustado até então.

— Para trás! — disse a voz.

João recostou-se imóvel, cheio de temores. Não tinha certeza de que, naquele pedaço de chão, teria como se virar para trás.

— Para trás — disse a voz —, ou então mostre que você é um homem melhor.

Um raio rasgou a noite e a invadiu novamente. No entanto, João havia visto seu inimigo. Era Razão, dessa vez a pé, mas ainda encouraçada e com sua espada na mão.

— Você quer lutar? — ela perguntou, na escuridão.

João teve uma vontade louca de agarrar em um dos tornozelos encouraçados, atrás dos quais ele se encolhera, mas, quando teve uma imagem de Razão caindo no abismo, não conseguiu identificá-lo claramente em outra imagem, na qual caía com ela.

— Daqui de onde estou não consigo me virar — disse ele, mas o aço estava em sua garganta e, assim, ele se virou. Ele se arrastou com uma velocidade surpreendente, ainda sobre suas mãos e joelhos, até que passou novamente pela caverna. Não era mais uma questão de planos ou de fuga definitiva. O impulso do animal caçado de prolongar o tempo da caça o mantinha em movimento. Os raios estavam rareando e uma estrela ou duas apareceram no céu. Então, de repente, um vento lançou com força os últimos pingos de chuva sobre seu rosto e o luar se manifestou sobre ele. João, no entanto, retirou-se com um gemido.

268

CAPÍTULO 3

Deste lado, em meio à escuridão

*João vê o rosto da Morte e aprende que
morrer é o único modo de fugir dela.*

A uma polegada dele, ele viu um rosto. Agora uma nuvem havia cruzado a lua e o rosto em frente já não era mais visível, mas sabia que ainda olhava para ele — um rosto envelhecido, aterrador, esfarelado e caótico, mais largo que a face humana. Neste instante, uma voz começou a falar:

— Você ainda acha que é o buraco negro o que lhe causa medo? Não reconhece, mesmo agora, o temor mais profundo, de onde o buraco negro não é outra coisa senão o véu? Não sabe por que todos eles o persuadiriam de que não há nada além do riacho e que, quando um arrendamento de um homem termina, sua história está acabada? Porque, se isso fosse verdade, eles poderiam, em sua avaliação, enxergar-me como um nada, portanto, como algo que não se deve temer, poderiam dizer que onde estou eles não estão, que enquanto são, eu não sou. Eles têm profetizado coisas agradáveis a você. Não sou nenhuma negação e, no mais fundo do seu coração, você reconhece isso. De outra maneira, por que você sepultou sua memória do rosto de seu tio tão cuidadosamente que ela precisa de todas essas coisas para recuperá-la?

O regresso do Peregrino

Não pense que pode escapar de mim, não pense que podem me chamar de Nada. Para vocês, eu não sou Nada. Sou o ser de olhos vendados, a perda de todo poder de autodefesa, a entrega, não porque alguns termos são oferecidos, mas porque a resistência se foi, o passo dentro da escuridão, a derrota de todas as precauções, o desamparo extremo transformado em risco extremo, a perda final da liberdade. O filho do Proprietário, que não temia nada, teve medo de mim.

— O que devo fazer? — perguntou João.

— O que você quiser fazer — respondeu a voz. — Salte ou será jogado. Feche seus olhos ou permita que eles sejam vendados, à força. Desista ou lute.

— Eu, em pouco tempo, escolheria a primeira opção, se pudesse.

— Então eu sou seu servo e não mais seu mestre. A cura da morte é morrer. Aquele que entrega sua liberdade nesse ato a recebe de volta. Desça até Mãe Kirk.

Quando a lua voltou a brilhar, João olhou à sua volta. O fundo do abismo abaixo dele era plano e, ali, ele viu o que parecia ser uma multidão de figuras escuras como o bronze. Entre elas, havia um espaço aberto, onde tinha um reflexo, como se fosse de água e perto da água havia alguém em pé.

Pareceu-lhe que estava sendo aguardado e ele então começou a tentar reconhecer o rosto no penhasco abaixo dele. Para sua surpresa, o penhasco não estava mais escarpado e silencioso. Ele buscou encontrar apoio para os pés e desceu um metro e meio abaixo do platô. E então sentou-se novamente, doente. Mas o tipo de medo que agora sentia era frio e inerte, não havia nenhum pânico nele e ele logo continuou em sua descida.

CAPÍTULO 4

Securus te projice[1]

João retorna para a Igreja de Cristo — embora todos os estados da mente por meio dos quais ele tem passado levantem-se para dissuadi-lo.

No chão do *Peccatum Adae* estava Mãe Kirk, coroada e entronizada no meio do círculo brilhante, iluminado pela lua, em meio ao povo silencioso. Os rostos de todo mundo estavam voltados para ela, que estava olhando para a direção leste, por onde João descia o penhasco, lentamente. Não muito longe dela sentou-se Virtude, nu como veio ao mundo. Ambos estavam na margem de um lago grande que ficava em um semicírculo no lado oposto ao penhasco ocidental. Na margem distante da água, aquele penhasco se erguia escarpado, até a margem do canal. Fez-se um profundo silêncio por aproximadamente meia hora.

Por fim, a pequena e baixa figura de um homem deslocou-se da sombra dos precipícios e avançou na direção deles, através do luar aberto. Era João.

— Eu vim para me entregar — ele disse.

---

[1] Latim, "Lança-te sem medo [sobre ele; ele te segurará e te curará]" (Agostinho, *Confissões*, VIII.11.27).

O regresso do Peregrino

— Está bem — disse Mãe Kirk. — Você percorreu um longo caminho para chegar a este lugar, onde eu teria lhe carregado em poucos instantes. Mas está tudo bem.

— O que preciso fazer? — perguntou João.

— Você precisa se livrar dos seus trapos — ela respondeu — como fez seu amigo, e depois mergulhe nesta água.

— Ai de mim! Pois nunca aprendi a mergulhar.

— A arte de mergulhar não é fazer algo novo, mas simplesmente deixar de fazer algo. Você tem somente que abrir mão de si mesmo.

— Só o que é necessário — disse Virtude, com um sorriso — é abandonar todos os esforços de autopreservação.

— Acho que, se isso é tudo, prefiro saltar — disse João.

— Não é tudo — disse Mãe Kirk. — Se você saltar, estará tentando salvar a si mesmo e poderá se machucar. Além disso, não afundaria o bastante. Você precisa mergulhar para que possa ir bem no fundo do lago, pois não precisa subir novamente deste lado. Há um túnel no penhasco, bem abaixo da superfície da água, e é através dele que você precisa passar para que possa sair no outro lado.

"Acho", pensou João, "que eles me trouxeram aqui para me matar", mas, no entanto, tirou suas roupas. Elas eram uma perda pequena para ele, pois estavam em pedaços, cheias de sangue e com a sujeira de toda a região de Puritânia até o canal, e estavam tão grudadas nele que saíram com dor e um pouco de pele veio junto. Assim que ficou nu, Mãe Kirk o convidou para ir até a margem do lago, onde Virtude já estava. Foi um longo caminho de descida até a água e a lua refletida parecia olhar para ele da profundidade de uma jazida. João tinha pensado em se jogar dentro dele, após uma corrida, no momento exato em que alcançasse a margem, antes de ter tempo para sentir medo. E decidir isso foi uma amargura, parecia a morte, de modo que ele queria acreditar que o pior já tinha passado e que estaria dentro da água antes de

272

perceber. Mas veja! Ele ainda estava parado de pé na margem, ainda deste lado. Então algo estranho aconteceu. Da grande multidão de espectadores, pessoas tenebrosas vieram se infiltrando do seu lado, tocando seu braço e sussurrando ao seu ouvido e cada uma delas parecia ser o fantasma de algum velho conhecido.

Primeiro, veio o fantasma do velho Iluminismo e disse:

— Ainda há tempo. Saia e volte para mim e tudo isso desaparecerá como um pesadelo.

Então, veio o fantasma de Mediana Meio do Caminho e disse:

— Você realmente quer se arriscar a me perder para sempre? Sei que não me deseja neste momento. Mas para sempre? Pense. Não feche esta porta.

E o fantasma do velho Meio do Caminho falou assim:

— Afinal, isso tem alguma relação com a ilha como você costumava imaginá-la? Volte e ouça minhas canções. Você as conhece.

O fantasma do jovem Meio do Caminho disse:

— Você não sente vergonha? Seja homem. Mova-se com os tempos e não desperdice a sua vida por causa de uma velha história.

O fantasma de Sigismundo proferiu:

— Você sabe o que é isso, eu suponho. Melancolia religiosa. Pare enquanto ainda há tempo. Se mergulhar, vai mergulhar na insanidade.

O fantasma de Sensato disse:

— Segurança primeiro. Um toque de piedade racional acrescenta algo à vida, mas essa atividade salvacionista... Bem! Quem sabe onde vai terminar? Nunca aceite dívidas sem saber até quando vai ter que pagar.

O fantasma do Humanista falou:

— Mero atavismo. Você está mergulhando para escapar de suas reais obrigações. Toda essa emoção, depois do primeiro mergulho, é muito mais fácil que a virtude, no sentido clássico.

O regresso do Peregrino

O fantasma do sr. Largo articulou:

— Meu querido garoto, você está perdendo a cabeça. Essas conversões repentinas e lutas violentas não levam ninguém a nada. Temos tido que descartar muita coisa do que nossos ancestrais pensavam ser necessário. É tudo muito mais fácil, muito mais gracioso e belo do que eles propõem.

Mas, nesse momento, a voz de Virtude interrómpeu:

— Por favor, João — ele disse —, quanto mais olhamos para isso, menos gostamos. — E com isso mergulhou de cabeça e não o viram mais. E, como João conseguiu ou o que sentiu, eu não soube, mas ele também esfregou as mãos, fechou os olhos, desesperado, e deixou-se levar. Não foi um bom mergulho, mas, pelo menos, conseguiu chegar até a água.

CAPÍTULO 5

Através do canal

*João foi até onde a filosofia disse que
nenhum homem iria — o objetivo é, e não
é, o que ele sempre desejou.*

Meu sonho se tornou mais escuro, de forma que eu tenho uma
impressão, mas poucas memórias claras, do que João vivenciou
no lago e nas grandes catacumbas, ladrilhadas às vezes com água,
às vezes com pedra e sobre escadarias em espiral nas rochas vivas,
através das quais ele e Virtude subiram pelo interior da montanha até a terra além de *Peccatum Adae*. Ele aprendeu muitos
mistérios na terra e experimentou muitos elementos, morrendo
muitas mortes. Algo ficou vivo em minha memória desperta.
De todas as pessoas que ele havia encontrado em sua jornada,
somente Sabedoria lhe apareceu nas cavernas e o inquietou ao
dizer que nenhum homem poderia verdadeiramente chegar
aonde ele havia chegado e que todas as suas aventuras não eram
senão figurativas, pois nenhuma experiência declarada desses
lugares poderia ser outra coisa que não mitologia. Mas então
outra voz falou com ele por trás, dizendo:

— Filho, se você quiser, pode vê-la como sendo a mitologia.
Ela é apenas a verdade, não o fato, uma imagem, não o real.

O regresso do Peregrino

Mas então ela é minha mitologia. As palavras de Sabedoria são também mito e metáfora, porém, uma vez que ambos não são conhecidos por aquilo que são, neles o mito oculto é senhor onde deveria ser servo: e não passa de uma invenção do homem. Entretanto, essa é a minha invenção, esse é o véu sob o qual escolhi aparecer desde o primeiro momento, até agora. Para esse fim criei os seus sentidos e para isso criei a sua imaginação, para que você possa ver minha face e viver. O que você teria? Não ouviu entre os pagãos a história de Sêmele?[1] Ou houve alguma época em alguma terra, quando homens não sabiam que pão e vinho eram o sangue e o corpo de um Deus agonizante e, no entanto, vivo?

Logo depois disso, a luz e a cor, bem como o som de uma trombeta precipitaram-se de volta sobre meus olhos sonhadores e meus ouvidos ficaram cheios do som de pássaros e do farfalhar de folhas, pois João e Virtude haviam subido da terra para as florestas verdes da região além do canal. Então vi que eles foram recebidos em grande companhia de outros peregrinos que haviam descido, como ele, até a água e a terra e subido novamente, e agora tomavam sua marcha rumo ao oeste, ao longo das margens de um rio claro. Todos os tipos de homens estavam entre eles e durante toda sua jornada, Razão passeou na companhia deles, conversando com eles de acordo com a sua vontade e não os visitando mais por meio de impulsos repentinos, nem desaparecendo de repente. João se perguntou sobre o porquê de encontrar tanta companhia, nem poderia conceber como havia falhado em deparar-se com eles nas partes anteriores de sua jornada.

Eu assisti a essa jornada em meu sonho por um longo tempo. No começo, o destino deles me soou somente como o rumo de algo bem distante, então, por meio da marcha contínua, no abrir

---

[1]Figura mitológica grega e princesa de Tebas. Zeus, em forma humana, gerou Dionísio por Sêmele. Ela desejava vê-lo também em seu pleno poder e majestade divina. Isso foi concedido, mas ela não sobreviveu à experiência.

Através do canal

caminho por entre regiões de picos e vales, vi por onde desceram, rumo às praias brancas de uma baía, no fim ocidental do mundo, um lugar muito antigo, revestido de uma profundidade de muitos quilômetros no silêncio das florestas, um lugar, de alguma forma, que ficava bem no começo do mundo, como se os homens estivessem sempre viajando para longe dele. Era de manhã bem cedo quando chegaram ali e ouviram o som das ondas e, olhando através do mar — naquela hora ainda quase sem cor —, todos esses homens ficaram silenciosos. E o que os outros viram eu não sei, mas João viu a ilha. E o vento da manhã, soprando afastado da praia a partir dela, trouxe o doce cheiro de seus jardins até eles, mas rarefeito e enfraquecido com a finura e a pureza do ar precoce e misturado com um pouco da sutileza do mar. Mas na verdade isso aconteceu para João, porque muitos olharam para ele e viram nele que a dor e o anseio foram mudando e que ficaram diferentes do que haviam sido no passado, pois a humildade de tudo misturou-se com a vastidão e a doçura não veio com notas de orgulho, como nos sonhos solitários dos poetas, não com a magia de um segredo, mas com a verdade caseira das fábulas folclóricas e com a tristeza de túmulos e o frescor como o da terra amanhecida. Em tudo também havia medo e esperança e começou a parecer bem a ele que a ilha fosse diferente dos seus desejos, tão diferente que, se ele a tivesse conhecido antes, não a teria procurado.

CAPÍTULO 6

Nella sua voluntade[1]

E a vida cristã ainda está para começar.

O que aconteceu com os outros peregrinos eu não sei, mas nesse instante uma pessoa bela se colocou ao lado de João e de Virtude e disse que havia sido designada para ser o guia deles. Sonhei que era alguém nascido na montanha e eles o chamaram de Petersen Olhos de Amolar, porque sua visão era tão aguda que a visão de qualquer outro que viajasse com ele seria aguçada por sua companhia.

— Obrigado — disse João. — Por favor, podemos tomar algum navio daqui?

Mas Petersen Olhos de Amolar balançou a cabeça e pediu-lhes que olhassem novamente para a ilha e que prestassem especial atenção na forma dos precipícios ou do castelo (pois não conseguiam enxergar bem nenhum deles àquela distância) edificado no ponto mais alto da paisagem.

— Eu estou vendo — disse João na mesma hora.

— O que você está vendo? — perguntou o guia.

— Eles têm a mesma forma do pico da montanha oriental, que nós chamamos de castelo do Proprietário, como visto desde Puritânia.

---

[1] Italiano, "Na sua vontade [está nossa paz]" (Dante, *Paradiso*, III, p. 85).

Nella sua voluntade

— Eles não têm somente a mesma forma. Eles são os mesmos.

— Como isso é possível? — quis saber João, com o coração apertado. — Pois essas montanhas estavam no extremo leste e nós viajamos no sentido oeste desde que saímos de casa.

— Mas o mundo é redondo — disse o guia —, e vocês deram uma volta inteira ao seu redor. A ilha e as montanhas são a mesma coisa, ou, se preferir, a ilha é o outro lado das montanhas e, de fato, não se trata de uma ilha de verdade.

— E como prosseguimos daqui?

O guia olhou para ele como um homem misericordioso olha para um animal que vai ser por ele ferido.

— O caminho para seguir adiante — disse, por fim — é retornar. Não há navios. O único caminho é seguir novamente para o leste e cruzar o riacho.

— O que deve ser será — disse João. — Não mereço nada melhor que isso. Você quer dizer que tenho desperdiçado meu labor, toda a minha vida e que andei meio mundo para alcançar o que tio Jorge alcançou em um quilômetro e meio, se tanto.

— Quem sabe o que seu tio alcançou, senão o Proprietário? Quem sabe o que você teria alcançado se tivesse cruzado o riacho, sem jamais deixar a sua casa? Pode ter certeza de que o Proprietário levou você pelo caminho mais curto, embora eu deva confessar que ele tenha se parecido mais com uma jornada estranha no mapa.

— O que você acha, amigo? — perguntou João a Virtude.

— Não pode ser evitado — respondeu Virtude. — Mas, na verdade, depois da água e da terra, pensei que já havíamos atravessado o riacho, em certo sentido.

— Você estará sempre pensando isso — disse o guia. — Nós chamamos a isso de morte, na linguagem da montanha. Trata-se de uma porção muito dura para comer em uma única mordida. Vocês encontrarão esse riacho com mais frequência do que pensam e sempre que o encontrarem vão achar que é a última vez. Até que um dia realmente será a última vez.

O regresso do Peregrino

Todos ficaram em silêncio por um tempo.

— Venham — disse o guia, por fim —, se estiverem prontos, vamos começar o caminho em direção ao leste novamente. Mas devo lhes advertir de uma coisa: o país parecerá muito diferente em sua jornada de regresso.

LIVRO 10

O regresso

*E se, quando retornasse à caverna, ele fosse
forçado mais uma vez a competir com aqueles
que sempre haviam sido prisioneiros ali, em
juízo das ditas sombras, eles não zombariam
dele e lhe diriam que, por sair da caverna, ele
havia retornado com seus olhos desfigurados
por suas dores e que era esforço inútil para
qualquer um tentar aquela escalada?*

PLATÃO, *Politeia* [A república], VII, 516e-517a

*Primeiro devo conduzir a alma humana através
de toda a extensão do céu, para que ela possa
aprender quão afortunado é ter o giro da roda
da mudança como o destino nunca girará.*

BERNARDUS SILVESTRIS, *De mundi universitates
sive megacosmus et microcosmus*, II.4, p. 31ss.

*Suponhamos uma pessoa destituída daquele
conhecimento que temos a partir de nossos
sentidos... Suponha-se que em sua aridez ela
coloque poeira dourada em seus olhos; quando*

seus olhos doerem, ela coloque vinho em seus ouvidos; que em sua fome ela coloque cascalho em sua boca; que na dor ela se carregue de cadeias de ferro; que ao sentir frio ela coloque seus pés na água. Que assustada diante do fogo ela corra dele; que estando muito cansada faça de seu pão um assento... Suponhamos que algum ser bondoso viesse até ela e lhe mostrasse a natureza e o uso de todas as coisas que dissessem respeito a ela.

LAW, *A serious call to a devout and holy life* (1728), XI

CAPÍTULO | 1

O mesmo, no entanto, diferente

João agora pela primeira vez vê a verdadeira forma
do mundo em que vivemos — como caminhamos
no fio da navalha entre o céu e o inferno.

Então sonhei que o guia armou João e Virtude em todos os pontos e os conduziu de volta através do país no qual haviam viajado e do canal novamente até esse país. E eles saíram do canal no mesmo lugar onde a estrada principal encontrou a cadeira de Mãe Kirk. Olhei adiante na mesma direção que estavam olhando, esperando ver à minha esquerda o planalto desnudo surgindo ao norte, com a casa de Sensato um pouco perto dali e, à minha direita, a casa do sr. Largo e os vales agradáveis ao sul. Mas não havia nada desse tipo, somente a longa estrada reta, muito estreita e, à esquerda, penhascos erguendo-se a poucos passos da estrada no gelo e na névoa e, para além deles, nuvens negras: à direita, pântanos e selvas mergulhando de uma vez nas nuvens negras. Mas, como acontece nos sonhos, nunca duvidei de que esse fosse o mesmo país que eu havia visto antes, embora não houvesse semelhanças. João e Virtude ficaram quietos com a surpresa.

— Coragem — disse Petersen Olhos de Amolar —, vocês estão vendo a terra como ela realmente é. Ela é longa, mas bem estreita. Além desses penhascos e da nuvem no norte, ela se funde

283

O regresso do Peregrino

imediatamente no mar Ártico, para além do qual, novamente, se encontra o país do Inimigo. Mas o país do Inimigo está unido ao nosso no norte por uma ponte de terra chamada Isthmus Sadisticus e bem no meio desse Isthmus se assenta o dragão frio, o calculista e avaro dragão crustáceo que deseja abarcar a todos que puder no caracol de seu corpo e então recolhê-lo bem apertado a fim de ter tudo dentro de si. E você, João, quando atravessar o Isthmus, deve levantar-se e lutar contra ele, a fim de ser fortificado. Mas no sul, assim que passar pelos pântanos e por essa outra nuvem, a terra se funde ao mar do sul e do outro lado desse mar também há uma ponte de terra, o Isthmus Mazochisticus, onde o dragão quente rasteja, o dragão expansivo, invertebrado, cujo hálito ardente faz tudo o que ele toca derreter e se corromper. E você, Virtude, deve descer até ele, roubar-lhe seu calor e torná-lo maleável.

— Em meu âmago — disse João —, penso que Mãe Kirk nos trata mal. Uma vez que a seguimos e comemos sua comida, o caminho parece duas vezes mais estreito e duas vezes mais perigoso do que antes.

— Vocês todos sabem — disse o guia — que a segurança é o maior inimigo dos mortais.[1]

— Vai nos fazer muito bem — disse Virtude. — Vamos começar.

Eles então partiram em sua jornada e Virtude cantou esta canção:

Tu somente és alternativa para Deus, ó ilha escura

E ardente entre espíritos, décima hierarca,

Absinto, Satã imortal, Arimã,[2] somente

ogo essencial, lançaste do fogo dele, mas amarrado

Dentro da fornalha sem luz de teu eu, cercado de tijolos

---

[1] Shakespeare, *Macbeth* III.5, 32-3: "E todos vocês conhecem a segurança / É o maior inimigo dos mortais".

[2] No zoroastrismo, Arimã é o espírito supremo do mal e das trevas.

O mesmo, no entanto, diferente

Para espalhar o calor reverberado de sete
Muros contendores: por conseguinte, tu tens poder para
      rivalizar com o céu
Então, exceto a temperança do amor eterno
Somente tua luxúria absoluta vale a pena à reflexão.
Tudo o mais são fracos disfarces do coração desejado,
Tudo o que parecia terra é inferno, ou céu. Deus é; tu és;
O resto, ilusão. Como deveria o homem viver senão como vidro
Para deixar a luz branca sem chama, o pai, passar
Sem mancha: ou então — opaco, fundido em teu desejo,
Vênus infernal, faminta na força do fogo!

Senhor, não abras frequentemente meus olhos fracos para isso.

CAPÍTULO | 2

O homem sintético

"O mundo de todos os homens sensíveis" se torna invisível.

Enquanto prosseguiam, Virtude deu uma espiada no lado da estrada a fim de ver se havia algum sinal da casa do sr. Sensato, mas não havia nenhum.

— Permanece como estava, quando você passou por ela antes — disse o guia —, mas seus olhos estão alterados. Você não vê nada agora, senão realidades, e o sr. Sensato estava tão próximo do nada, tão irreal mesmo como uma aparição, que está agora invisível a você. Aquela partícula não mais perturbará seus olhos.

— Estou muito surpreso — disse Virtude. — Pensei que, mesmo que ele fosse mau, seria um tipo de mau singularmente sólido e evidente.

— Toda essa solidez — disse o guia — não pertence a ele, mas a seus antepassados, que viveram naquela casa. Havia uma aparência de temperança nele, mas ela vinha de Epicuro. Havia uma aparência de poesia, mas ela vinha de Horácio. Um sinal de antigas dignidades pagãs prolongava-se em sua casa: era de Montaigne. Seu coração parecia aquecido por um momento, mas o calor era emprestado de Rabelais. Ele era um homem de

O homem sintético

retalhos e de remendos[1] e, quando era tirado dele o que não lhe pertencia, não lhe restava nada.

— Mas certamente — disse Virtude — essas coisas de certa forma eram suas, porque ele as apreendeu de outros.

— Ele não as apreendeu. Ele na verdade apenas captou palavras-chave. Ele poderia falar como Epicuro sobre dieta, mas era um glutão. Tinha de Montaigne a linguagem da amizade, mas nenhum amigo. Ele nem sequer sabia o que seus antepassados realmente haviam dito. E nunca leu uma ode de Horácio, seriamente, em toda a sua vida. E, para o seu Rabelais, ele pode citar "Faça o que quiser". Mas não tem nenhuma noção de que Rabelais deu essa liberdade aos seus telemitas na condição de que eles estivessem unidos pela honra e, por essa razão somente, livres das leis positivas. Menos ainda ele sabe que Rabelais estava seguindo um grande Mordomo dos dias antigos, que dizia *Habe caritatem et fac quod vis*[2] e, menos ainda, que esse Mordomo, por sua vez, estava apenas reduzindo a um epigrama as palavras de seu mestre, quando ele disse: "Destes dois mandamentos dependem toda a lei e os profetas".

---

[1] Shakespeare, *Hamlet*, III.4, p. 102.
[2] Latim, "Tenha caridade e faça o que quiser". Do sétimo sermão de Agostinho sobre a Primeira Epístola de João, cap. VIII: *Dilige, et quod vis fac.*

CAPÍTULO 3

Limbo

A misericórdia de Deus no desespero filosófico.

Então sonhei que João tinha olhado para a direita da estrada e visto uma pequena ilha de salgueiros entre pântanos, onde homens antigos estavam sentados, vestidos de preto, e o som de seus suspiros alcançou seus ouvidos.

— Aquele lugar — disse o guia — é o mesmo que você chamou de Vale da Sabedoria, quando passou por ele antes, mas agora que está indo na direção leste e você pode chamá-lo de Limbo, ou de varandas crepusculares do buraco negro.

— Quem vive ali? — perguntou João. — E do que eles sofrem?

— Muito poucos vivem ali e são todos homens como o velho sr. Sabedoria, homens que têm mantido vivo o profundo desejo da alma, mas que, por alguma falha fatal, de orgulho, indolência ou, talvez, de timidez, têm recusado até o fim o único meio para a sua realização. Eles sentem dores enormes, frequentemente, para provarem a si mesmos que a realização é possível. Eles são muito poucos, pois o velho Sabedoria tem poucos filhos fiéis a ele, e a grande maioria daqueles que vêm até ele ou seguem em frente e cruzam o canal ou, permanecendo seus filhos

Limbo

nominalmente, em secreto escorregam de volta para se alimentarem de comida pior do que a dele. Permanecer muito tempo onde ele vive requer uma força e uma fraqueza estranhas. Quanto aos seus sofrimentos, é maldição deles viver para sempre no desejo, sem esperança.

— Não é muito cruel por parte do Proprietário fazê-los sofrer?

— Posso responder isso somente por boato — retornou o guia —, pois a dor é um segredo que ele tem compartilhado com sua raça e não com a minha e você acharia difícil explicar o sofrimento para mim, como eu acharia também difícil lhe revelar os segredos do povo da Montanha. Mas os que conhecem melhor dizem isso, que qualquer homem liberal escolheria a dor de seu desejo, mesmo para sempre, em lugar da paz de não mais senti-lo e que, embora a melhor coisa seja ter, a segunda melhor é querer e a pior de todas é não querer.

— Entendo isso — disse João. — Mesmo o querer, embora também seja dor, é mais precioso que qualquer coisa que experimentemos.

— É como previ e você já entende melhor do que eu possa entender. Mas há isso também. O Proprietário não os condena por falta de esperança, eles fizeram isso. A interferência do Proprietário está toda do outro lado. Deixado à própria sorte, o desejo sem a esperança em breve levaria de volta às satisfações espúrias e essas almas o seguiriam através de seu livre-arbítrio a regiões mais escuras, bem no fundo do buraco negro. O que o Proprietário fez foi fixá-lo para sempre e, por meio de sua arte, embora não realizada, não está corrompido. Os homens dizem que seu amor e sua ira são a mesma coisa. De alguns lugares no buraco negro você não consegue ver isso, embora possa acreditar, mas daquela ilha ali, sob os salgueiros, você pode ver com seus próprios olhos.

— Eu enxergo muito bem — disse João.

O regresso do Peregrino

Então o guia cantou:

Deus em sua misericórdia estabeleceu
As dores fixas do inferno.
Essa miséria pode ser contida,
Deus em sua misericórdia fez
Limites eternos e prometidos
Suas ondas não aumentam mais.
Deus em sua misericórdia fez
As dores fixas do inferno.

CAPÍTULO **4**

O buraco negro

*A justiça divina — o inferno como um
torniquete — escolha humana.*

— Então existe, afinal — disse João —, um buraco negro, tal
como meu velho Mordomo me descreveu.

— Não sei o que seu Mordomo descreveu. Mas há um buraco negro.

— E ainda assim o Proprietário é "tão gentil e bom"!

— Percebo que você esteve entre o povo do Inimigo. Nesses
últimos dias não há acusação contra o Proprietário que o Inimigo lance com tanta frequência quanto a de crueldade. E isso é
bem típico do Inimigo, pois ele é, no fundo, muito estúpido. Ele
jamais emplacou uma blasfêmia contra o Proprietário que fosse
realmente plausível. Qualquer um pode refutar a acusação de
crueldade. Se ele realmente quer prejudicar o caráter do Proprietário, tem uma linha muito mais forte que essa para tomar. Ele
deveria dizer que o Proprietário é um jogador inveterado. Isso
não seria verdade, mas seria plausível, pois não há como negar
que o Proprietário aceita correr riscos.

— Mas e sobre a acusação de crueldade?

— Estou chegando nela. O Proprietário tem assumido o risco
de trabalhar a terra com arrendatários livres e não com escravos

O regresso do Peregrino

acorrentados em grupos e, uma vez que são livres, não há como impedi-los de visitar lugares proibidos e comer frutos proibidos. Até certo ponto, ele pode tratá-los mesmo quando tiverem feito isso e reprimir-lhes o hábito. Mas, para além desse ponto, você pode ver por você mesmo. Um homem pode continuar comendo a maçã da montanha por tanto tempo que nada curaria seu anseio por ela e os vermes que ela gera dentro dele o tornam mais convencido a comer mais. Você não deve tentar estabelecer o ponto após o qual um retorno seja impossível, mas pode enxergar que haverá tal ponto, em algum lugar.

— Mas o Proprietário pode, com certeza, fazer qualquer coisa?

— Ele não pode fazer o que é contraditório ou, em outras palavras, uma frase sem significado não ganhará significado simplesmente porque alguém diz que "o Proprietário pode". E não faz sentido falar em obrigar um homem a fazer livremente o que um homem livremente tornou impossível para si.

— Entendo. Mas essas pobres criaturas já são infelizes o bastante, não há necessidade de acrescentar um buraco negro.

— O Proprietário não faz a escuridão. A escuridão já é presente em qualquer lugar onde o gosto da maçã da montanha tenha criado a vontade verminculada. O que você quer dizer com um buraco? Algo que termina. Um buraco negro é a escuridão enclausurada, limitada. E, nesse sentido, o Proprietário *fez* o buraco negro. Ele colocou dentro do mundo a pior de todas as coisas. Mas o mal nunca alcançaria o pior. Pois o mal é divisível e jamais poderia em mil eternidades encontrar alguma maneira de interromper sua própria reprodução. Se pudesse, não poderia mais ser mal, pois forma e limite pertencem ao bem. As paredes do buraco negro são o torniquete sobre a ferida, sem o qual a alma perdida, de outro modo, sangraria até a uma morte que ela nunca alcançou. Trata-se do último serviço do Proprietário àqueles que lhe permitirão fazer nada melhor para eles.

292

O buraco negro

O guia então cantou:

Quase eles se levantaram e caíram;
Ao olhar para trás
Sempre vê no caminho
Aquele passo em falso, onde todos,
Ainda assim, por meio do mais leve desvio
Do pé ainda não escravizado,
Por meio do menor tremor do menor dos nervos
Poderia ter sido salvo.

Quase caíram quem está de pé,
E com frio após temer
Olha para trás para marcar quão perto
Eles arranharam a terra das sereias
Imaginando aquele destino sutil,
Por meio de fios tão finos como os de aranha,
A opção de caminhos tão pequenos, o evento tão grande,
Deveria assim entrelaçar.

Portanto, ó homem, temas
Para que os medos mais antigos não sejam verdade,
Para que você não vá longe demais
A estrada que parece tão clara,
E percorra, seguro, um fio de cabelo
Largura após o riacho da largura do cabelo,
Que, sendo uma vez cruzado para sempre desprevenido,
Nega devolução.

CAPÍTULO 5

Superbia

Resistência revelada como uma forma de orgulho — à medida que a virtude aumenta, também aumenta a tentação para o orgulho — a visão de Deus é a fonte da humildade.

Eles então foram adiante e viram nas rochas ao lado deles, à esquerda, o que parecia à primeira vista um esqueleto, mas, ao se aproximarem, viram que havia de fato pele esticada sobre seus ossos e olhos brilhando nos buracos de sua cabeça. E ele estava se mexendo e debatendo de um lado para outro diante do que parecia ser um espelho, mas era apenas a própria rocha raspada até não ter mais mancha alguma de poeira ou fibra de líquen e polida pela atividade contínua de sua criatura faminta.

— Esta é uma das filhas do Inimigo — disse o guia —, e seu nome é Superbia. Mas, quando você a viu da última vez, talvez ela tivesse a aparência dos três homens pálidos.

Enquanto passavam, ela começou a cantarolar sua canção:

> Eu limpei o planalto da terra imunda,
> Assentei o impuro, a fecunda, a grande criatura maternal,
> Criatura extensa, deitada ao acaso e em decúbito dorsal
> A escrava hilota de rosto largo e vadio
> Sujo e quente, que abre sem vergonha

Seus mil úteros desprotegidos ao sol forte
Agora tenho limpado minha rocha da terra imunda,
Nele nenhuma raiz pode atingir e nenhuma lâmina nasce,
E embora morra de fome, vê-se claramente
Que não comi nada comum ou impuro.

Tenho, por meio do jejum, purificado a carne imunda,
Carne, a espuma quente, úmida e salgada, a obscenidade
O herpes parasita, de meus nobres ossos.
Rasguei de meus seios — eu era um animal de tetas —
Meu filho, pois ele era carnal. A carne é adquirida
Por um contágio transmitido de geração a
Geração através do esgoto do corpo.
E agora, embora eu seja estéril, nenhum homem poderá duvidar
Que estou limpa e que minhas iniquidades estão apagadas.

Tornei minha alma (outrora imunda) em um espelho de aço
Duro, puro e brilhante: nenhum hálito úmido sopra sobre ele
Quente e turvo; ele congelaria o dedo
Se alguém o tocasse. Eu tenho uma alma mineral.
Minerais não comem nenhuma comida e não descartam
            nenhum excremento.
Assim eu, sem emprestar nada e sem retribuir
Nada, nem crescendo nem decaindo
Sendo eu para mim mesmo, um Deus mortal, uma
Mônade[1] independente e desprovida de janelas, sem dívidas
            e sem manchas.

João e o guia estavam apressados, enquanto Virtude hesitava.

— Seu meio pode ser errado — ele disse —, mas há algo a ser dito sobre sua ideia do Fim.

— Que ideia? — perguntou o guia.

---

[1]Termo matemático e/ou filosófico para o menor material ou constituinte espiritual indivisível.

O regresso do Peregrino

— Ora, autossuficiência, integridade. Não se comprometer, sabe. Tudo dito e feito, há algo tolo sobre todos esses processos naturais.

— É melhor você ter cuidado com seus pensamentos aqui — disse o guia. — Não confunda arrependimento com repulsa, pois um vem do Proprietário e o outro, do Inimigo.

— E, no entanto, a repulsa tem salvado muitos homens de males piores.

— Pelo poder do Proprietário, que seja assim, agora e sempre. Mas tente fazer o jogo por você mesmo. Fazer lutar um vício contra outro é a estratégia mais perigosa que existe. Você sabe o que acontece com um reino que usa mercenários como aliados.

— Suponho que esteja certo — disse Virtude —, e, no entanto, este sentimento vai bem fundo. Estaria totalmente errado envergonhar-se de estar no corpo?

— O filho do Proprietário não se envergonhou. Você conhece os versos: "Quanto tu levaste sobre ti para libertar o homem".[2]

— Esse foi um caso especial.

— Foi especial porque foi um caso arquetípico. Ninguém lhe disse que aquela Dama falou e agiu por tudo aquilo que suporta, na presença de tudo o que produz por este país contra as coisas do leste e do oeste, por matéria contra forma e paciência contra atividade? Não seria toda palavra de Mãe parecida com matéria? Pode ter certeza de que esta terra toda, com todo o seu calor, umidade e fecundidade, com toda a escuridão, o mal e o numeroso, para o qual você está muito sensível, falou através de seus lábios quando ela disse que ele considerara a submissão de sua criada. E, se essa senhora foi uma empregada, embora mãe, é preciso, sem dúvida, que a natureza que é, no sentido humano, impura seja também pura.

---

[2]Do *Te Deum laudamus*, amplamente conhecido como hino de Ambrósio, tendo sido erroneamente atribuído a esse autor: "Tu ad liberandum suscepturus hominem, non horruisti Virginis uterum".

Superbia

— Bem — disse Virtude, dando as costas para Superbia —, vou pensar sobre isso.

— Uma coisa você também pode saber — observou o guia —, qualquer virtude que você atribua ao Proprietário, decência não é uma delas. É por isso que tão poucas de suas piadas nacionais fazem sentido em meu país.

E, enquanto continuavam a jornada, Virtude cantou:

Por causa do orgulho sem fim
Renasço com erro infinito,
E a cada hora olho de lado
Sobre meu espelho secreto
Tentando todas as posturas ali
Para tornar minha imagem mais justa.

Tu destes uvas, e eu,
Embora faminto, viro-me para ver
Quão escuro fica o globo frio
Na minha mão branca,
E me demoro contemplando ali
Até que os cachos vivos murchem.

Então devo morrer rapidamente
Como Narciso de desejo,
Mas, no vidro, meu olho
Captura formas como assombro
Além do pesadelo, e torna
O orgulho humilde por amor ao orgulho.

Então somente, virando
O pescoço duro, eu cresço,
Um homem fundido todo em chamas
E olho para trás e sei
Quem fez o vidro, cuja luz escurece, cuja luz
Faz falta, minha forma sombria refletida ali
Aquele amor próprio, trazido à cama do amor pode morrer e gerar
Seu doce filho em desespero.

CAPÍTULO 6

Ignorantia

*A mudança da educação clássica para a
científica fortalece a nossa ignorância —
embora a Era da Máquina, para bem ou para
mal, faça menos do que dela é esperado.*

Continuei sonhando e vi esses três prosseguirem sua jornada
através daquela terra longa e estreita, com rochas à sua direita e o
pântano à sua esquerda. Eles conversavam muito no caminho do
que me lembrava somente trechos, desde que eu acordara. Lembro que eles passaram por Ignorantia, alguns quilômetros adiante
de sua irmã Superbia e isso levou os peregrinos a questionar seu
Guia sobre a ignorância dos realistas e dos eruditos um dia ter ou
não cura. Ele disse que havia menos chance disso agora do que
no passado, pois até recentemente o povo do norte aprendera a
língua de Pago.

— E isso significava — disse o guia — que ao menos eles
começaram não muito mais distantes da luz que os velhos pagãos
e tinham, portanto, a chance de chegar por fim à Mãe Kirk. Agora, no entanto, eles estão se desconectando até mesmo daquela
rota indireta.

— Por que eles mudaram? — perguntou um deles.

Ignorantia

— Por que a sombra que você chama de Sensato deixa sua velha casa e vai praticar αυτάρκεια em um hotel? Porque seu Escravo se revoltou. A mesma coisa está acontecendo por todo o planalto no país de Mamom: seus escravos estão escapando mais para o norte e se tornando anões e, portanto, os senhores estão voltando toda a sua atenção para as máquinas, por meio das quais esperam poder levar sua velha vida sem escravos. E isso parece a eles tão importante que estão suprimindo todo tipo de conhecimento, exceto o mecânico. Estou falando dos subarrendatários. Sem dúvida, os grandes Proprietários de terras no fundo têm suas próprias razões para encorajar esse movimento.

— Deve haver algum lado em algum lugar, para esta revolução — disse Virtude. — Ela é muito sólida, parece muito duradoura, para ser um mero mal. Não posso acreditar que o Proprietário permitiria que toda a face da natureza e toda a estrutura da vida fossem mudadas tão permanente e radicalmente.

O guia sorriu: — Você está caindo no erro deles — ele disse. — A mudança não é radical, nem será permanente. Essa ideia depende da curiosa doença que eles apanharam, uma inabilidade em descrer de anúncios. Sem dúvida, se as máquinas fizessem o que prometeram, a mudança seria verdadeiramente muito profunda. Sua próxima guerra, por exemplo, mudaria a situação de seu país da doença para a morte. Eles têm medo disso, embora a maioria esteja velha o bastante para saber por experiência própria que uma arma não é mais que uma pasta de dente ou um cosmético para fazer as coisas que seus fabricantes dizem que ela fará. O mesmo se dá com todas as suas máquinas. Seus aparelhos que poupam trabalho multiplicam-se a duras penas; seus afrodisíacos os tornam impotentes, suas diversões os deixam entediados, sua produção rápida de alimentos deixa metade deles famintos e seus equipamentos para poupar tempo baniram o lazer de seu país. Não haverá mudança radical. E quanto à permanência, considere quão rápido todas as máquinas quebram

O regresso do Peregrino

e se destroem. As solidões negras um dia ficarão verdes de novo e de todas as cidades que tenho visto, essas de ferro irão, em sua maioria, quebrar repentinamente.

E o guia entoou uma canção:

O ferro vai devorar a beleza do mundo antigo
Viga mestra, grade e pórtico surgirão.
    Floresta de ferro de motores se erguerá,
    Ganchos de ferro entrecruzados. Para seus olhos
    Nenhum verde ou crescimento. Acima de tudo, os céus
    Rabiscados de uma extremidade à outra com ostentações e
      mentiras.
(Quando Adão comeu a maçã irrevogável, tu
Viste para além da morte a ressurreição dos mortos).

    O clamor deve limpar a voz da sabedoria
    As prensas com suas asas batendo
    Obstruindo sua nutrição. Asas de harpia,
    Enchendo a mente o dia todo com coisas tolas,
    Adestrarão o pensamento de águia: até ela cantar
    Como papagaio em sua gaiola para agradar a reis obscuros.
(Quando Israel desceu ao Egito, tu estabeleceste o
Propósito do cativeiro e da saída.)

    A nova era, a nova arte, a nova ética e o novo pensamento,
    E tolos chorando, porque começou
    E continuará como começou!
    A roda gira rápido, portanto, ela girará
    Ainda mais rápido e para sempre. A antiga era acabou,
    Temos novas luzes e vemos sem o sol.
(Embora elas se deitem sobre as montanhas e sequem o mar,
Ainda queres mudar, como se Deus fosse um deus?)

CAPÍTULO 7

Luxúria

> *Luxúria não significa simplesmente prazer proibido, mas perda da unidade do homem — seu estilo supremo de tentação é tornar tudo o mais insípido.*

Depois disso, João olhou e viu que eles estavam se aproximando de uma multidão de criaturas viventes ao lado da estrada. Seu caminho era tão longo e desolado (e ele também estava com os pés doloridos) que ele saudou qualquer distração e lançou seus olhos curiosamente sobre esse algo novo. Quando chegou mais perto, viu que a multidão era de homens, mas tinham certas atitudes e estavam tão desfigurados que não os reconheceu como homens: além disso, o lugar estava ao sul da estrada e, portanto, o chão era muito macio e alguns deles estavam metade debaixo da água e outros, escondidos entre os juncos. Todos pareciam sofrer de alguma enfermidade de um tipo devastador. Era de duvidar se toda a vida que pulsava em seus corpos era deles; e João logo teve certeza, pois viu o que parecia ser um tumor no braço de um homem lentamente desprender-se sob seus olhos e tornar-se uma criatura gorda e avermelhada, separada do corpo gerador, embora sem promessa de separar-se. E uma vez tendo visto isso,

O regresso do Peregrino

seus olhos se abriram e ele viu a mesma coisa acontecendo em seu redor, e toda a multidão era senão uma fonte de vida sofredora e desprezível despertando, enquanto ele assistia, e brotando das formas humanas. Mas em cada uma das formas, olhos angustiados estavam vivos, enviando-lhe mensagens inexprimíveis da vida central que sobrevivera, autoconsciente, embora o eu não fosse outra coisa senão uma fonte de animais e insetos daninhos. Um velho deficiente físico, cujo rosto se desfizera, exceto a boca e os olhos, estava sentado para receber bebida de um copo que uma mulher colocava em seus lábios. Quando achava que tinha dado o bastante, ela apanhava o copo de suas mãos e passava ao próximo paciente. Ela era cor de broze, mas linda.

— Não se atrase — disse o guia —, este é um lugar muito perigoso. É melhor sair. Esta é Luxúria.

Mas os olhos de João estavam presos ao jovem de quem a bruxa tinha acabado de se aproximar. A enfermidade, aparentemente, mal havia começado com ele; havia uma suspeita desagradável sobre seus dedos — algo um pouco suave demais para as articulações, um pouco independente de seus outros movimentos —, mas, no todo, ele ainda era uma pessoa de boa aparência. E como a bruxa veio até ele, com as mãos no cálice, e o homem as retirou de volta e as mãos estavam escorregando para o cálice uma segunda vez e novamente o homem as puxou de volta com violência, virou seu rosto e gritou:

Rápido! O velho fogo negro, sulfuroso, que nunca se apaga,
Velho fogo podre começa a tocar
Mais uma vez por dentro. Olhem! Por meio da força bruta eu
    puxei com violência
Sem piedade minhas mãos para outro lado.

Rápido, Senhor! Sob tortura, esticados com força,
Nervos gritando à injustiça da natureza.

Luxúria

Tostados em carne viva, esfolados pelo açoite — Senhor, neste
apuro
Tu vês, tu vês que nenhum homem pode sofrer por muito
tempo.

Rápido, Senhor! Antes que novos escorpiões tragam
Novo veneno — antes que demônios soprem o fogo
Uma segunda vez — rápido, mostra-me essa coisa doce
Que, apesar de tudo, mais profundamente desejo.

E, ao mesmo tempo, a bruxa permaneceu sem dizer nada, mas
apenas segurando o cálice e sorrindo gentilmente para ele com
seus olhos negros e sua boca negra e vermelha. Então, quando
percebeu que ele não beberia, passou o cálice para o próximo;
no entanto, no primeiro passo que deu, o jovem caiu no choro,
suas mãos flutuaram e agarraram o cálice, e ele enterrou sua
cabeça nele; e quando ela o tomou dele, seus lábios uniram-se a
ele como um náufrago agarrado a um pedaço de madeira. Mas
por fim afundou no pântano com um gemido. E os vermes, onde
devia haver dedos, eram claros.

— Por favor — disse Virtude.

Eles retomaram sua jornada, João um pouco atrasado. Sonhei
que a bruxa veio a ele caminhando suavemente no chão panta-
noso à margem da estrada e segurando o cálice para ele também:
quando João andou mais rápido, ela acompanhou seu passo.

— Eu não o enganarei — ela disse. — Você percebe, não
há pretexto. Não estou tentando fazê-lo crer que este cálice o
levará à sua ilha. Não estou dizendo que ele saciará sua sede por
um longo tempo. Mas prove-o, não obstante, pois você está com
muita sede.

Mas João caminhou adiante, em silêncio.

— É verdade — disse a bruxa — que você nunca pode dizer
quando alcançou aquele ponto onde não há retorno. Mas isso

O regresso do Peregrino

afeta ambos. Se você nunca pode ter certeza de que mais um gosto é seguro, também não pode ter certeza de que mais um gosto seja fatal. Mas pode acreditar que está com uma sede terrível.

Mas João continuou como antes.

— Ao menos — disse a bruxa — prove-o mais uma vez, antes de abandoná-lo para sempre. Trata-se de um momento ruim escolher em prol da resistência quando você está cansado e infeliz e já me ouviu por muito tempo. Prove isso uma vez e eu o deixarei. Não prometo ir embora definitivamente: mas talvez quando eu voltar, você estará forte e feliz, e bem capaz de me resistir, não como está agora.

E João continuou como antes.

— Venha — disse a bruxa. — Você está apenas desperdiçando o seu tempo. Sabe que desistirá no fim. Olhe adiante para a estrada rude e para o céu nublado. Que outro prazer há na visão?

Assim, ela o acompanhou por um longo caminho, até que o cansaço de sua importunação o tentou muito mais do que qualquer desejo positivo. Ele, no entanto, forçou sua mente para outras coisas e manteve-se ocupado por aproximadamente um quilômetro fazendo os seguintes versos:

> Quando Lilith[1] quer me atrair
> Para o seu local recoberto e secreto,
> Ela não me intimida
> Como pompa de beleza e poder,
> Nem com graça angelical
> De cortesia, e o passo
> De navios deslizantes, mas vem velada à noite.

---

[1] Na mitologia babilônica, Lilith era um espírito feminino sem filhos e com seios venenosos, com os quais tentava matar bebês. Na Bíblia, há uma única menção a ela, em Isaías 34:14, como "criaturas noturnas" (NVI); na mitologia judaica medieval, ela se tornou a maliciosa "primeira esposa de Adão". Para C. S. Lewis, a figura de Lilith personificava o que ele considerava um vício especificamente feminino: o desejo de ser desejável em vez de bela.

Luxúria

Ávida, desmascarada, ela permanece
Doente de amor e com dor de fome;
Com dedos quentes, secos e enfeitados
Esticados, ao lado de sua porta.
Oferecendo com pressa torturante
Seu cálice, do qual quem prova,
(Ela não promete nenhuma melhora) sede ainda maior terá.

O que me move, então, a bebê-lo?
— Seus encantos, que em toda parte assim
Mudam a terra, pensamos ser
Um grande desperdício onde um som
De vento como fábulas contadas duas vezes
Sopra com força, e uma nuvem é erguida
Sempre acima, embora nenhuma chuva caia sobre o chão.

Através da repetição monótona
De colinas desnudas, linha sobre linha.
A longa sinuosidade da estrada
Engana. O vinho da bruxa,
Embora nada prometa, parece,
Naquela terra sem riachos,
Prometer o melhor — o analgésico sem sabor.

E, quando chegou à palavra *analgésico*, a bruxa se foi. No entanto, nunca em sua vida ele havia se sentido mais cansado e por um tempo o propósito de sua peregrinação não despertou nenhum desejo nele.

CAPÍTULO **8**

O dragão
do norte

*As enfermidades pertencentes ao norte e ao sul
da alma — a tensão, rigidez, possessividade,
frieza, anemia relativa ao norte — João
as supera, e ganha delas parte da dureza
indispensável que lhe faltava.*

— Agora — disse o guia — nossa hora chegou.

Eles olharam para ele, intrigados.

— Chegamos — disse ele — ao ponto da estrada que fica no meio do caminho entre as duas pontes de terra das quais falei. O dragão frio está aqui à nossa esquerda, e o dragão quente, à nossa direita. Agora é a hora de mostrar quem vocês são. O lobo está esperando na floresta ao sul: nas rochas ao norte, o corvo voa em círculos, à espera de cadáver. É bom ficarem a postos rapidamente. Que Deus os defenda.

— Bem — disse Virtude, e sacou sua espada e preparou seu escudo. Então estendeu a mão, primeiro para o guia, depois para João.

— Até mais — ele disse.

— Vá por onde é menos verde — disse o guia —, pois o chão é mais firme. E boa sorte.

306

O dragão do norte

Virtude deixou a estrada e começou a seguir seu caminho cautelosamente em direção ao sul, tateando o brejo. O guia voltou-se para João.

— Você tem alguma prática com espada? — perguntou.

— Nenhuma, senhor — respondeu João.

— Nenhuma prática é melhor do que um conhecimento limitado. Você deve confiar em seus instintos. Mire na barriga dele e dê um golpe para cima. Se eu fosse você, não tentaria cortá-lo: você não sabe o suficiente.

— Farei o melhor que puder — disse João. E então, depois de uma pausa: — Só há um dragão, eu suponho. Não preciso guardar minhas costas.

— É claro que só há um, pois ele comeu todos os outros. Caso contrário, ele não seria um dragão. Você conhece a máxima *serpens nisi serpentem comederit...*[1]

Então vi João preparar seu equipamento e deixar a estrada em direção à esquerda. A subida começava imediatamente e, antes que estivesse a dez metros da estrada, já estava quase dois metros acima dela: mas a formação das rochas era tal que era como subir uma escada enorme, e isso era mais cansativo que difícil.

Quando parou pela primeira vez para enxugar o suor de seus olhos, a neblina já estava tão densa que ele mal podia ver a estrada embaixo dele. Adiante, a penumbra cinza escurecia rapidamente. Então, de repente, João ouviu um som seco e agitado diante e um pouco acima dele. Ele agarrou sua espada com mais força e deu um passo na direção do som, ouvindo com bastante atenção. Então veio o som novamente e, depois disso, ele ouviu uma voz grasnando, de uma enorme rã. O dragão cantava para si:

---

[1] Latim, "Se uma cobra não come cobras...". A frase completa é "Serpens, nisi serpentem comederit, non fit draco" e significa o que o Dragão vai cantar no próximo poema, terceira estrofe, linha 2: "... o verme não se torna dragão até que ele coma verme".

O regresso do Peregrino

Certa vez, o ovo do verme rompeu na floresta.
Eu saí do esconderijo, brilhando no mundo estremecido,
O sol estava sobre minhas escamas, o orvalho sobre os
      gramados,
Os gramados, frios e doces e as folhas brotando.
Eu procurei por meu companheiro cheio de manchas.
    Brincamos de cortejar
E chupamos leite quente que pingava dos mamilos das cabras.

Eu continuo guardando o tesouro em minha caverna de rocha
Em um país de pedras: velho, deplorável dragão,
Guardando meu tesouro. Nas noites de inverno, o ouro
Congela através das mais rígidas escamas da minha barriga fria.
As coroas irregulares e anéis cruéis e retorcidos
Encaroçados e glaciais são cama do velho dragão.

Frequentemente desejei não ter comido minha esposa,
Embora o verme não cresça para o dragão até que ele coma um
      verme.
Ela poderia ter me ajudado, assistir e vigiado de perto,
Guardando o tesouro. Ouro teria sido o mais seguro.
Eu poderia desenrolar meu cansaço às vezes, e tirar
Uma soneca, às vezes quando ela estivesse vigiando.

Na noite passada, sob o luar, uma raposa uivou,
E me acordou. Então percebi que tinha dormido.
Frequentemente uma coruja voando sobre o campo de pedras
Me assusta, e eu penso que devo ter dormido.
Apenas por um momento. Nesse mesmo momento, um
      homem
Poderia ter saído das cidades, roubando, para tomar meu ouro.

Eles fazem planos nas cidades para roubar meu ouro.
Sussurram a meu respeito em voz baixa, armando conspirações,

O dragão do norte

Homens cruéis. Eles não beberam sobre os bancos,
Com a esposa ingênua na cama, cantando, e dormem a noite
    inteira?
Eu, no entanto, não deixo a caverna senão uma única vez no
    inverno
Para beber do lago da rocha: no verão, duas vezes.

Eles não sentem nenhuma pena do velho e lúgubre dragão.
Ó Senhor, que fizeste o dragão, conceda-me a tua paz!
Mas não peças que eu desista do ouro.
Nem mais, nem que morra; outros ficariam com o ouro.
Mata, antes, Senhor, os homens e os outros dragões
Para que eu possa dormir, e ir quando tiver vontade de beber.

Enquanto João escutava essa canção, esqueceu-se de sentir medo. Nojo, primeiro, depois pena, expulsaram o medo de sua mente e depois deles, veio um estranho desejo de falar com o dragão e sugerir algum tipo de acordo e de divisão do espólio, não que ele desejasse o ouro, mas lhe parecia um desejo não de todo desprezível cercar e manter tanto dentro de si. Mas enquanto essas coisas povoavam sua imaginação, seu corpo tomava conta dele, mantendo sua mão firme sobre o punho da espada, seus olhos concentrados na escuridão e seus pés prontos para saltar, a fim de que ele não fosse apanhado de surpresa quando visse que no fio da neblina sobre ele algo mais estava girando, e girando ao seu redor, para confiná-lo. Ainda assim, no entanto, ele não se moveu. O dragão estava arriando seu corpo como uma corda a partir da caverna justamente acima dele. No começou ele balançou, a grande cabeça inclinando-se verticalmente como uma lagarta, procurando por um apoio como metade de seu cumprimento, enquanto a outra metade descansava ainda sobre a folha. A cabeça então mergulhou e seguiu atrás dele. Ele continuou olhando para trás a fim de assistir, e conduziu o volume do corpo do dragão em torno de um círculo e finalmente retornou para a caverna, deixando uma abertura estreita do dragão todo em volta do homem. João ainda esperava até que o laço apertasse, no mesmo nível de seu peito. Ele então abaixou a cabeça e veio novamente com um golpe de sua espada na parte de baixo do animal. O golpe penetrou até o punho da espada, mas não houve sangue. Imediatamente, a cabeça voltou a girar para fora da caverna. Olhos cheios de crueldade — uma crueldade fria sem fagulha de raiva nela — o fitaram. A boca estava escancarada — não era vermelha por dentro, mas cinza como chumbo — e a respiração da criatura era fria a ponto de congelar. Ao tocar o rosto de João, tudo mudou. Um espartilho de gelo pareceu ter sido fechado sobre ele, trancando seu coração, de modo que ele não pudesse mais palpitar de pânico ou ambição. Sua força foi multiplicada. Seus braços pareciam ferro para ele. E então descobriu que estava rindo e dando golpe após golpe na garganta da fera. Descobriu que a luta já havia acabado — talvez horas atrás. Lembrou-se de que o havia matado. E o tempo em que o matara parecia estar muito distante.

CAPÍTULO 9

O dragão do sul

*Enquanto isso, o eu moral de João deve
encontrar o mal do sul — e levar para
dentro dele seu calor, que fará da Virtude, de
agora em diante, uma paixão.*

João veio saltando sobre as rochas no caminho de volta para a
estrada, assobiando uma melodia. O guia veio cumprimentá-lo,
mas antes que dissessem qualquer coisa, ambos se viraram ao
ouvir um grande grito vindo do sul. O sol havia nascido, de modo
que todo o pântano reluzia como cobre sujo: e eles logo pensaram que fosse o sol sobre seus braços que fez Virtude brilhar
como fogo enquanto vinha saltando, correndo e dançando na
direção deles. Ao se aproximar, no entanto, perceberam que ele
estava realmente em chamas. Dele saía fumaça, e onde seus pés
deslizavam dentro dos buracos de lama havia vestígios de vapor.
Chamas indolores corriam por sua espada e lambiam sua mão.
Seu peito se encheu e ele cambaleava como um bêbado. Eles se
voltaram em sua direção, mas ele gritou:

Eu voltei com a vitória conquistada —
Mas fique distante — não me toque

O regresso do Peregrino

Nem mesmo com suas roupas. Eu ardo, vermelho e quente.

O verme era amargo. Quando viu meu
Escudo brilhar ao lado da floresta
Cuspiu labareda de seu maxilar dourado.

Quando sobre a minha espada seu vômito se derramou,
A lâmina pegou fogo. No punho,
O berilo rachou, e o chapeado de ouro borbulhou.

Quando a espada e seus braços eram todos labareda,
Com todo o calor que saiu da fera,
Eu fustiguei sua destreza.

O verme morreu em seu próprio vômito.
Eu o rolei de lado e rasguei seu lado
E arranquei o coração de seu peito fervente.

Quando meus dentes estavam no coração,
Senti uma pulsação dentro de mim
Como se meu peito fosse se separar.

Ela abalou as colinas e as fez revirar
E girou as florestas como uma roda.
O gramado chamuscava onde eu colocava meu calcanhar.

Beemote é meu servo!
Ante os anfitriões conquistados de Pã,[1]
Cavalgando, domassem Leviatã,
Eu cantei bem alto, o melhor que pude:

---

[1]Na mitologia grega, o deus lascivo dos pastos, florestas, rebanhos e manadas, e símbolo da fecundidade

O dragão do sul

Resvrgam[2] e Io paean;[3]
Io, io, io, paean!
Agora sei o risco que corri,
Agora sei para que um verme é feito!

---

[2]Latim, "Ressuscitarei".
[3]*Péon* era o médico dos deuses da Grécia antiga. *Io* era uma exclamação usada muitas vezes para expressar sofrimento e invocar ajuda. Mais tarde, veio a ser usada como grito de louvor ou ação de graças, grito de triunfo ou exultação, como Virtude a emprega aqui.

CAPÍTULO 10

O riacho

*A morte está perto. A moralidade ainda não
busca nenhuma recompensa e não deseja a
ressurreição — mas a fé, sendo mais humilde,
pede por mais — canta o anjo.*

Meu sonho estava cheio de luz e de barulho. Penso que eles continuaram seu caminho cantando e rindo como alunos de colégio. Virtude perdeu toda a sua dignidade e João nunca se cansou e, por aproximadamente dezesseis quilômetros, arrumaram um velho violinista que seguia naquela direção e que tocava para eles canções e dançavam mais do que caminhavam. E Virtude inventava versos mal elaborados para suas melodias, para zombar de velhas virtudes pagãs nas quais ele havia sido criado.

Mas, no meio de toda essa alegria, de repente João ficou em silêncio e seus olhos se encheram de lágrimas. Eles haviam chegado a uma pequena casa, ao lado de um rio, que estava vazia e em ruínas. Então perguntaram a João o que o afligia.

— Voltamos para Puritânia — ele disse —, e essa era a casa do meu pai. Percebo que meu pai e minha mãe já partiram para além do riacho. Tinha muita coisa que eu gostaria de dizer a eles. Agora, já não importa.

314

O riacho

— Não importa mesmo — disse o guia —, uma vez que você cruzará o riacho antes do cair da noite.

— Pela última vez? — perguntou Virtude.

— Pela última vez — disse o guia —, se tudo correr bem.

E o dia agora estava acabando e as Montanhas orientais cresciam de tamanho e escureciam adiante deles. Suas sombras se estendiam enquanto desciam em direção ao riacho.

— Estou dispensado de fazer o papel de estoico — disse Virtude —, e confesso que desço com medo e com tristeza. E também... Havia muitas pessoas com quem eu teria conversado. Muitos anos que teria evocado. O que quer que se encontre além do riacho não pode ser a mesma coisa. Algo está sendo concluído. Trata-se de um riacho de verdade.

Não sou alguém que facilmente emigra em pensamento
Para o riacho sinistro, imaginando a morte feita por nada.
Essa pessoa, mistura de corpo e de sopro, para a qual concorreu
Em outro tempo somente uma articulação de tua palavra,
Será resolvida eternamente: nem pode o tempo trazer
(Exceto se o tempo fosse vão) de volta coisa idêntica.
Portanto, entre os enigmas que nenhum homem consegue ler
Eu coloco teu paradoxo, aquele que vive e que estava morto.
Como fizeste substancialmente, tu desfarás
De maneira séria e para sempre. Que ninguém se
Console na suposição frágil de que em algum momento e lugar
Para aqueles que estão de luto, recuperam-se a voz e o rosto
    desejados.
Aquele que tua grande saída expulsa, nenhuma era posterior
De epílogo leva de volta ao palco iluminado.
Onde está o Príncipe Hamlet quando a cortina desce? Onde
    escapam os sonhos
Fugidos na aurora, ou as cores, quando a luz é acionada?
Nós somos tuas cores, fugitivas, nunca restauradas,
    Nunca novamente repetidas. Tu somente és o Senhor,

O regresso do Peregrino

Tu somente és arte santa. Na vastidão sombria
De tuas asas de Osíris tu envolves o passado.
Ali se assentam no trono reis antediluvianos e cruéis,
Ali o primeiro rouxinol que cantou para Eva ainda canta,
Há os irrecuperáveis anos sem culpa,
Ali, o ainda não derrotado Lúcifer e seus colegas.
Pois tu és também uma deidade de mortos, um deus
De túmulos, com necromancias em teu cajado potente;
Tu és Senhor do ar transmortal irrespirável
Onde o pensamento mortal fracassa: a escuridão da noite
    nupcial, onde
Todos os abraços perdidos se unem e são abençoados.
E todos morrem, mas todos são, enquanto tu continuas.

O crepúsculo agora estava bem avançado e eles já podiam enxergar o riacho. E João disse:

— Pensei em todas essas coisas quando estava na casa de Sabedoria. Mas agora penso em coisas melhores. Estejam certos de que não foi à toa que o Proprietário uniu nosso coração de uma maneira tão próxima, no tempo e no espaço, a um amigo mais que a outro e a uma região mais que a toda a terra.

Passando hoje por uma pequena casa, derramei lágrimas
Quando lembrei como outrora morei ali
Com meus amigos mortais que estão mortos. Poucos
Anos haviam curado a ferida que foi revelada.

Para fora, pequena lança que golpeia: eu, tolo, acreditei
Que havia me livrado do ferrão local, único.
Transformara (e estava enganado)
Em amor universal o objeto amado.

Mas tu, Senhor, certamente conhecia teu plano
Quando as indiferenças angelicais sem nenhuma barreira

O riacho

Universalmente amaram, mas tu deste ao homem
A corrente e a dor forte do particular;

Que, como uma gota química, infinitésima,
Salpicada em água pura, mudando o todo,
Incorpora e amarga e transforma toda
A Água doce do Espírito em alma austera.

Que nós, embora pequenos, possamos tremer com a mesma
Forma substancial de como tu — não meramente refletirmos,
Como anjo lunar, de volta a ti, chama fria.
Somos deuses, tu disseste: e pagamos caro.

E agora eles já estavam no riacho e estava tão escuro que eu não
os via se movendo. Enquanto meu sonho acabava e a voz dos
pássaros em minha janela começava a alcançar os meus ouvidos
(pois era uma manhã de verão), foi que ouvi a voz do guia misturada com a deles e em um tom em nada diferente do tom da voz
deles, cantando esta canção:

Não sei, eu,
 O que os homens juntos dizem,
Como amantes, amantes morrem
 E a juventude passa.

Não posso entender
 O amor que o mortal revela
Pela nativa, nativa terra
 — Todas as terras são deles.

Por que no túmulo eles sofrem
 Por uma voz e rosto,
E não, e não recebem outro
 Em seu lugar.

O regresso do Peregrino

Eu, acima do cone
 Da noite circular
Voando, nunca conheci
 Luz maior ou menor.

A tristeza é que eles chamam
 Teu cálice: de onde meu lábio,
Ai de mim, nunca em todos os
 Meus dias sem fim deve tragar.

O regresso do *Peregrino*

Outros livros de C. S. Lewis pela
THOMAS NELSON BRASIL

A abolição do homem
A anatomia de um luto
Até que tenhamos rostos
A última noite do mundo
Cartas a Malcolm
Cartas de C. S. Lewis
Cartas de um diabo a seu aprendiz
Cristianismo puro e simples
Deus no banco dos réus
George MacDonald
Milagres
O assunto do Céu
O grande divórcio
Os quatro amores
O peso da glória
O problema da dor
Reflexões cristãs
Sobre histórias
Surpreendido pela alegria
Todo meu caminho diante de mim
Um experimento em crítica literária

Trilogia Cósmica
(Além do planeta silencioso; Perelandra; Aquela fortaleza medonha)

Coleção Fundamentos
(Como cultivar uma vida de leitura; Como orar; Como ser cristão)

Este livro foi impresso pela Leograf
para a Thomas Nelson Brasil em 2023.
As fontes usadas no miolo são
Adobe Caslon Pro e Bauer Bodni.
O papel do miolo é Pólen bold 70g/m².